# 연애의 맛

# 연애의 맛

초판 1쇄 찍은 날 | 2013년 6월 17일
초판 1쇄 펴낸 날 | 2013년 6월 20일

지은이 | 한승희
펴낸이 | 예경원

편집 | 유경화

펴낸곳 | 예원북스
등록번호 | 제396-2012-000132호
등록일자 | 2012. 7. 25
YRN | 제1-0026호

주소 | 경기도 고양시 일산동구 무궁화로 8-28 삼성메르헨하우스 712호 (우) 410-837
전화 | 031-819-9431 팩스 | 031-817-9432
http://cafe.naver.com/yewonromance
E-mail | yewonbooks@naver.com



ISBN 978-89-98102-30-2 03810

한승희 장편 소설

# 연애의 맛

YEWONBOOKS ROMANCE STORY

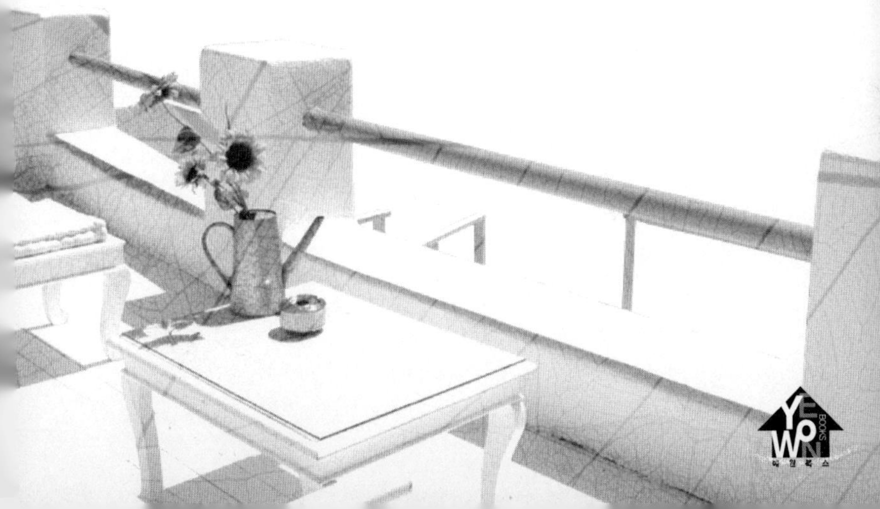

## ♬Contents♪

# 프롤로그

크기가 각기 다른 네 대의 현악기가 만들어내는 은은한 음색이 고르고 넓게 흘러 퍼지고 있었다. 활을 쥔 연주자들의 팔이 움직일 때마다 악기들은 제각기 소리를 내어 한데 어우러졌다 이내 흩어지기를 반복했다.

마당보다 정원이라는 표현이 더 잘 어울리는 너른 공간에서는 저택 주인의 생일을 맞아 가든파티가 한창이었다.

초대된 손님들은 제각기 친분이 있는 사람, 혹은 친분을 쌓으려는 사람들과 여기저기서 무리를 지어 어울리고 있었다. 정원에서의 바비큐 파티인지라 굳이 드레스 코드라는 게 있을 리 없어 손님들 모두 편한 차림이었지만, 그들이 걸치고 있는 옷이나 주얼리의 가격까지 편한 건 아니었다.

가족 단위로 초대된 만큼 정원의 한쪽에는 아이들이 한데 어울려 놀 수 있도록 자리가 마련되어 있는 것은 물론 도우미들까지 별도로 배치가 되어 있어서 부모들은 아무런 구애를 받지 않고 마음껏 파티를 즐기는 중이었다.

정원 한쪽에 서서 파티가 진행되는 모습을 살피던 여주인의 귀에 여자들의 재잘거림이 들려왔다.

"이 댁의 파티는 올 때마다 감탄을 안 할 수가 없다니까."

"맞아. 오늘만 해도 봐봐. 가든파티가 어디 쉽니? 손 갈 데가 한두 곳이어야지."

"아무리 플래너를 쓴다고 해도 주인이 신경 안 쓰면 이 정도는 어림도 없어."

"저번에 영주 생일파티 때 우리 애 데리고 와서 보니까 선물이며 먹을 거며 어찌나 신경 써서 준비를 했는지. 우리 상아가 지 생일에는 영주보다 더 근사하게 해줘야 한다고 들들 볶더라니까."

"외조도 그렇고 애들 키우는 것도 이 집 하는 대로 따라가려면 허리가 휘어."

"영주는 지난 달 콩쿠르 나가서 입상했다면서?"

"세상에, 피아노에서 첼로로 바꾼 지 얼마 되지도 않았잖아."

흐뭇한 미소를 띠며 그녀들의 수다를 듣고 있던 성숙에게로 누군가 다가왔다.

"사모님."

한 걸음 뒤에 서서 조용히 부르는 소리에 성숙이 고개를 돌렸다.

"도착했습니다."

잠깐 사이에 느슨하게 풀어졌던 입꼬리가 단단히 올라섰다.

"지금 어디 있지?"

"일단은 거실에 있도록 했습니다."

그대로 돌아선 성숙이 곧장 본채로 향하는 돌계단을 오르기 시작했다. 꽤나 만족스러웠던 여자들의 수다를 이대로 놓치는 것이 다소 안타깝기는 했지만 오늘의 가장 큰 숙제가 그녀를 기다리고 있으니 어쩔 수 없었다.

적극적인 내조에도 불구하고 밖에 여자가 끊이지 않는 남편이며, 부동산 투기, 평범한 아이를 비범하게 보이기 위해 들어가는 어마어마한 레슨비 등. 뒤이은 말들은 듣지 않는 편이 오히려 정신 건강에 좋았을 터이지만 그대로 자리를 뜬 성숙이 이 사실을 알 리가 없었다.

거실 한쪽에 우두커니 서 있던 여자아이가 무거운 현관문이 열리는 소리에 몸을 돌렸다. 그러더니 안으로 들어오는 사람을 확인하고는 이내 고개를 숙여 인사를 했다.

"안녕하세요, 큰어머니."

"은호 왔구나."

여느 때보다도 살갑게 반기는 서슬에 수그리고 있던 은호의 어깨가 잠시 움찔했다.

명절과 제사를 포함해도 일 년에 대여섯 번 보는 것이 전부였던 큰어머니였다. 그런 분과 앞으로 주욱 한집에 살아야 한다는 것이 갑작스레 부모를 잃은 것과는 별개로 어린 은호에게는 또 다른 스트레스가 될 수밖에 없었다. 전과는 달리 아무리 살갑게 대해준다고 하여도 말이다.

"짐은 이게 다니?"

은호 옆에 놓인 짐 꾸러미들을 턱짓으로 가리키며 성숙이 물었다. 그녀의 시선 끝에 놓인 작은 가방들은 밤새 꾸린 것이 무색하게 어느 때보다 초라해 보였다.

"예."

"강 여사."

"네, 사모님."

성숙의 부름에 뒤에서 기다리고 있던 여자가 서둘러 대답했다.

"애가 쓸 방 준비 끝났지?"

"물론입니다, 사모님."

"그럼 이층으로 데리고 가서 방 알려주고, 가지고 온 짐 정리해 줘요. 아직 어려서 제집에 있던 거라면 뭐든 주워왔을 테니까 강 여사가 확인해서 쓸모없는 건 모조리 정리해서 버리고."

"알겠습니다, 사모님."

"저어…… 큰어머니."

잔뜩 주눅이 들어 있는 목소리로 은호가 입을 열었다.

들고 온 짐이라고 해봤자 당장 학교 다니려면 필요한 책가방과 책, 공책, 기타 자질구레한 문구 등이었고, 그 외에는 몇 개 안 되는 옷가지들과 신발 두어 켤레뿐. 별다를 것은 없었다. 하지만 조금 전 백모의 말대로라면 그나마 추려서 가지고 온 모든 것들이 모조리 쓰레기장으로 향할 것만 같았다.

바로 어제까지 다니던 학교의 구석진 곳 모퉁이에 있던 음습한 쓰레기장을 떠올리자 은호는 금세라도 눈물이 쏟아질 것만 같았다. 열두 살, 나이보다 철이 들었다고는 하지만 아직 은호는 초등학생이었다. 그런 그녀에게 한꺼번에 닥친 부모의 죽음과 낯선 곳에서의 적응은 결코 쉬운 일이 아니었다.

"수프가 짜. 드레싱은 기름 범벅이고. 쿠키도 눅눅한 것 같던데. 제대로 확인한 거 맞아?"

성숙의 날카로운 지적이 불편한 심기 때문이라는 걸 모를 리 없는 강 여사가 고개를 숙이며 대답했다.

"죄송합니다, 사모님. 서둘러 시정하겠습니다."

"서둘러. 이제 곧 케이크 커팅해야 하는데 한없이 느리고만 있으면 곤란해."

현관문 밖으로 치마꼬리가 모습을 감추기가 무섭게 강 여사가 은호에게 다그치듯 일렀다.

"들었지? 바쁘니까 걸리적거리지 말고 가지고 온 짐 들고 올라가 있어."

"제 방은……."

머뭇거리며 묻는 말에 현관으로 향하던 강 여사가 재빠르게 대답했다.

"올라가 보면 알 거야."

곧이어 넓은 거실 안이 텅 비었다. 그제야 몸의 긴장을 푼 은호가 2층을 향해 난 계단을 서서히 오르기 시작했다.

낑낑거리며 짐을 들고 올라가자 모두 다섯 개의 방문이 보였다. 우선 오른쪽 방은 문 앞에 매트가 있는 걸로 보아 욕실이니 일단은 패스.

그 옆의 방문을 조심스레 열어보았다. 침대와 책상, 책장이 전부인 방 안. 책장에는 빼곡히 책이 꽂혀 있었고 책상이며 침대 위에도 책들이 흩어져 있었다. 가끔 볼 때마다 책에서 손을 떼지 않던 승주의 방임이 분명해 보였다.

그다음 방은 방문을 제외한 모든 벽면이 책장으로 둘러싸였고 방의 중앙에는 책상들이 마주 보고 잇대어져 있었다. 아마도 작은 서재 겸 남매의 공부방으로 쓰이는 듯 보였다.

정원으로 나 있는 베란다와 면한 방문의 손잡이를 잡았을 때였다.

"뭐 하는 거야?"

등 뒤에서 들려오는 결코 호의적이지 않은 물음에 문고리를 쥐고 있던 손가락들이 일제히 움츠러들었다.

"오자마자 짐도 풀기 전에 집 안 염탐부터 하는 거야? 쥐새끼처럼?"

"내가 쓸 방을 찾고 있는 거야."

휙 돌아선 은호가 새치름하게 대꾸했다.

장례식이 끝난 후 앞으로 큰집에서 지내는 걸로 어른들이 결정을 내렸을 때 은호가 썩 달가워하지 않았던 이유 중 하나가 눈앞에 서 있는 사촌 영주 때문이었다. 몇 안 되는 친척들 중 동갑내기는 영주 하나뿐이었지만 가깝게 지내는 사이는 아니었다.

부자 부모를 믿고 잘난 척 으스대는 습관이 몸에 배다시피 한 영주를 은호는 무시했고, 영주는 영주대로 그런 은호를 재수 없어 했다. 그나마도 어른들 앞에서는 데면데면하게나마 알은척은 하는 편이었지만 아이들끼리만 있을 때에는 서로를 철저히 외면했다.

"아아, 참. 너 오늘부터 우리 집에서 빌붙어 살기로 했다지?"

턱을 치켜든 채 가슴 앞으로 팔짱을 턱 하니 끼고 한쪽 다리를 까딱거리는 품이 뒷골목에서 지나는 애들 지갑 좀 털어본 포즈였다.

고작 초등학생인 주제에 서 있는 모양새하고는. 은호는 영주가 저보다 한 뼘이나 차이가 나게 크다던가, 제 자신도 영주와 동갑이라는 사실은 잠시 잊고 속으로 혀를 찼다.

"아무튼 거긴 너 쓸 방 아니야."

부러 은호의 어깨를 치고 지나간 영주가 여봐란 듯이 방문을 열었다.

"그냥 보기만 해도 알겠지? 너 같은 주제한테는 어림도 없다는 거."

아닌 게 아니라 이층의 절반은 족히 차지한 듯 보이는 큰 방에는 침대와 장롱, 그리고 초등학생과는 도무지 어울리지 않아 보이는 화장대까지 모두 맞춤인 듯 같은 색깔과 문양으로 자리하고 있었다.

침대보며 캐노피까지 온통 흰색의 공주풍의 레이스로 꾸며진 침대 위에는 역시 레이스 옷을 입은 커다란 인형이 올라 앉아 있었다. 창가에 있는 피아노와 첼로도 은호에게는 썩 익숙한 광경이 아닌지라 조금 전까지 날을 세웠다는 사실은 까맣게 잊은 채 그저 방 안의 광경에 넋을 놓고 있었다.

큰댁에 온 게 이번이 처음은 물론 아니었고 지금 발 딛고 있는 이층에도 몇 번이나 올라와 봤지만 그때마다 거실에서 잠깐 있다가 내려갔던 터라서 영주의 방을 본 것은 오늘이 처음이었다.

"촌스럽긴."

매정하리만치 방문을 탁 닫아버린 영주가 또다시 은호의 어깨를 치고 지나며 말했다.

"따라와. 너 쓸 방 안내해 줄게."

얘가 웬일로 인심을 쓰는 걸까. 제 방을 보고는 바보처럼 헤벌리고 있는 게 안돼 보여서 친절하기로 했나.

하지만 아직까지 열어보지 않은 문으로 향할 거라는 은호의 짐작과는 달리 영주가 멈춘 곳은 삼층으로 향하는 비좁은 계단 앞이었다.

"이리로 올라가면 돼."

은호의 심란한 눈길이 계단통을 훑었다.

삼층이라면 12월에만 나오는 크리스마스트리부터 시작해서 제사 때 쓰는 제기, 작아지거나 철이 지나 못 입는 옷가지 등등 이 집의 온갖 잡동사니들을 한데 모아둔 곳이었다. 방이랄 것도 따로 없이 삼각형의 천장 아래 밖으로 난 창 하나가 전부인 공간. 그런 곳이 내가 쓸 방이라고?

잔뜩 굳은 은호와는 정반대로 영주의 얼굴에는 생글생글 웃음기가 가득했다.

그러면 그렇지. 아무리 사소한 거라도 선심을 쓸 리가 없는데 말이야. 못된 계집애. 조금 전 제 방을 잠깐 보여준 것도 약을 올리기 위해서였음이 분명했다.

"나는 심부름 마쳤으니까 그만 내려간다."

아까 들어올 때 잠깐 봤던 파티를 위해 차려입은 것이 분명한 나풀나풀한 핑크색 원피스 자락을 뒤로한 채 영주는 계단을 내려갔다.

잠깐 멍하니 서 있던 은호가 이내 한숨을 쉬며 들고 왔던 가방들 중 하나를 집어 삼층으로 옮기기 시작했다. 어차피 이렇게 된 거 싫다고, 안 된다고 버텨봤자 좋을 거 하나 없을 것이다. 요 근래 일주일 사이에 부쩍 철이 들며 무엇보다도 체념하는 법을 가장 먼저 터득한 은호였다.

가장 크기도 크고 무거운 가방 두 개를 연달아 올려놓고 나니 힘이 들어 저절로 숨이 가빠왔다. 마지막으로 한 개 남은 가방을 들고 계단을 막 오르려는 은호에게 큰소리가 날아들었다.

"지금 뭐 하고 있는 거니?"

"제 짐 올려다 놓으려구요."

이마에 제법 땀까지 송골송골 맺힌 채로 대답하는 은호를 보는 성숙의 시선이 이내 매서워졌다.

"지금 너 하나 줄 방이 없을까 봐 다락을 쓰겠다는 거니?"

"예?"

무슨 말인지 영문을 몰라 하는 은호에게 곧장 집중포화가 쏟아졌다.

"어린 게 어깃장을 놓는 것도 분수가 있어야지. 내가 언제 너더러 다락방에서 지내라고 했니? 바깥에는 고아가 된 조카 거둔다고 해놓고는 안에서는 애 구박하는 못된 사람 만들려는 작정이 아니면 굳이 다락을 쓰겠다는 심보가 뭐야? 멀쩡하게 꾸며놓은 방 마다하고 먼지덩이 굴러다니는 다락방으로 올라가겠다는 저의가 뭐냐고!"

그새 구경거리를 놓칠세라 올라온 영주가 제 엄마 뒤에 서서 혀를 날름 내미는 걸 보고서야 은호는 사태를 파악했다.

"그게 아니라 큰어머니……."

사정을 설명하려던 은호의 말은 날카로운 목소리에 끊기고 말았다.

"강 여사!"

심상치 않은 기색을 알아차리고 올라온 강 여사에게 뒤이어 불똥이 떨어졌다.

"강 여사 뭐 하는 사람이야! 애를 들였으면 제 쓸 방 알려주고 짐부터 풀어줘야 할 게 아니야. 아까 재 짐 정리하라고 한 말 못 들었어?"

앞뒤가 맞지 않는 나무람에 기분이 상했을 법도 하건만 이런 일에는 이미 이골이 난 강 여사였다. 이럴 때일수록 안주인의 비위를 거스르지 않아야 한다는 걸 누구보다 잘 알기에 그녀는 서둘러 수습에 나섰다.

"죄송합니다, 사모님. 오늘 손님들이 많으셔서 제가 여기까지는 미처 신경을 쓰지 못했습니다. 곧장 정리하고 내려가도록 하겠습니다."

"애 가방에 든 거 확인해서 당장 입을 옷가지 빼고는 몽땅 버려. 우리 집에 쓰레기 뒹구는 거 싫으니까."

"알겠습니다, 사모님."

애써 들어 날랐던 가방들이 다시 내려와 향한 곳은 아까 영주의 방해로 열어보지 못한 마지막 방이었다. 작은 침대와 책상 하나가 전부인 그 방에서 은호의 짐들은 샅샅이 풀어헤쳐졌고 얼마 지나지 않아 그것들 중 거의 전부가 쓰레기봉투에 담겨 대문 밖에 놓였다.

그날 밤, 낯선 방 낯선 잠자리에 누워 잠이 든 은호의 여린 뺨에는 눈물 자국이 흥건했다.

# 1

눈을 들자 지난 며칠간 눈에 익은 얼굴들이 들어왔다. 온통 검정 일색으로 차려입은 사람들은 모두 하나같이 자를 대고 주욱 줄을 그은 듯 침울한 표정으로 장례식을 지켜보고 있었다.

안타까워하고 애석해하며 슬퍼하는 표정들 뒤로 무슨 생각들이 지나가고 있을까. 잠자코 지켜보던 은호는 문득 저들의 속내가 궁금해졌다. 하지만 얼마 가지 않아 궁금증은 금세 풀렸다. 간혹 백모를 향해 던지는 시선을 살피는 것만으로도 은호는 어렵지 않게 저들의 심중을 읽어낼 수 있었던 것이다.

몇 사람만 예를 들어보자면.

소식을 듣자마자 달려와서 성숙 여사의 손을 꼭 붙들고 '안됐구나' 를 연발하며 눈물바람을 하던 육촌 고모님은 삼 년 전 대학을 졸업한 뒤 아직까지도 백수 신세인 아들의 취직을 부탁할 요량일 것이다. 사흘 내내 술에 절어 있던 탓에 벌게진 얼굴로 제대로 서 있기도 힘겨워 보이는 둘째 작은아버지는 작년에 퇴직금 탈탈 털고 집까지 융자를 받아 오픈한 등산용품 매장의 운영자금을 비벼볼 생각일 터고, 저만치서 담배만 연신 피워대고 있는 사촌 서규는 어떻게 하면 백모 명의로 된 오피스텔 건물의 한 칸이라도 차지해 볼까 궁리 중인 게 확실했다.

그런가 하면 성숙 여사의 곁을 한시도 떠날 줄 모르고 지키는 중인 김 상무는 이번에 노선을 갈아타기로 작정한 것이 확실해 보였다. 호시탐탐 백부를 제치고 대표이사 자리를 꿰차려던 그녀에게 대놓고 마뜩잖게 굴던 표 이사는 그간의 경거망동을 후회하는 빛이 역력했고.

아, 그러고 보니 고미정을 빼먹어서는 안 되지. 대외적으로는 백부님의 수행 비서이면서 비밀스럽게는 백부님의 애인 1호 자리를 십 년째 굳건히 지키고 있는, 남다른 의미로 '철의 여인' 이라 불리는 여자. 본처와 자식들 앞에 서는 것이 썩 내키지 않고 껄끄러울 만도 한데 그런 기색은 전혀 없이 그저 떫은 감 씹은 표정인 걸 보니 그간 백부님에게서 솔랑솔랑 빼냈다는 재산이 아직 제 성에 차지 않았던 모양이지. 백부님 옆자리를 지키는 동안 조실부모하고 키워낸 여동생 둘을 대학 졸업시키고, 작년엔가는 세종시에 아파트도 한 채 분양받았다고 들었는데 저 언니, 보기보다 욕심이 좀 많은가 보다. 소문에는 해외 출장 따라다니며 챙긴 명품들이 커다란 옷장 하나를 꽉 채울 정도라고 하던데.

아아, 그나저나 머리는 왜 이리 가려운지.

은호는 제멋대로 올라가려는 손을 억지로 붙들어 매기 위해 주먹을 꾹 쥐었다.

사흘 동안 제대로 씻지 못해서인지 머리의 가려움이 이제 극에 달해 있었다. 아니, 정확히 말하면 사흘이 아니라 나흘이었다. 샤워를 하기 위해 샤워꼭지를 여는 순간 사촌동생 승주의 다급한 전화를 받고 곧장 뛰어왔으니까.

십 분 더 시간을 지체한다고 해서 그녀를 기다리고 있는 상황이 바뀌지는 않았을 테지만 은호는 백부님이 돌아가셨다는 소식을 듣자마자 달려왔다. 적어도 그것이 부모 대신해서 자신의 유년기와 소년기를 책임지고 부양해 준 데에 대한 최소한의 도리라고 여겼기 때문이었다. 설령 백부님에게 별다른 정이 없었다고 하더라도 말이다.

다른 곳으로 주의를 돌리려고 무던히도 애를 쓰는 중에도 두피는 꿈틀거리는 벌레를 한 상자나 쏟아부은 것처럼 여전히 스멀스멀 미치게 가려웠다. 검은 끈으로 묶어놓은 머리 타래는 가렵다 못해 이젠 욱신거리기까지 했다. 어제 오후에 조문객이 뜸한 사이 빈소 옆에 마련된 가족실의 욕실에 들어가 잠깐 감았는데도 이 모양이었다.

이대로 가다가는 머리가 너무 가려운 나머지 발광하는 여자라고 유튜브 통해서 글로벌하게 데뷔를 하게 될지도 모르겠다. 으으으, 저도 모르는 새에 은호의 손이 머리 쪽으로 서서히 오르고 있었다.

손가락이 어깨를 지나 귀를 스치고 오르는 순간, 교양 있는 낮은 음성이 경고를 해왔다.

"손 내려놓으렴."

몸에 배인 습관은 역시 무서웠다. 날이 서린 목소리를 듣는 순간 은호의 손은 저절로 다시 아래로 툭 떨어졌다.

"교양 없이!"

늘 그러했듯 표정에는 한 치의 변화도 없으면서 입술만 달싹이며 짓씹듯 내뱉는 목소리에는 독기가 가득했다.

하지만 은호의 나이도 이제 어언 스물하고도 여덟. 어쭙잖은 나무람 한마디에 혹여 오갈 데도 없이 쫓겨날까 무서워 눈도 제대로 마주치지 못한 채 어깨를 움츠리며 벌벌 떨던 때는 지난 지 오래였다. 더군다나 대학교에 입학한 후부터 혼자 살기 시작했으니 성숙의 그늘을 벗어난 지가 벌써 구 년째다. 그러니 열두어 살의 초등학생을 주눅 들게 했던 그녀의 말투가 더 이상 은호에게 효과가 있을 리 만무했다.

하지만 아직도 은호가 제 손안에 있다고 믿고 있는 성숙의 사나운 질책은 계속해서 이어졌다.

"아무리 조실부모하고 배운 게 없다고 해도 정도껏이어야지. 대체 누구를 망신시키려고 행동에 조심성이 없어! 너란 아이는 정말 단 한 군데도 마음에 드는 구석이 없구나."

남편을 잃은 분을 뒤늦게라도 은호에게 풀어낼 작정인지 독설은 멈추지 않고 계속되었다. 언제나 그렇듯 완벽한 표정 관리로 인해 아주 가까이 서 있는 사람 이외에는 그녀가 은호에게 욕설에 가까운 폭언을 퍼붓고 있다는 걸 전혀 알지 못했다.

그리고 아주 공교로운 타이밍으로 지금 성숙의 가장 가까이 서 있는 사람은 영주뿐이었다. 제 엄마의 말을 빤히 듣고 있을 텐데도 표정 하나 바뀌지 않는 걸 보니 저것도 성숙 여사 그대로 닮은 꼴이다.

"타고난 복이 없어 일찍 부모를 놓친 것도 죄스러워해야 할 판에, 불면 날아갈세라 쥐면 터질세라 이날 이때까지 친부모처럼 길러준 제 큰아버지 은공도 모르니. 배은망덕은 너를 두고 하는 말이지."

처연한 얼굴에 자리한 눈은 이젠 제법 모양을 갖춰가기 시작한 봉분에 향해 있으면서도 씹어뱉듯 낮게 뇌까리고 있는 말을 듣고 있자니 은호는 그만 넌덜머리가 났다.

남편을 잃은 와중에도 프라이머와 파운데이션을 적당한 비율로 섞어 발라 연출한 초췌한 낯빛에 혈색이라고는 조금도 찾아볼 수 없는 입술이 연신 달싹이는 걸 보고 있자니 속이 뒤집혔다.

순간 이럴 때면 늘 입속을 배돌던 말이 불쑥 튀어나왔다.

"그만하시죠."

짧은 한마디였지만 바쁘게 쏟아내던 말이 뚝 멈춘 걸 보면 효과는 만점이었다. 자동반복재생이 세팅된 채로 고장나 버린 플레이어를 지겹도록 계속해서 듣고 있다가 갑자기 전원 코드를 뽑아버린 것 같았다.

옆에 묵묵히 서 있던 영주도 어지간히 놀랐는지 흡! 하는 소리와 함께 잠시 숨을 멈췄다.

"잘 배워서 교양이 철철 넘친다고 소문난 분이잖아요. 그런 분이 보잘것없는 조카가 머리가 가려워서 좀 긁었다고 남편 장례식에서 소란을 피우셔야 되겠어요? 이쯤에서 체면도 생각하셔야죠."

고개를 든 은호의 눈에 하얗게 질린 입술이 들어온다. 사람들이 있는 자리가 아니었다면 당장이라도 그녀의 뺨을 후려쳤으리라. 아니나 다를까, 시선을 내리니 힘줄이 불거질 정도로 꼭 쥐어진 주먹이 파르르 떨고 있었다.

"너……."

평소 같으면 나중에 어떤 식으로든 분풀이를 하려 들 것이 귀찮아서라도 이쯤에서 지레 입을 다물었을 것이다. 그런데 오늘은 어찌 된 일인지 은호도 멈춰지지가 않았다.

"자리가 자리이니만큼 웃지는 못하겠지만 그래도 표정 관리는 하셔야겠어요. 지금처럼 그렇게 노려봤다가는 금방 다른 사람들이 무슨 일이 있느냐고 물어올 거예요."

그녀의 말에 성숙이 끙 하는 소리와 함께 길게 한숨을 뱉으면서 노여운 눈길을 거두어갔다. 덩달아 은호도 아무 일 없었다는 듯 심상한 얼굴로 시선을 돌렸다.

이상도 하지. 오늘은 이성숙 여사가 전혀 무섭지 않으니 말이야.

때마침 제를 시작한다는 말이 들려오지 않았더라면 서 있는 자리도 잊고 제 기분에 휩쓸려 휘파람이라도 불 뻔했다.

길었던 장례 절차가 끝나기가 무섭게 문상객들이 성숙의 주변으로 하나둘씩 몰려들기 시작했다. 그사이를 틈타 은호는 서서히 뒷걸음질을 치며 그 자리에서 한 걸음씩 벗어났다.

다른 때 같았으면 조금 전 당했던 앙갚음을 위해 은호를 놓치지 않았을 성숙이지만 오늘만은 달랐다.

지난달 임시 주총에서 대표이사 자리를 두고 부부 사이에 치열한 다툼이 벌어졌다는 사실은 이미 더 이상 공공연한 비밀도 아니었다. 비록 실패로 돌아가긴 했지만, 사명(社名)이 신우상사에서 주식회사 신우로 바뀐 이래 단 한 번도 대표이사 자리에서 내려온 적이 없는 남편을 끌어내리려 했을 정도로 성숙의 권력욕과 명예욕은 남달랐다.

그런데 이제 그토록 원하던 대표이사 자리가 자연스럽게 그녀의 것이 될 예정이었고, 그런 의미에서 오늘은 '김윤국의 처' 가 아닌 '이성숙' 을 사람들에게 각인시키기에 더할 나위 없는 자리였다. 약삭빠른 그녀가 이런 기회를 놓칠 리 없고, 은호는 그 틈을 타 빠져나갈 작정이었다.

한쪽으로 슬그머니 물러난 은호가 눈으로는 자신의 차를 찾으며 들고 있던 까만색 손가방에 손을 넣어 뒤적였다. 장례식장에서 발인 직전에 수영이 사람들의 눈을 피해 손에 쥐어준 키홀더를 분명 넣은 기억이 나는데. 아무리 뒤져도 묵직한 감촉이 느껴지지 않는다. 순간, 뒷목으로 식은땀이 흐르기 시작했다.

정말 열쇠를 잃어버린 거라면 어떡하지? 가뜩이나 외진 곳이니 택시를 부른다고 해도 곧장 오리라는 보장도 없고, 보험사에 전화를 하게 되면 사람들의 눈을 피해 조용히 이 자리를 빠져나가려던 애초의 계획은 수포로 돌아가게 된다.

다정다감의 표상과도 같은 이성숙 여사가 곤란에 빠진 조카를 가만둘 리 없지. 아버지처럼 길러준 백부를 잃은 조카를 사람들 틈에 그대로 버려두고 갈 사람이 절대 아니니 말이다. 아무리 사양을 해도 자신의 차에 태울 테고 그렇게 되면 그녀와 꽤나 '오붓한' 시간을 보내게 될 것이다. 아아주 오오오랫동안 잊지 못할.

문득 깨달은 현실에 은호는 어깨를 부르르 떨며 진저리를 쳤다. 어떻게 해서든 조금이라도 빨리, 조금이라도 더 멀리 떨어져야 하는데. 어쩌지. 막막한 심정으로 주위를 둘러보는데 불쑥, 그녀의 눈앞에 무언가가 내밀어졌다.

"혹시 이거 찾아요?"

흰 손바닥 위에 검게 자리하고 있는 건 분명 자동차 리모트. 함께 있는 천사 조각의 열쇠고리도 낯이 익었다.

안도의 한숨을 쉴 겨를 따윈 없었다. 은호는 두 번 생각할 사이도 없이 손을 내밀어 재빨리 열쇠 꾸러미를 집어 들었다.

"고맙습니다."

얼굴도 제대로 마주치지 않고 고개를 꾸벅 숙여 인사를 하고 그대로 돌아서서 차로 종종걸음을 쳤다. 적어도 손목을 붙들리기 전까지는.

"아무리 바빠도 얼굴은 좀 보고 인사를 하죠?"

가뜩이나 마음 급해 죽겠는데 이건 또 무슨 상황이람.

바람 소리가 나도록 휙! 돌아선 은호의 냉랭한 눈이 자신의 손목을 붙잡고 있는 무례한 손과 손 주인의 얼굴을 번갈아 훑었다.

생기 가득한 목소리로 보아 젊은 남자일 거라고는 생각했지만, 이 정도로 상품(上品)일 거라고는 미처 예상하지 못했다. 훤칠하다는 말이 딱 어울릴 정도로 큰 키에 다부진 몸매, 윤곽이 뚜렷한 얼굴은 이목구비가 시원시원했다. 예의를 차리기 위해 갖춰 입었을 검은색의 양복마저도 그를 돋보이게 하고 있었다. 굳이 따지자면 곱상한 미소년 쪽보다는 남성 호르몬 강하게 풍기는 사내라고나 할까.

마음 같아서는 손가락을 입술 사이에 끼우고 휘파람이라도 한 번 불어주고 싶었다. 암만 해도 호르몬이 넘쳐흐르다 못해 생기발칙한 십대들과 너무 부대끼고 산 모양이다.

"네?"

하지만 마음과 달리 짧게 반문하는 목소리에서는 냉기가 뚝뚝 흘렀다. 왠지 본능으로 알 수 있었다. 눈앞의 먹음직스러운 남자와 자칫 실오라기 한 올만큼이라도 엮였다가는 굉장히 골치 아픈 일을 겪을 수도 있겠다는 걸. 열두 살 이후로 날카롭게 갈고닦은 본능은 늘 어김이 없었으니까.

"얼굴은 보고 인사하자구요. 자, 정식으로 다시 한 번."

그러면서 얼굴 가득 화악 번지는 미소를 보는 순간 뙤약볕에서 고된 논일 중에 새참 받아 든 머슴의 눈빛이 연상되는 건 왜일까. 왠지 이대로 사발에 든 차가운 막걸리 한 모금이 되어 그의 입안으로…….

아서라! 김은호. 대체 지금 무슨 생각을 하고 있는 거야!

게다가 생글생글 웃기까지 하니 차암. 아직 이름도 모르지만 너님의 존재는 전 세계 여성의 심장 건강을 위해 좋지 않겠어요.

아무 말 없이 잠자코 있는 은호를 향해 그가 싱긋, 미소를 날렸다.

"기왕이면 얼굴 보고 눈 마주치면서 인사하는 게 좋잖아요. 그러면서 통성명도 하고, 전화번호도 주고받고."

귀에 쏙쏙 들어오는 목소리며 조곤조곤 풀어내는 말이 참 달다. 이렇게 대놓고 작업 들어오기도 참 힘들 텐데. 평소에 인물값 좀 하시나 봐요.

표정만으로도 자신의 매력을 이백 퍼센트 장담하는 남자를 향해, 은호는 어지간한 말썽꾼 녀석들도 일단 뒤로 한 걸음 물러서게 만든다는 일명 '은여우표 째림'을 추가 옵션으로 장착해 '너 정말 마음에 안 든다'는 기색을 잔뜩 실어 노려봐 주었다. 하지만 이 남자, 심장을 강판으로 마감질을 했는지 그대로 반사.

조금 전 그녀의 눈빛 따윈 아무것도 아니라는 듯 오히려 입가에 띤 미소는 더욱 환해졌다.

"고맙다고 인사했잖아요."

다급함 때문인지 은호의 목소리가 써늘해졌다. 저만치에서 이쪽을 노려보고 있는 성숙 여사가 보인다. 성숙 여사의 눈짓에 다가간 영주의 얼굴이 곧장 그녀를 향하는 것을 보니 이제 곧 여왕마마의 분부를 받자온 공주님의 방문이 있을 건 자명했다.

마음대로라면 발이라도 동동 구르고 싶을 정도로 한껏 조바심이 난 그녀에게 남자가 물었다.

"이름 뭐죠? 나는."

미처 말을 끝맺기도 전에 은호가 그를 노려보았다.

무례한지고! 장례식에서 상복을 입은 여자에게 감히 추파를 던지다니, 대체 이 무슨 경우란 말이더냐. 당장 떨어지지 않으면 그 못된 손모가지가 성할 줄 아느냐!

왕의 총애를 한껏 입어 세상이 모두 제 것인 줄로만 아는 후궁의 눈빛. 절친인 수영이 일명 희빈 장씨 코스프레라고 명명한 바 있는 눈빛으로 은호는 눈앞의 남자를 노려보았다. 하마터면 오도가도 못했을 상황에서 구제해 준 것에 대한 고마움은 양심 저편으로 날려 버리고, 쓸데없이 들러붙어 시간만 낭비하게 한 짜증만 두 눈에 담뿍 담았다.

한데 '은여우표 째림'과 마찬가지로 그동안 단 한 번도 실패가 없었던 희빈 코스프레도 이번만큼은 통하지 않을 모양이었다. 하는 수 없다. 그냥 끊을 수밖에.

남자가 미처 말을 끝낼 사이도 주지 않고 기름한 그의 눈을 똑바로 쳐다보며 은호는 한 자 한 자 또박또박 말했다.

"아주, 정말, 굉장히, 진심으로, 차고 넘치도록 고. 맙. 습. 니. 다."

그리고 본래의 김은호 버전으로 돌아와 다시 한 번 싸늘하게 노려봐 주고 몸을 돌렸다. 눈 끝에 이쪽을 향해 걸어오는 영주가 들어오자 마음은 한없이 다급해졌다. 더 이상 지체해서는 곤란하다.

꼿꼿이 허리를 세운 채 차 문을 열어 운전석에 오르고 곧장 시동을 걸었다. 안전벨트도 하기 전에 기어를 넣고 무조건 밟기 시작했다. 튕기듯 차가 출발하고서야 차 안이 오뉴월 염천만큼이나 더운 열기로 가득하다는 사실을 깨달았다. 때 늦은 더위에 햇빛 아래 몇 시간 동안이나 세워두었으니 당연한 일일 터.

서둘러 차창을 내려 뜨거운 공기를 빼며 에어컨을 켰다. 찬바람이 나오려면 조금 기다려야 하지만 일단은 곧 시원해질 거라는 위안을 받기 위해서라도 켜야 할 것 같았다.

운전대를 잡고 있던 손을 운전석 손잡이 아래로 내리자 각이 진 은색 케이스가 잡혔다. 몇 해 전 생일에 수영에게 선물 받은 담배 케이스였다.

잠시 후 은호의 입술 새로 긴 연기가 새 나왔다. 언제부터인가 은호는 스트레스를 받거나 화가 나는 일이 있으면 슬그머니 담배를 피워 물기 시작했다. 학기 초나 학년 말처럼 잔무에 치여 죽을 지경일 때, 경우 없는 학부모가 급습해 왔을 때, 집 싫다고 뛰쳐나간 녀석이 몇 달 후에 뱃속에 애 싣고 왔을 때……. 그런 날 퇴근을 해 집에 들어서는 순간부터 은호의 입에는 어김없이 담배가 물려 있었다. 공부를 하다 죽는 한이 있어도 합격은 하고 죽어야 한다는 각오로 임용고시를 준비하던 시절에 생긴 습관이었다.

가슴 깊숙이 숨을 들이마시자 얇은 종이가 타들어가는 미세한 소리와 함께 흰 연기가 피어올랐다. 열려 있는 차창으로 들어오는 공기에 따라 흔들리다 이내 흩어내는 연기를 바라보는 것으로 은호는 룸미러로 향하려는 시선을 애써 붙들어 맸다.

한동안 멀리했던 담배의 향이 놀랍도록 황홀하고 기가 막혔다.

빨간 불빛이 손가락 가까이 타들어갔을 때 작은 차는 좁은 길을 벗어나 너른 국도로 들어섰다. 장지에서 멀어질수록 끈적임으로 가득했던 과거와도 이별을 하는 느낌이었다. 잘 달군 다리미를 대고 있는 듯 목덜미는 뜨거운데도 운전대를 쥔 손가락들은 소스라칠 정도로 이렇게나 차가운 걸 보니 어쩌면 며칠 된통 앓게 될지도 모르겠다.

붉은 미등을 보며 깊은 생각에 잠겨 있는 남자의 존재는 은호의 머릿속에서 금세 잊혀졌다.

# 2

눈을 뜨자 방 안은 잠들기 전과 별반 달라진 것 없이 환했다. 은호는 창을 통해 들어오는 빛을 피해 가느다랗게 실눈을 뜨며 베개 옆에 있는 리모컨을 집어 들고 TV를 켰다. 늘 그렇듯 뉴스 채널에 맞춰둔 탓에 이번에도 허리에 심지를 댄 듯 꼿꼿한 자태의 앵커가 각진 목소리로 뉴스를 전하고 있었다.

자신이 잠들었던 사이에 바깥세상에서 일어났던 소식을 전하는 건조한 앵커의 음성을 들으며 은호는 천장을 향해 반듯하게 누웠다. 베개를 옆으로 밀쳐 낸 뒤 발가락 끝을 밀었다 당기고 밀었다 당기고. 몇 번을 반복하자 벽을 향해 오그리고 자느라 뭉쳤던 종아리 근육이 서서히 풀리며 제자리를 찾아가는 게 느껴졌다.

고개를 오른쪽 왼쪽 번갈아 돌리며 목 근육을 펴주고 나비잠을 자는 듯 팔을 머리 위로 길게 뻗으며 기지개를 켰다. 뒤꿈치와 어깨를 바닥에 댄 채로 나머지 부분들은 있는 힘껏 위로 들어 올리려 애를 썼다.

잠시 후 나름대로 스트레칭을 마친 은호는 매트리스 위로 몸을 털썩 내리고 한참이나 그대로 누워 숨을 골랐다. 타월지로 된 이불의 감촉이 맨살에 닿는 느낌이 어느 때보다 좋았다. 졸음을 이기지 못해 제대로 말리지 못한 머리칼에서는 아직도 샴푸의 향내가 풍겼다.

간혹 잠기운을 완전히 떨치지 못한 채로 침대 안에 있다 보면 엄마에게 어리광을 부리던 어린 시절로 돌아간 듯한 기분이 들 때가 있는데 오늘이 바로 그런 날이었다.

한참 동안이나 나른하게 늘어져 있던 은호가 손을 뻗어 머리맡에 있을 전화기를 더듬어 집어 들고는 집에 오는 길에 꺼두었던 핸드폰의 전원을 켰다. 꽤 잔 것 같긴 하지만 시간이 얼마나 지났는지 정확히 헤아릴 수가 없었다. 곧이어 경쾌한 음악 소리와 함께 전원이 들어오며 오늘 날짜와 현재 시간이 나타났다.

눈앞에 나타난 숫자들을 본 은호가 잠시 고개를 갸웃하더니 그 사이 꺼진 액정을 켜서 잠금을 해지하고 날짜와 시간을 다시 확인했다. 놀랍게도 침대에 든 지 만 하루가 지나 있었다. 믿을 수 없다는 듯 은호가 베개 아래로 전화기를 밀어 넣어버렸다.

그러니까 전화기가 알려준 대로라면 어제, 그녀는 집으로 돌아오자마자 곧장 욕실로 들어가 지긋지긋한 상복을 찢어내듯 벗어버리고 최대한 샤워 꼭지를 올려 뜨거운 물부터 틀었다. 손바닥 가득 샴푸를 덜어내서 머리 감기를 자그마치 세 번. 두피의 감각이 어느 정도 돌아왔다 싶어지자, 이번에는 바디클렌저를 사용해 온몸 구석구석을 네 번이나 닦아냈다. 그러고 나서야 몸에 밴 향의 냄새가 가신 것 같았다.

기억하는 것 중 가장 오랜 샤워를 마치고 나온 뒤에는 곧장 냉장고의 홈바를 열고 생수병 하나를 고스란히 비워냈다. 줄을 지어 있는 맥주 캔을 아쉬운 눈으로 바라보면서도 혹여 잠자는 데 방해가 될까 봐 꾹 참고는 새 물병을 꺼내 방으로 돌아왔다.

그리고 침대에 누웠고 으음……. 베개에 머리를 댄 순간부터 전혀 아무런 기억이 없는 걸 보면 그대로 잠이 든 모양이었다. 불면증까지는 아니더라도 그녀는 매일 밤 잠드는 데 꽤 애를 먹는 편이었다. 한 번도 깨지 않고 네 시간 이상 잤던 게 언제인지 기억이 나지 않을 정도로 꽤나 예민한 편이기도 했다.

그러니 눈으로 시간을 확인하고도 만 하루를 꼬박 자는 걸로 보냈다는 게 쉽사리 믿기지 않았다.

"죽을 것처럼 피곤한 게 가끔은 좋을 때도 있구나."

반듯이 누운 채로 천장에 붙어 있는 벽지의 밋밋한 패턴을 바라보며 은호가 중얼거렸다.

인간의 몸은 식욕, 수면욕, 성욕 등 기본적인 욕구를 충족하는 데 굉장히 성실하게 임하도록 설계가 되어 있어서 그것들이 충분히 충족되지 못하는 경우에는 반발 작용 또한 심하다고 들은 적이 있다. 성욕이야 아직 미개척 분야이니 패스. 하지만 한계점을 넘을 정도로 오랫동안 푹 자본 적이 없는 그녀의 몸이 주인에게 심통이 나 있었던 것이 분명했다. 그러지 않고서는 이렇게나 오래 잠이 들었던 것을 설명할 수가 없었다.

그런데 아아.

수면욕이 충족되는 동안 멀찌감치 떨어져 있던 식욕이 서서히 제자리를 찾으려는 모양이다. 마음 같아서는 이대로 다시 잠이 들고 싶은데 배가 고파오기 시작했다. 일단 배고프다는 생각이 들자 허기는 더욱 심해졌다. 위장을 가득 채우고 있을 시디신 위액이 이제 목구멍을 지나 입안까지 넘보고 있었다.

후들거리는 다리를 침대 아래로 내리고 간신히 일어서서 냉장고로 향했다. 빈말로라도 결코 넓다고 할 수 없는 집 안에서 어린애 걸음으로도 몇 발짝 되지 않는 주방으로 향하는 동안에도 은호의 머릿속에는 온통 먹을 것 생각뿐이었다.

어디 보자. 뭐가 들었을까나. 홈바의 우유는 이미 유통기한이 열흘은 족히 지났을 거고 냉장고에서 과일 향 못 맡은 지는 한참 오래전이었다. 같은 학년에서 국어과를 담당하는 다른 선생님이 느닷없는 조산으로 예상보다 이르게 출산휴가를 얻은 바람에 혼자서 시험 문제를 출제하느라 눈코 뜰 새 없이 바빴고, 그 와중에 담임을 맡고 있는 반 녀석이 된통 사고를 쳐서 그거 수습하느라 발바닥에 불이 나도록 뛰어다녀야 했다. 어찌어찌 해결하고 겨우 한숨을 돌리려던 찰나에 장례식장으로 뛰어갔으니 냉장고에 성한 음식이 있으면 외려 그게 더 이상한 일이었다.

아무것도 없을 거라는 걸 알고 있지만 배가 고플 때는 예의상으로라도 냉장고를 열어줘야 하는 법이다. 냉장고 손잡이를 잡은 채 은호는 잠시 한숨을 쉬었다.

“시간제 우렁각시 같은 거라도 있으면 참 좋을 텐데.”

하지만 다음 순간 그렇지 않아도 커다란 은호의 두 눈이 아예 왕사탕만 해졌다.

“이게 다 뭐야?”

산 기억도, 본 기억도 없는 유리 밀폐용기 두 개가 여봐란듯이 냉장고 선반을 차지하고 있었다. 투명한 용기 안으로 보이는 연갈색의 저것은 호밀 빵임이 분명했다. 역시 절친밖에 없구나. 사랑한다니까, 강수영.

다급한 손길로 서둘러 뚜껑을 열자 역시나 먹음직스러운 자태의 샌드위치들이 가지런하게 안을 채우고 있었다.

“으음. 좋아, 좋아.”

입안 가득 욱여넣은 채로 은호는 고개까지 흔들어가며 감탄사를 연발했다. 평소 좋아하는 구수한 향의 호밀 빵의 질감이라든가 빵 사이에 뭐가 들어가 있는지 느낄 사이도 없이 허겁지겁 샌드위치 한 조각을 해치웠다. 서늘한 기운을 그대로 맞아가며 먹는 동안 냉장고문이 열렸다는 경고음이 울려 퍼졌지만 가볍게 무시하고 다음 조각을 집어 들었다.

"우와, 이제야 살겠네."

열려 있는 냉장고를 몸으로 막고 선 채로 샌드위치 몇 조각을 단숨에 먹어치운 후에야 눈이 제대로 뜨이는 것 같았다. 하아. 역시 인간의 본능이란.

샌드위치 용기 옆에 나란히 서 있던 주스 병을 따서 역시 홀라당 비워낸 은호가 유리병을 버리기 위해 재활용품 바스켓을 둔 현관으로 향했다. 병이 쓰러지거나 해서 바스켓이 더러워지지 않도록 잘 세워두고 돌아서는데 초인종이 울렸다.

"나야."

머뭇거리는 인기척을 들었는지 누구인지 묻기도 전에 수영이 자신임을 알렸다.

"그냥 들어오지. 새삼스럽게 초인종은."

문을 열어주며 은호는 가볍게 타박을 했다.

"너 아직까지 자고 있을까 봐. 아무 대답 없으면 그냥 가려고 그랬지."

구두를 벗고 주방으로 향하던 수영이 식탁 앞에 서서 뒤따라오는 은호를 살폈다.

"여태 잤니?"

"조금 전에 일어났어."

"냉장고에 뭘 좀 넣어놨었는데."

"덕분에 굶어 죽지 않을 수 있었어. 너무 기운이 없어서 이러다가 변기 물 내릴 힘도 없겠구나 싶었거든."

"가만 보면 내가 차암 사려가 깊어. 그지?"

"그 말만 안 했어도 차암 완전무결했을 텐데."

언제나처럼 실없는 농담에 이어지는 실없는 대꾸. 그리고 뒤이은 키득거림.

수영이 들고 온 작은 꾸러미를 식탁 위에 올리며 턱짓으로 의자를 가리켰다.

"도시락 싸 왔어. 앉아."

은호의 눈이 금세 휘둥그레지며 감탄이 절로 나왔다. 우와, 샌드위치만으로도 감지덕지할 노릇인데 대체 이게 무슨 횡재냐. 원래도 인심이 넉넉한 아이긴 하지만 밥까지 바리바리 싸 들고 온 걸 보니 지난 며칠 동안 내가 무지 안돼 보이긴 했나 보구나.

식탁에 앉은 은호는 수영이 하나하나 펼쳐 놓기 시작한 도시락에 시선을 주었다. 뚜껑을 열 때마다 모습을 보이는 반찬들에 절로 군침이 돌았다. 이게 대체 얼마 만에 대하는 밥이야. 밥아, 너 본 지 오래구나.

장례 기간 동안 조실부모한 저를 거두어 길러준 백부가 세상을 떠났는데 재는 어찌하는지 보자는 듯 호기심 어린 눈을 떼지 않는 사람들 틈에서 밥이 제대로 넘어갈 리 없었다. 게다가 그동안 틈이 날 때마다 내 딸처럼 기른 아이라고 그녀를 두고 생색을 내던 성숙 여사가 막상 장례식장에서는 그녀가 빈소에 드나드는 걸 썩 달가워하지 않는 눈치라 은호는 접빈실에서 시간을 죽이며 보내야 했다.

한데 접빈실은 접빈실대로 문제였으니. 친정에서 물려받은 어마어마한 재산에 앞으로 더해질 남편의 유산까지, 성숙 여사의 재산이 얼마나 될 것인지 더하기, 곱하기를 해대는 고모들과 숙부모들 때문이었다. 성숙 여사의 보호 아래 있는 영주나 승주에게는 정작 말 한마디 붙여볼 엄두도 내지 못하면서 은호를 붙잡고는 별별 얘기들을 늘어놓았다.

은호가 대단한 대화 상대여서가 아니라 그중 몇 마디라도 그녀를 통해 성숙의 귀에 들어갈 수 있으리라는 기대 때문이었다. 은호의 입장에서 보자면 헛되기 그지없었지만 다들 하나같이 어찌나 진지하던지.

차마 그 앞에 대고 면전에서 '헛수고하고 계시는 거' 라는 말을 할 수가 없었다. 뭐, 그래 봤자 십 년도 넘게 계속된 성숙 여사의 진지하기 짝이 없는 친엄마 드립에 세뇌가 되어서 믿지도 않았을 테지만 말이다. 그러니 이래저래 앉은자리가 가시방석일 수밖에 없었다.

그리고 무엇보다 백부님의 장례였단 말이다. 열두 살 때부터 부모님을 대신해 키워주신 분이 세상을 뜨셨는데 도저히 우적우적 밥을 넘길 수가 없었다. 살뜰한 정을 주거나 하지도 않으셨고, 은호 또한 커다란 애정이 있었던 건 아니었다. 하지만 그분이 계셔서 무사히 학업을 마치고 김은호라는 이름 석 자가 부끄럽지 않게 살고 있으니 마음이 아프지 않다면 거짓말이었다.

이래저래 몸도 마음도 고달프고 힘이 든 며칠간이었다. 그러니 어찌 밥이 반갑지 않을 수가 있겠는가.

젓가락을 쥔 손이 저절로 가슴 앞으로 모아진다. 열두 살 이후 매 끼니 눈칫밥으로 배를 불리며 자라서인지 은호의 밥에 대한 애착은 꽤나 끈끈한 편이었다. 밥이 끼지 않은 다른 음식들은 적당한 속도로 아무 감흥 없이 그저 먹어치우면서도, 지금처럼 정성이 깃든 밥과 국, 반찬들이 차려진 식탁에 앉으면 표정부터 진지해졌다.

"냉장고에 있는 애들 대강 털어왔는데. 얻어먹는 주제에 반찬 타박하는 건 아니겠지?"

말은 저렇게 하지만 버섯볶음에 계란찜, 북어무침과 갓 무친 듯 보이는 겉절이 등등 대여섯 가지나 되는 반찬에 미역국까지. 가히 성찬이라고 불러도 전혀 아깝지 않을 만큼 수영의 도시락은 맛깔스럽고 푸짐했다.

배부르게 식사를 끝내고 괜찮다고 말리는 것을 뿌리치며 설거지를 마친 은호가 마른 수건에 손을 닦으며 물었다.

"오늘 월차 냈어?"

식탁에 앉아 커피를 홀짝이던 수영이 어처구니없다는 얼굴이 되었다.

"오늘 토요일이잖아."

"토요일이라고?"

식탁 옆에 걸린 달력에서 좀 전에 침대에 누운 채로 확인했던 날짜를 확인한 은호가 고개를 끄덕였다.

"정말 토요일이네."

한참 잘 자고 일어나 출근 준비를 하려는데, 알고 보니 아침이 아니라 늦은 밤일 때 느끼는 뿌듯함 같은 것이 갑작스레 밀려들었다. 사정 때문이라고는 해도 사흘간 출근을 못했으니 오후에라도 나가야지 하고 생각하고 있었는데 이틀을 번 셈이다.

"거기서부터 혼자 운전해서 온 거야?"

운전할 자신이 없다며 장례식장까지 택시를 타고 갔던 은호가 굳이 장지까지 자신의 자동차를 가져다 달라고 부탁한 이유를 수영은 모르지 않았다.

작년 봄 새로 발령받은 학교가 멀어서 출퇴근이 힘들어지자 은호는 고심 끝에 차를 구입했다. 차로 달리면 넉넉잡고 이십 분이면 충분할 것을, 직접 연결된 대중교통이 없어서 버스와 지하철을 연달아 갈아타야 하니 한 시간도 더 걸렸던 것이다.

"응. 혼자 드라이브하는 것도 생각보다 나쁘지 않았어."

말과 달리 전혀 신나 하는 목소리가 아니었다.

당연하지. 수영은 고개를 비스듬하게 틀며 삐져나오려는 웃음을 감췄다. 수영이 아는 사람 중에 은호만큼 운전을 귀찮아하는 사람은 처음이었다. 옆자리에 앉아서 보면 운전을 못하는 건 아닌데 마지못해 어쩔 수 없어서 한다는 기색이 너무도 역력했다.

그런 애가 족히 두 시간 반은 걸릴 거리를, 그것도 국도와 고속도로를 번갈아 타야 하는데도 혼자서 운전을 하겠다고 한 걸 보면 얼마나 그 자리를 빠져나오고 싶었는지 짐작이 갔다.

"아아."

"왜?"

"그러고 보니까 동훈 씨한테 고맙다고 전화한다는 걸 깜박했다."

그대로 일어날 기세인 은호를 붙잡아 앉히며 수영이 물었다.

"걔한테 왜 고마워?"

"나 때문에 괜히 동훈 씨까지 고생했잖아. 너 다시 데려가려고 자기 차로 뒤따라왔을 거 아냐."

"안 그래도 나잇값 못하고 틈만 나면 차 몰고 어디로 놀러 나갈 궁리나 하는 앤데 뭘. 그날처럼 핑계 생겼을 때나 마음껏 부려먹는 거지."

고등학교 때부터 장장 십 년이 넘는 세월을 지지고 볶아온 남자친구의 수고로움 따위, 고양이가 수염 기르는 거하고 다를 바 없다고 여기는 강수영다운 말이었다.

"일 바빠서 한 달 넘게 여행 거르면 삐치는 게 누군데."

"걔가 일만 하느라 바쁜 줄 아니? 그날 갔다 와서도 아파트가 꽉 차게 친구들 죄다 불러들여서 술판 벌였잖아. 누가 '마자 클럽' 멤버들 아니랄까 봐 다들 떡이 돼서는. 가시는 길에 꽃잎이라도 뿌려주고 싶을 정도로 장렬히 전사하더라. 그 바람에 잘 데가 없어서 호텔에서…… 음."

평소답지 않게 얼굴을 붉히고 말끝도 제대로 못 잇는 걸 보니 그날 장렬히 전사한 건 마시고 죽자고 모인 '마자 클럽' 멤버들뿐만이 아닌 모양이었다. 물론 전사하는 방법은 사뭇 달랐겠지만 말이다.

"너."

재미있다는 듯 키득거리는 은호를 노려보는 수영이 막 한마디 하려는데 침실에서 휴대전화가 울리기 시작했다.

"잠깐만. 위패는 전화 받고 와서 만들어줄게."

키들거림을 멈추지 않은 채 침실로 들어온 은호가 전화를 받았다. 액정에 뜬 번호는 낯설었지만 직업상 학부모들이 전화할 때가 간혹 있어서 일단 걸려오는 전화는 무조건 받는 것이 철칙이었다.

"네."

[안녕하세요, 은호 씨. 유상현 변호사예요.]

"아, 네. 안녕하세요, 변호사님."

문밖으로 향하던 걸음이 우뚝 멈춰 섰다.

전화를 걸어온 사람은 백부님의 변호사였다. 아니, 이젠 '였었다' 고 해야 하나. 예전 한남동에 살 때 몇 번 인사도 나눈 적이 있었다. 하지만 백부도 세상을 뜬 지금 이렇게 직접 전화를 걸어오다니. 대체 무슨 용무 때문일까.

[바쁘지 않으면 잠깐 통화할 수 있어요?]

"예, 괜찮습니다. 안 바빠요."

[다음 주 월요일에 시간 좀 내줬으면 해서요.]

궁금해하는 마음을 알아차렸는지 상현은 곧장 본론으로 들어갔다.

"저를 왜……."

[그날 고인의 유언장이 공개될 예정이에요. 큰댁과는 이미 얘기가 됐습니다만, 은호 씨도 참석을 해야 하는 자리라 연락을 했어요.]

눈으로 직접 보지는 않았지만 뻔했다. 분명 유언장 공개를 재촉하며 성숙 여사와 사촌들이 번갈아 전화를 걸어댔을 것이다. 그들에게 시달렸을 것을 생각하자 은호는 갑자기 전화기 저편에 있을 머리 희끗희끗한 남자가 가엾어졌다.

"제가 꼭 갈 필요가 있을까요? 저는 어차피 직계가족도 아닌데요."

가족들이 모여 고인을 추모하는 자리라면 얼마든지 참석할 용의가 있었다. 하지만 가족들끼리 모여 재산을 분배하는 자리에 굳이 낄 이유는 없다 싶었고 끼고 싶은 마음도 없었다. 백부님이 세상을 떠난 지금, 저들과의 인연은 이대로 깨끗하게 끝을 맺는 게 좋다고 생각하고 있는 은호였다.

[은호 씨도 주요 상속인이라서 꼭 참석을 해야 합니다. 불가피한 이유로 직접 참석이 어려우면 대리인이라도……]

탐탁지 않아 하는 은호를 어떻게든 불러들이기 위한 노련한 변호사의 한마디에 은호는 그대로 넘어갔다.

"네에?"

갑자기 높아진 목소리에 저만치서 통화하는 걸 보고 있던 수영이 눈으로 무슨 일이냐는 듯 물었다. 그녀를 보며 은호는 고개를 저었다. 나도 무슨 영문인지 모르겠어.

[혹시 은호 씨가 그날 참석하기 힘들면 다른 분들과 상의해서 날짜를 다시 잡도록 하겠습니다.]

뒤이어 들려오는 말에 은호가 번쩍 정신을 차렸다.

"그러니까 제가 꼭 가야 한다는 말씀이시죠?"

[그래요.]

날짜까지 미뤄가며 스케줄을 맞추겠다는 말에 짧은 줄다리기는 은호의 패배로 끝이 났다.

유언장 공개 날짜를 미루었다가는 유 변호사도 은호도, 성숙 여사와 사촌들의 등쌀에 견뎌나지 못할 것이다. 유 변호사 스스로도 그 사실을 잘 알고 있어서인지 말끝에 약하게 미련이 묻어나왔다. 하지만 그보다 더 곤란을 겪을 사람이 있다면 그건 바로 은호였다.

공연히 곤란을 자초할 필요는 없지. 무엇보다 비서를 시켜도 될 것을 직접 전화를 걸어온 나이 지긋한 변호사의 정성을 무시할 수가 없었다.

"몇 시까지 가면 될까요?"

[오전 10시에 약속이 되어 있습니다.]

전화를 끊고도 한동안 멍하니 안갯속을 헤집고 있던 그녀의 귀에 수영의 목소리가 들렸다.

"누군데 그렇게 넋을 빼고 있어?"

그제야 은호는 퍼뜩 정신을 차렸다. 넋 놓고 있는 사이 다가온 수영이 그녀의 눈앞에서 손가락을 들어 흔들어 보이고 있었다.

"아, 백부님 변호사."

"그 양반이 왜 너한테 전화를 해?"

은호의 사정을 빤히 알고 있는 수영에게도 예상 밖이었나 보다. 자주색 마스카라가 곱게 발린 속눈썹이 궁금증을 담은 눈을 감싸고 몇 번이나 파닥이며 날갯짓을 하는 걸 보면.

"유언장 공개 때문에."

재벌이라고 하기에는 턱에 닿지 않고 준재벌이라고 하기에도 규모나 매출 면에서 살짝 부끄럽지만 주식회사 신우는 자금줄 탄탄하고 건실한 알짜배기 중견기업이라는 평가를 얻고 있었다. 그런 만큼 백부가 남긴 재산도 적지 않을 터이지만, 애초에 처가의 재력을 바탕으로 해서 일군 재산이니만큼 여기저기 성숙의 입김이 들지 않은 곳이 없었다.

그런데 유언장이 공개되는 자리에 난데없는 호출이라니. 어쩐지 뒷목이 서늘한 것이 기분이 좋지 않았다.

"자린고비 백부님께서 너한테 뭘 남겼나 보지?"

"글쎄……."

심드렁한 대답만큼이나 속마음이 영 개운치가 않다.

유 변호사와 약속한 시간보다 조금 이르게 은호는 로펌 입구에 도착했다. 듣기로는 요즘 이쪽 업계가 전체적으로 불황이라고 하는데 이곳만은 예외인 것 같다.

건물 안으로 들어와서 보니 로펌 〈세인〉은 커피숍과 라운지가 자리한 일층을 제외한 칠층 건물 전체를 사용하고 있는 듯했다. 하긴 은호가 아는 백부님이라면 소규모의 조그만 사무실을 가진 변호사와 관계를 맺지 않았겠지. 설령 그랬다고 하더라도 체면을 목숨만큼이나 중시하는 성숙 여사가 그대로 두고 봤을 리도 없고.

"어떻게 오셨습니까?"

건물 중앙의 에스컬레이터를 타고 이층으로 올라가자 입구의 데스크에서 리셉셔니스트가 다분히 업무적인, 그렇지만 기분 좋아지는 상냥한 미소와 함께 그녀를 맞았다.

"김은호라고 하는데요."

"아, 김은호 님! 유 변호사님께 말씀 들었습니다."

먼저 용건을 꺼내기도 전에 리셉셔니스트가 그녀를 엘리베이터로 안내했다. 대기하고 있는 엘리베이터에 오르고 그들은 곧장 육층으로 향했다. 엘리베이터에서 멀지 않은 방으로 그녀를 안내한 그녀가 문을 열어주었다.

"안에서 잠깐만 기다려 주세요."

"감사합니다."

정중한 목례와 미소로 답한 그녀가 문을 닫은 지 얼마 되지 않아, 역시나 그려놓은 듯 생긋한 미소를 띤 정장 차림의 여자가 들어왔다.

"안녕하세요, 김은호 님. 저는 변호사님을 모시고 있는 홍세정입니다. 저희 변호사님께서 지금 상담 중이시라서요. 끝날 때까지 여기서 잠시만 기다려 주시겠어요?"

"예."

설사 기다릴 생각이 없었더라도 꼭 기다려야 할 것 같은 분위기. 어정쩡한 미소와 함께 은호는 소파에 앉았다.

"음료는 무엇으로 준비해 드릴까요?"

"커피면 됩니다."

탕비실로 보이는 곳으로 여자가 들어간 뒤 잠시 둘러보던 은호에게서 감탄이 절로 나왔다. 특유의 번쩍거리는 매끈거림으로 제 몸이 값나가는 대리석임을 드러내 놓고 자랑하는 바닥부터, 뭔지는 알 수 없으나 굉장히 호사스러워 보이는 벽과 천장의 마감재, 이대로 달랑 들어다가 거실에 두고 싶은 소파와 원목 탁자까지.

값비싼 물건에는 그다지 욕심이 없는 편이지만 마시는 물 한 모금까지도 최상품만 찾는 성숙 덕분에 은호는 제 또래보다 제대로 된 물건에 대한 괜찮은 안목을 지니고 있었다. 그런 그녀의 눈에도 이 안을 채우고 있는 집기들은 상당히 고급스러웠다.

업무 능력은 확인할 길이 없으나 인형 같은 얼굴에 날씬한 바디라인만 봐서는 '만점입니다아!' 라고 외쳐 주고 싶었던 조금 전의 두 사람까지도 완벽해 보였다.

잠시 후 은호의 앞에 커피잔을 놓아준 홍 비서가 상담이 끝나는 대로 모시러 오겠다는 말을 남기고는 역시나 흠 하나 잡을 데 없는 뒤태를 자랑하며 사라졌다. 향은 구십구 점, 맛은 백 점인 커피를 마시는 동안 은호는 으리으리한 서울 사돈집에 초대받은 시골 사는 김 영감에 서서히 빙의가 되어가고 있었다.

일부러 밖에서 기다리고 있기나 한 것처럼 다 마신 커피잔을 내려놓는 것과 동시에 노크 소리가 나더니 조금 전의 홍 비서가 문을 열었다.

"김은호 님. 변호사님께서 기다리고 계십니다."

그래요, 나도 기다리고 있었어요.

복도를 지나 한 발 앞서 걸어가는 홍 비서의 뒤를 따라가자니 완전무결한 뒤태에 다시 한 번 감탄사가 절로 나온다. 이런 데서 근무하려면 갖추어야 할 조건이 녹록치 않을 텐데도 아무 일 안 하고 하루 스물네 시간 몸매 관리만 하고 사는 여자 같다. 진심 부럽구나.

"이쪽입니다."

양쪽으로 주욱 이어진 문들 중 한곳에 멈춰 선 홍 비서가 노크를 하고 반쯤 문을 열더니 옆으로 비켜섰다.

"들어가십시오."

감사의 표시로 가볍게 목례를 한 은호가 안으로 들어가자 뒤이어 문이 닫혔다.

"또 보네요."

기대했던 것과는 다른 뜻밖의 인사. 무엇보다 목소리가…… 목소리가?

놀라 고개를 든 은호의 눈앞으로 전혀 의외의 인물이 다가오고 있었다. 전 세계 여성들의 심장 건강에 치명적인 미소와 함께.

# 3

노크 소리에 준석은 자신도 모르게 허리를 곧추세웠다. 곧이어 문이 열리고 홍 비서의 안내를 받은 은호가 안으로 들어왔다. 이제 곧 눈을 들어 자신을 발견하면 어떤 표정을 지을지 준석은 사뭇 궁금해졌다.

아니나 다를까, 예상은 빗나가지 않아 인사를 하기 위해 고개를 든 그녀의 두 눈이 그를 보자마자 놀라 휘둥그레졌다. 고모부를 생각하고 들어왔을 테니 당연히 백발이 희끗희끗 섞인 노신사를 기대했겠지. 그런데 대체 저 얼굴 어디가 스물여덟이라는 거야. 자기가 가르치는 애들보다 더 애 같은데. 순 사기지.

고모부인 유상현 변호사에게서 건네받았던 그녀의 프로필을 떠올리며 준석은 속으로 혀를 찼다.

쓱 훑어보니 며칠 사이에 장지에서 봤을 때보다 더 호리호리해진 것 같다. 그때는 검은 상복 차림이라 그러려니 했었는데 감색 스커트와 재킷을 입고 있는 모습이 더없이 가냘프기까지 하다.

"우리 구면이죠?"

웃으며 건네는 말에 기대와는 전혀 다른 대답이 돌아왔다.

"저는 유상현 변호사님을 뵈러 왔는데요."

그러면서 바라보는 눈에는 직접 소리 내서 말하지 않았다 뿐이지 '얜 또 뭐야' 하는 기색이 역력했다. 며칠 전에 알아차리긴 했지만 역시 쉬운 타입이 아니라니까.

"우리 그날 인사도 제대로 못했는데. 반가워요."

"안내해 주신 분이 방을 착각한 모양이군요. 실례했습니다."

곧장 뒤돌아서 문고리를 잡는 걸 본 준석이 그녀의 이름을 불렀다.

"김은호 씨!"

문고리는 그대로 잡은 채 고개를 틀어 그와 눈을 마주한 채 은호가 물었다.

"제 이름은 어떻게 알고 계시죠?"

처음 마주쳤던 그날, 이미 알아차렸지만 그녀의 눈빛에는 꽤 강한 포스가 깃들어 있었다. 타고난 것인지 아니면 드센 십대들 사이에서 생활하다 보니 저절로 그렇게 된 건지는 알 길이 없지만, 심약한 남자 같으면 언제 첫 몽정을 했는지까지도 묻는 대로 고스란히 털어놓고 싶을 정도로 강력한 건 분명했다.

아이 같은 말간 얼굴에 여제(女帝)의 눈빛이라.

준석이 보기에는 언밸런스의 최강 조합이었다. 하지만 아이러니하게도 바로 그 점이 준석의 구미를 당기게 했다. 처음 보는 여자에게 난생처음 질척거린다 싶게 치근거렸던 것도 바로 그런 이유 때문이었다. 화르륵 타오르는 저 눈빛이 보고 싶어서.

이때까지만 해도 준석은 자신이 실로 감탄해 마지않는 포스 가득한 눈빛이 은호의 만만치 않은 성격에서 기인한 것이라는 사실을 간과하고 있었다. 그러니 그로 인해 자신의 연애사가 꽤나 지난하리라는 것도 당연히 알 리가 없었다.

"우선 앉으시죠."

준석이 미소를 띠며 자리를 권했지만 그녀는 여전히 선 채로 그의 대답을 기다리고 있었다.

"얘기가 깁니다. 그러니까 일단 앉으세요. 다른 가족분들을 뵙기 전에 우선 저와 이야기를 나누어야 하니까요."

간단히 대답할 수 없는 긴 설명이 필요하다는 말에 은호는 그제야 걸음을 옮겨 자리에 앉았다.

"차는."

"마시고 왔어요."

"그럼 잠깐만 기다리세요."

벽 쪽에 마련된 커피머신에서 서둘러 커피 한 잔을 따르며 준석은 벽을 향해 눈을 질끈 감고 속으로 연달아 세 번 파이팅을 외쳤다. 그러고 나서 다시 돌아와 자리에 앉자 책상 위에 명패 쪽으로 향해 있던 그녀의 눈이 그를 향했다.

"오늘 유 변호사님과 만나는 걸로 알고 오셨을 거예요."

"네."

어느새 업무 모드로 돌입한 준석이 그녀의 말에 고개를 끄덕였다.

"그래서 제가 전화를 드릴까도 생각했었는데, 아무래도 아는 분과 약속을 잡는 것이 은호 씨 입장에서는 더 편하실 것 같아서 유 변호사님께 부탁을 드렸습니다."

머그를 내려놓은 그가 재킷 안의 명함케이스를 꺼냈다.

"인사가 늦었군요. 윤준석입니다."

명함을 받기 위해 내미는 손이 그의 눈길을 끌었다. 그 나이 또래의 대부분의 여자들과 달리 짧게 깎은 손톱에는 아무런 색깔도 칠해져 있지 않았다. 하지만 짧은 손톱을 상쇄하고도 남을 만큼 흰 손가락은 길고 곧았다.

잠자코 명함을 들여다보던 그녀의 눈이 이내 자신에게로 향하자 준석은 흠칫 긴장을 하며 어깨를 굳혔다.

가까이서 보니 화장기가 거의 없는데도 길게 뻗은 속눈썹 때문인지 눈매가 곱고 아름다웠다. 거기에 모양 좋은 얼굴형에 만지면 분가루가 묻어날 듯한 피부, 반듯한 입술까지. 오는 여자는 즐거이 반기고, 떠나는 여자에게 감사하며 살았던 한때의 경험으로 장담하건대 이 정도의 미모라면 가히 특급이라고 할 수 있었다.

조금만 자신을 꾸미고 가꾸면 타고난 빛을 제대로 발휘할 수 있을 텐데 말이지. 하지만 아쉬움도 잠시, 준석은 곧장 생각을 바꾸었다.

그렇지 않아도 블링블링, 후광이 작렬인데 여기서 작정하고 꾸몄다가는 달려드는 파리 떼들 때문에 속깨나 썩을 것이 불 보듯 훤했다. 그러니 이대로 그냥 두는 것이 마음의 안녕과 평화를 위한 길일 듯했다.

속깨나 썩을 장본인이 과연 그녀 자신일지 아니면 다른 누가 될지, 마음의 안녕과 평화를 바라는 이는 또 누구일지 생각하는 것은 잠시 뒤로 미루기로 했다.

"백부님 일은 유 변호사님께서 맡고 계신 걸로 알고 있는데요."

"맞습니다."

"그런데 왜……."

커다란 눈에 한가득 담긴 의구심에 준석이 차분히 본론을 꺼냈다.

"돌아가신 김윤국 님과 그 유족에 대한 법률자문은 변동 사항이 없는 한 앞으로도 계속해서 유 변호사님이 맡게 되실 겁니다. 하지만 김은호 씨와 관련한 모든 법률적인 사무는 제가 맡게 됩니다. 이제 알게 되겠지만 이건 김윤국 님께서 생전에 미리 결정해 두신 사항입니다."

그의 말을 들은 은호가 얼핏 이해가 가지 않는다는 듯 고개를 갸웃거렸다.

"그렇지만 전……."

이 대목에서 조금 전 들은 준석의 이름이 얼른 떠오르지 않자 그를 보며 잠시 머뭇거렸다.

그 모습에 준석이 속으로 한숨을 삼켰다. 이름을 알려주고 명함을 건넨 게 불과 조금 전이었건만, 천하의 윤준석이 어쩌다가 그 잠깐 동안도 머릿속에 담아두지 않을 정도로 가벼운 존재가 되었나. 그것도 여자한테 말이다. 속 가득 번져 가는 허탈함을 감추기 위해 준석은 애써 담담한 표정을 보이려 애를 썼다.

준석의 속내는 아랑곳없이 작정한 말이 끊긴 것에 답답해하던 은호가 이내 방향을 전환해 말을 이어갔다.

"어쨌든 이런 사실들에 대해서 저는 전혀 들은 바가 없어요. 오늘도 유언장이 공개되는 자리에 제가 꼭 참석해야 한다고 해서 출근도 미루고 나온 거구요. 무엇보다 제게 법률적인 문제가 있는 것도 아닌데 변호사가 왜 필요한지 모르겠어요."

"지금 당장 이 자리에서 자세한 설명을 하기는 어렵습니다. 하지만 김윤국 님께서는 당신 사후에 유언장이 공개되면 은호 씨를 도와줄 사람이 필요하다고 판단하셨습니다."

재산의 가치나 규모는 사람에 따라 느끼는 정도가 천차만별, 상대적인 거라고는 해도 어쨌든 그녀의 백부는 제법 자산가 소리를 듣고 살았던 사람이었다. 그런데 조실부모하고 기댈 곳 없는 조카를 위해 따로 변호인을 선임해 두었을 정도면 그녀 앞으로 남겨진 재산이 상당하리라는 짐작을 하는 건 어렵지 않았다.

그런데 정작 은호에게서는 긴장이나 기대는커녕, 엷은 미소도 찾아볼 수 없었다. 지금 그녀의 얼굴에 떠오른 표정은 호기심이나 들뜬 감정과는 거리가 먼, 그저 귀찮음뿐. 굳이 콕 집어서 말하자면, 귀찮고 귀찮으니 귀찮아서 귀찮으며 또한 귀찮도다, 정도로 귀결할 수 있을까.

역시 나오는 말도 준석의 짐작과 크게 다르지 않았다.

"전 귀찮은 건 뭐든지 질색이에요. 그런데 지금 변호사님 말씀을 들으니 오늘 일이 전담 변호사가 필요할 정도로 복잡한 건 틀림없어 보이는군요. 미리 말씀드리지만 전 그게 뭐든 제가 감당할 수 있는 정도를 넘어서겠다 싶으면 그 자리에서 포기할 거예요."

결연한 표정에 담긴 의지는 가상했으나, 준석은 이미 직업상 엄포나 협박, 경고에 이골이 나 있었다. 그런 만큼 그녀의 말은 가볍게 무시하기로 작정한 상태였다.

"판단은 뒤로 미루고 일단 지금 저와 나가시지요."

손목의 시계를 들여다보며 준석이 자리에서 일어섰다.

한 발 앞서 나가 문을 열자 그녀가 조심스럽게 그의 앞을 스쳐 지나갔다. 뒷모습을 보니 하나로 묶은 머리 타래가 유연한 곡선을 그리며 곧은 등 위에 자리하고 있었다. 이 여자는 어떻게 된 게 머릿결도 예쁜지 모르겠네.

준석의 예상대로 다른 가족들은 이미 고모부의 집무실에 도착해 있었다. 그를 따라 안으로 들어서는 은호를 향해 쏟아붓는 두 여자의 눈빛이 제법 매섭다. 은호가 저들과 마주치는 확률을 조금이라도 줄이기 위해 자신의 집무실에서 시간을 끌기를 잘했다는 생각이 든다.

미리 마련된 자리에 은호가 앉고 뒤이어 상현의 목소리가 어색한 침묵을 가로질렀다.

“다들 오셨으니 지금부터 故 김윤국 님의 유언장을 공개하도록 하겠습니다.”

자리한 사람들의 면면을 살피며 그가 조심스럽게 입을 떼었다.

갑작스레 비가 쏟아졌다. 멀쩡했던 하늘을 순식간에 뒤덮어 버린 검은 구름은 굵은 빗방울들을 신나게 뿌려댔다. 맨살에 직접 맞으면 가벼운 아픔이 느껴질 정도로 굵직하게 돋는 빗방울의 폭격에 미처 대비를 하지 못한 사람들이 서둘러 뛰기 시작했다. 인파로 복작거리던 거리는 어느새 텅 비고, 도로를 지나는 자동차의 앞 유리에서는 와이퍼들이 저마다 신나게 춤을 추어대고 있었다.

“뭐 하니?”

수영의 목소리에 은호는 유리창에서 눈을 뗐다.

“에이씨, 거의 다 왔는데 요 앞에서 갑자기 비가 올 게 뭐람.”

툴툴대며 수영이 자리에 앉았다. 동그랗고 좁은 테이블 아래로 기다란 구두 굽을 덮고 있는 긴 바짓단이 흠뻑 젖어 있었다.

“그래도 비를 별로 안 맞았네.”

머리칼에 가느다랗게 매달린 약간의 물방울과 어깨와 팔이 살짝 젖은 거 외에는 바깥의 폭우가 믿기지 않을 정도로 수영의 상태는 양호했다.

"늦을 것 같아서 바로 택시로 쐈거든."

은호 앞에 놓인 커피를 들어 마치 제 것인 양 시원하게 한 모금 들이켠 수영이 역시나 금세 미간을 찡그리며 잔을 내려놓았다.

"으으, 써."

커피라면 종류를 막론하고 무조건 시럽을 듬뿍 넣는 취향이니 샷을 추가해 블랙으로 마시는 은호의 커피가 입에 맞을 리가 없었다. 그걸 알면서도 수영은 함께 커피를 마실 때마다 번번이 은호의 커피에 손을 대고 또 지금처럼 인상을 찡그렸다.

"바보."

언제나처럼 한마디로 소감을 표시한 은호가 지갑을 들고 자리에서 일어섰다.

"카페모카?"

"응. 시럽 듬뿍 넣어서."

기다렸다는 듯 냉큼 대답하는 수영을 밉지 않은 눈으로 노려본 은호가 잠시 후 자신의 몫까지 한 잔 더 사 들고 자리로 돌아왔다.

"잘 마실게."

눈가가 휘어질 정도의 눈웃음으로 인사를 대신한 수영이 커피를 한 모금 마셨다.

"역시! 커피는 이 맛이란 말이지."

금세 반 잔 넘게 비운 수영이 잔을 내려놓고는 새로 사온 커피를 홀짝이고 있는 은호를 그윽하게 바라봤다.

"있잖아아……."

"갑자기 은근해지는 그 목소리는 뭐냐?"

"임용 공부하기 너어어무 힘든데. 자기, 나 내일부터 사립학교 자리 알아봐도 돼?"

아! 이건 흡사…… 음, 뭐라고 해야 할까나. 마치 간밤에 로또 일등 맞은 애인과 침대 위에서 한바탕 질펀하게 구르고 나서 헐벗은 몸 옆구리에 꼭 붙이고 할 법한 대사가 아닌가.

게다가 파리 날개처럼 연신 파닥거리는 속눈썹, 동그랗게 오므려 앞으로 살짝 내민 입술, 그게 뭔지는 정확히 알 수 없지만 어쨌든 뭔가를 간절하게 갈구하는 눈빛까지. 얼굴 전체에 완벽하게 백치미가 도포되어 있었다.

강수영이 고등학교 때까지 전국 수석을 다퉜던 수재라는 사실을 몰랐다면 앤 맹한 게 확실하다고 착각할 법한 표정이었다. 하긴 고등학교 졸업 후에는 내가 언제 수재에 모범생 소리를 들었느냐는 듯 공부에서 완벽하게 손을 떼는 바람에 학부 졸업도 칠 년 만에 간신히 했을 정도였으니까.

그래서인가, 언제부터인가는 상황에 따라 캐릭터도 순식간에 자유자재로 바꾼다. 진지한가 하면 가볍고, 한없이 속이 깊은가 싶으면 대책 없이 까불대고. 당장만 해도 대체 이 얼굴 어디에서 전담 변호사가 직접 걸어온 전화에 진지하게 충고하던 며칠 전의 강수영을 떠올릴 수 있단 말인가.

하지만 그 덕에 조금 전까지 입술 안쪽이 부풀어 올라 벗겨질 정도로 잘근거리며 고민하던 것이 은호의 머릿속에서 잠시 잊혀졌다. 왠지 발가락 끝이 간질거리며 웃음이 삐져나온다. 필사적으로 꽉 붙들고 있는 정신줄 따위 잠시 던져 버리고 미친 듯이 웃고 싶기도 했다.

아아, 이 미치도록 치명적인 강수영의 매력이라니. 이래서 그 긴 세월 동안 빠져나오지 못하고 있다니까.

유언장에 담겨 있던 엄청난 내용과 그로 인해 앞으로 발생하게 될지도 모를 법률적 문제들에 직간접적으로 도움을 줄 전담 변호사까지. 뭐가 뭔지 알 수 없어 뒤통수에 쥐가 나도록 고민했던 것은 잠시 잊은 채 은호는 한참을 혼자 키득거렸다.

작정하고 다짜고짜 농담을 던진 지 얼마 되지 않아 굳어 있던 입매가 풀리더니 예쁜 입매가 둥근 선을 그려냈다. 그 모습을 보고서야 수영은 속으로 안도의 한숨을 쉬었다.

택시에서 내리자마자 약속한 커피전문점까지 이 미터가 될까 말까 한 거리를 전력으로 뛰어 문을 열고 들어섰을 때 수영의 눈에 들어온 건, 죽을 날 받아놓은 것 같은 얼굴로 앉아 있는 은호였다.

고등학교 졸업식 날 사이좋게 몸 포갠 채 볼 데 못 볼 데 공유했던 남친 동훈을 제외하고는, 그녀가 유일하게 마음을 준 사람이 은호였다. 친구로 살아온 세월이 십오 년도 넘었으니 이젠 얼굴만 스윽 봐도 속으로 무슨 생각을 하고 있는지 알 수 있는 경지에 이르렀다고 할 수 있다.

눈치로 배를 채우고 커서 그런지 속마음이야 어떻든 어지간해서는 감정 드러내지 않고 그저 생긋생긋 웃는 낯인데 저리나 죽상을 때리고 있는 걸 보면 오늘 로펌에 갔던 일이 복잡하게 돌아간 것이 분명했다.

"말해봐."

굳어 있던 얼굴이 풀어진 것을 확인한 수영이 물었다.

"당장 학교 때려치우고 평생 놀고먹어도 될 정도야? 아니면 그냥 소박한 정도?"

"그러니까……."

미적대는 대답에 안달이 난 수영이 재차 물었다.

"동산이야, 부동산이야?"

"으음, 둘 다."

"뭐?"

키우는 내내 데면데면했던 분이니 애 앞으로 현금이나 조금 남겼겠지 했는데, 그 양반이 생각보다 통이 컸던 모양이다.

"내 앞으로 해두셨던 신탁이 있더라고. 그거하고……."

"그리고 아파트? 그래, 잘됐다. 너 지금 사는 데 너무 좁잖아. 몇 평짜리야? 40평형, 아니면 50평대? 근데 그 정도 평수는 혼자 살기에 너무 부담돼. 매달 관리비도 만만치 않을 거고. 차라리 세 내주고 거기서 나온 돈 모았다가 나중에 빌딩 올리자."

"아파트는 아니고."

"아파트가 아니면, 그럼 오피스텔? 위치에 따라 다르겠지만 늙은 마녀가 원래 부동산 보는 데는 일가견 있기로 소문난 사람이니까 들어올 월세 생각하면 그 편이 더 낫긴 하겠다."

"그게……."

이렇게까지 명쾌하게 해결책을 주는데도 은호는 여전히 머뭇거리고만 있었다. 할 말을 씹어 삼키며 미적대는 건 절대 김은호 스타일이 아니다. 그런데도 이렇게나 머뭇거리는 건……. 그제야 상황이 심상치 않음을 눈치챈 수영이 가늘게 눈을 뜨고 대답을 기다렸다. 하지만 꺼내놓은 말 마무할 생각은 않고 애꿎은 입술만 물어뜯고 있으니.

참다못한 수영의 목소리가 높아졌다.

"이 자리에서 숨넘어가는 꼴을 봐야 직성이 풀리지? 우리 동훈이 이대로 총각귀신 만들고 말 거야?"

오버라는 건 누구보다 수영 자신이 더 잘 알지만 독촉하고 닦달하는 티라도 내야 그 기세에 못 이긴 척 은호가 조금이라도 더 쉽게 입을 열 수 있을 거라는 생각에 그녀는 일부러 더 방방 뛰어댔다.

"칫! 총각 아닌 지가 벌써 언젠데."

낮게 투덜거리는 말에 다가드는 눈빛에서 날이 반짝인다.

"아, 알았어. 말하면 되잖아."

그러고도 한숨을 포옥 쉬더니 이내 툭 내뱉은 말이라는 게.

"본사 건물."

"아아. 아무래도 내 귀가 썩어가나 봐. 자꾸 헛것이 들려."

새끼손가락으로 귓구멍을 후비는 시늉을 하는 수영에게 은호가 또박또박 다시 한 번 일러주었다.

"본사 건물. 신사동에 있는 주식회사 신우의 사옥이 내 게 됐다고."

"허얼!"

"진짜 헐이지."

입 밖으로 소리 내어 말하고서야 은호도 비로소 실감이 났다.

"그게 몇 층짜리지? 아니, 그보다 그 노른자위를 대체, 왜? 정말 너한테? 왜 그런 거지? 그게 얼마짜린데! 그거 팔면 작은 나라도 하나 살 수 있는 거 아냐?"

수영도 어지간히 충격을 받았는지 주섬주섬 나오는 말들은 앞뒤가 없이 엉망에 두서도 없었다. 유복하다는 말이 오히려 살짝 부족할 정도로 잘나가는 재산가 부모 아래서 자라, 어지간한 돈지랄에도 눈 하나 꿈쩍 않는 수영이 드디어 태어나서 처음으로 돈 때문에 머리를 굴리며 울부짖고 있었다.

하지만 정작 은호는 쓰디쓴 커피만 연신 홀짝이고 있을 뿐이었다.

백부님은 원래 부자가 아니었다. 백부님뿐만 아니라 친가 쪽은 원래 선대의 어른들부터 누구 한 사람도 부자 소리는 못 들어봤다고 했다. 대대로 태어날 때부터 가난을 어깨에 짊어지고 나오는지 하늘이 점지한다는 거부나 장자는 언감생심 황송해서 차마 꿈도

꾸지 못할망정, 부지런하기만 하면 입에 밥 넣을 걱정은 하지 않는다는 오래된 말도 해당 사항이 없었다니 말이다.

그나마 가장 형편이 좋았던 시절이 이웃에 다음 끼닛거리를 꿔 달라는 아쉬운 소리 안 하고 살 정도였다니, 그 사정은 가히 짐작할 만했다. 그런데 백부님이 장안에서 부자로 소문난 집안의 딸이었던 성숙 여사와 결혼을 하면서 상황이 조금 달라졌다고 한다.

결혼과 동시에 백부님은 다니던 대기업을 그만두고 장인에게 받은 자금으로 사업을 시작했다. 소도 언덕이 있어야 비빈다고 엄청난 자금력을 가지고 시작한 사업은 나날이 번창할 수밖에 없었다. 처음에는 주로 미국이나 유럽에서 물건들을 수입해서 국내에 파는 일이었는데 워낙 고가의 제품들이었던 데다 희소성마저 겹쳐 거두어들이는 돈도 엄청났다.

성숙 여사는 그녀대로 당시 한창 열기를 띠었던 부동산과 주식에 뛰어들어 돈을 뻥튀기하듯 어마어마한 시세 차익을 남겼다. 부부가 이처럼 안팎으로 손대는 일마다 성공을 거두니 부자가 되지 않을 수가 없었다.

그러다 몇 년 전부터 백부님은 은퇴를 준비하며 주변을 정리하기 시작했다. 나중에 고향에 내려가 살게 될 집을 짓고 그간 사세 확장을 위해 벌였던 사업들을 차근차근 줄였다. 어차피 의사와 연주가의 길을 선택한 자식들이 자신의 사업을 물려받지는 않을 터라 크게 아쉬울 것은 없었다. 그러던 중 정기검진에서 암을 발견하면서 백부님의 마음은 더욱 급해졌다.

하지만 생각지 못했던 곳에서 완강한 벽에 부딪쳤는데, 바로 삼십 년이 다 되도록 살아온 아내 이성숙 여사였다. 그녀는 본래 뭐든 되는대로 움켜쥐어야 직성이 풀리는 성격답게, 가지고 있는 것에 만족하지 못하고 돈이 되는 일이라면 부동산이든 주식이든 끼지 않은 판이 없었다. 은밀하게 사채놀이를 해서 긁어모은 재산도 꽤 된다고 들었다.

아무튼 그렇게 해서 모은 재산이 장차 손자의 손자까지 앉아서 놀고먹고도 남을 정도가 되자 이성숙 여사의 욕심은 슬슬 다른 쪽으로 향했다. 주식회사 신우의 대표이사 자리에 앉기로 작정한 것이다.

그간 재산 늘려놓은 수완이면 회사 경영쯤이야 애들 껌 뺏기일 거고, 자신을 비롯한 가족들이 보유하고 있는 주식이면 대표이사 취임은 떼놓은 당상이었다. 대표이사 네 글자가 떡하니 박힌 명함이면 더 이상은 누구도 자신에게 복부인이라고 손가락질할 수 없을 거라고 한창 꿈에 부풀어 있을 때 백부님이 앞으로는 전문 경영인에게 회사를 맡기겠노라 공표를 해버린 것이다.

기대가 한 방에 무너지고도 성숙 여사는 포기하지 않았다. 일단 주주총회에서는 제일주주로서 투표권을 행사해서 현 체제가 유지되도록 했고, 병상에 누운 남편 대신해 권한 대행으로 회사 경영에 발을 들여놓았다.

꽤 오랫동안 남편의 병간호를 하고, 남편의 장례를 치르는 동안에도 대표이사 자리만 생각하면 그녀는 먹지 않아도 배가 부르고 잠을 자지 못해도 피곤을 몰랐을 터였다. 그런데 이제 와서 본사 건물이 다른 사람도 아닌 은호에게로 넘어가다니. 그녀의 입장에서 보자면 날벼락도 이런 날벼락이 없을 것이다.

“그 자리에서 졸도 안 하던? 안 그래도 욕심 많기로 유명한데, 그 아줌마.”

잘나가는 부모를 둔 덕분에 은호는 잘 알지 못하는 ‘그 바닥’ 돌아가는 상황이나 ‘거기’ 사람들에 대한 소문은 기가 막히게 꿰고 있는 수영이 키득거렸다.

아닌 게 아니라 유언장이 공개되는 순간, 성숙 여사의 눈은 흡사 먹이를 발견하고 하강하는 매를 절로 떠올릴 만큼 살벌했다. 주위에 다른 사람들이 없이 은호와 단둘뿐이었다면 추호의 망설임도 없이 머리채를 휘어 감고도 남았을 것이다. 품위 유지를 무엇보다 중요하게 여기는 그녀의 습관이 은호에게는 잠시나마 다행이었다.

“졸도야 내가 할 뻔했지.”

한순간, 걷잡을 수 없는 분노를 담아 노려보던 눈빛을 떠올리며 은호가 어깨를 부르르 떨었다.

“갑자기 어마어마한 부자가 됐다고 생각하니까 정신이 혼미해지면서 넋이 나가던?”

“말도 마. 안 그래도 이게 무슨 소린가 싶어 멍해 있다가 고개를 딱 드니까 죽일 것처럼 쳐다보고 있는 거야. 어찌나 살벌하든지 성숙 여사께서 눈빛으로 사람 죽이는 법 같은 거 수련한 줄 알았어.”

수영이 테이블까지 탕탕 두들겨 가며 웃어댔다.

“아깝다. 내가 그 얼굴을 한번 봤어야 하는데. 야, 솔직히 말해 그동안 너한테 좀 심하게 대했냐. 남 앞에서는 다시 없이 인정 많고 교양 있는 척하는 양반이 이상하게 너한테만은 쌀쌀맞고 무섭게 굴었었잖아. 한집에서 십 년 다 되게 데리고 살았으면 자기 자식처럼은 아니더라도 어지간히 정이 들었을 만도 한데 왜 그렇게 인정 없게 그러는지 정말 이해가 안 가.”

나도 그게 궁금해.

은호는 숨을 쉬듯 따라나오려는 말을 억지로 집어삼켰다.

교통사고로 부모님이 한날한시에 돌아가신 후 큰댁으로 가서 살게 된 건 순전히 집안 어른들의 결정 때문이었다. 부모님이 살아계실 때는 만날 때마다 예쁘다, 영리하다, 입에 침이 마르도록 칭찬을 하며 머리를 쓰다듬어 주던 친척들은 삽시간에 고아가 되어버린 그녀를 껄끄러운 짐 정도로 여겼다.

아직 초등학생인 아이를 혼자 살도록 둘 수는 없고 그렇다고 보육원에 보내자니 주위의 이목이 신경 쓰였을 것이다. 납골묘에 부모님을 안치하고 돌아온 날 밤, 거실에서 뒷일을 의논하던 어른들의 대화를 엿들으며 부모님이 자신에게 얼마나 든든한 울타리였는지 은호는 비로소 뼛속 깊이 절감할 수 있었다.

“그래서, 받겠다고 했어?”

“받고 말고 할 것도 없어. 이미 내 앞으로 명의 이전이 끝났더라고."

"웬일이래. 그 집 식구들 팔팔 뛰었겠구나. 영주 고건 아주 난리가 났겠고."

성숙 여사 못지않게 날을 세우던 영주의 얼굴이 떠올랐다.

동갑내기 사촌이라고는 하지만 원래도 가깝거나 살가운 사이는 아니었다. 그러던 것이 함께 살게 되면서부터 영주는 은호를 향해 더욱 가시를 세웠다. 쉴 틈 없이 이어지는 레슨과 연습 때문에 학교 성적이 은호보다 못한 건 당연한데도 그녀는 그 사실을 자연스럽게 받아들이려고 하지 않았다.

매일 오는 선생님 이외에 일주일에 한 번씩 명문대 음대 교수에게 별도의 레슨을 받아야겠다고 고집을 부렸던 게 중학교 2학년 때였다. 늘 전교 삼십위권에 머물던 은호의 성적이 전교 7등으로 껑충 뛰어올랐던 날이었다. 저녁도 굶은 채 자신의 방에서 첼로만 미친 듯이 켜던 영주가 자못 비장한 표정으로 아래층으로 내려와 지금까지와는 다른, 이른바 '레슨의 고급화'를 선언했다고 나중에 승주에게 들었다.

그때나 지금이나 여느 부모와 마찬가지, 아니, 그 이상으로 자식들에게 열성을 쏟아붓는 성숙 여사는 일주일에 한 차례 받는 레슨에 수백만 원이 든다는 사실에도 눈 하나 꿈쩍 않고 그 자리에서 선뜻 오케이를 했다.

그 뒤로 영주의 콩쿠르 참가 빈도는 현저히 높아졌고, 덩달아 넓은 거실의 한쪽 선반을 차지하는 상패의 수도 많아졌다. 콩쿠르 참가 시기가 성적표가 나오는 시기와 겹친다는 사실을 은호가 깨달은 건 고등학교 3학년 여름방학이 지난 후였으니, 불꽃같은 라이벌 의식에 불타 있던 영주에 비하면 은호의 반응은 참으로 늦된 셈이었다.

당시에도 앤 아직도 참 어리구나 싶어 그저 실없이 웃고 넘겼던 은호와 달리, 전도유망한 첼리스트로 제법 명성을 날리고 있는 지금도 영주의 경쟁의식은 전혀 식지 않았다. 유명잡지의 지면에 곧잘 사진과 함께 인터뷰 기사도 나고 심야의 클래식 프로그램이나 라디오에도 종종 출연하는 등, 학교에서 아이들을 가르치며 평범하고 무료하게 사는 은호와는 전혀 다른 세계에 살고 있으면서도 그녀를 보는 영주의 눈길에는 늘 묘한 질시가 담겨 있었다.

그런데 하필이면 오늘 일까지. 성숙 여사와 함께 '눈으로 사람 죽이기' 신공을 수련했나 싶었던 눈빛이 떠오른다. 아아, 머리 아파. 대체 백부님은 무슨 생각으로 이런 짐을 떠맡기신 건지.

심플 라이프를 인생의 목표로, 안분지족을 삶의 모토로 삼고 사는 은호였다. 그러니 갑작스레 제 앞으로 떨어진 재산이 썩 달가울 리가 없는 것이다. 하물며 장례식을 마지막으로 더 이상 연관되지 않으리라 다짐했던 성숙 여사와 엮인 것임에랴. 교사 월급으로는 평생을 벌어도 갖지 못할 어마어마한 규모의 건물이 제 몫이 되었지만 오히려 은호는 그래서 더 부담스러웠고 앞으로 성숙 여사와 부딪칠 일을 생각하면 이제는 세상에 없는 백부가 원망스럽기까지 했다.

준석의 말마따나 필요할 때면 상시대기라는 변호사가 있다는 게 그나마 마음 한구석에서 조금이라도 위안이 된달까. 난데없이 떨어진 운석처럼 느닷없는 일들을 겪었던 탓에 자신이 앞으로 믿고 의지해야 할 변호사의 캐릭터가 끈끈이 파리주걱이었다는 사실을 은호는 잠시 제쳐 두기로 했다.

"계속 갖고 있을 생각이야? 너 그거 안 반갑잖아."

십오 년을 넘는 시간을 함께한 탓인지 수영은 어렵지 않게 은호의 속내를 짚어내어 물었다.

"그게 좀…… 복잡해."

아예 준 것도 아니고 그렇다고 안 준 것도 아닌, 기묘하기 짝이 없었던 상속 조건을 떠올리며 은호가 대답했다.

"뭐야, 로맨스 소설 같은 데서 돈 많은 노인네들이 주인공 애들 엮어주려고 할 때처럼 결혼하면 받을 수 있고, 이혼하면 못 받고. 뭐 그런 거야?"

글쎄.

뭐라고 대답을 해야 할지 몰라 어정쩡하게 있는 사이 테이블 위에 휴대전화가 부르르 떨며 빙그르르 돌고 있었다. 발신자를 확인한 은호가 잠시 주춤하다 통화 버튼을 눌렀다.

[나다.]

냉랭한 목소리가 전화선을 타고 들렸다.

"네."

[좀 보자.]

전화가 그대로 끊겼다. 십 초도 채 안 되는 통화 시간이 표시된 걸 보며 은호가 피식 웃었다. 어이없는 내용만큼이나 난데없는 통화였다. 그나마 집안일을 하는 강 여사나 얼마 전부터 대동하기 시작한 비서에게 시키지 않고 몸소 전화를 걸어오신 걸 감사히 여겨야 할까.

그나저나 언제, 어디서라는 조건도 없이 무턱대로 보자는 건 한시도 지체 말고 지금 당장 한남동 집으로 달려오라는 말씀일 터. 차암, 교양 넘치는 분이라니까.

"성숙 여사 몸 달으셨네. 먼저 보자는 전화를 다 하시고."

"그러게."

앞에서 지켜보고 있던 수영의 짧은 소감에 은호도 고개를 끄덕였다.

"갈 거야?"

"오라잖아."

"갔는데 팔뚝 힘 좋게 생긴 아줌마 너덧 명이 기다리고 있으면 어떡할래?"

한때 시나리오 작가를 해볼까 싶어 기웃거리던 애답게 과연 상상력 하나는 끝내준다 싶어 심란한 와중에도 웃음이 났다. 하지만 수영의 얼굴은 심각하기만 했다.

"웃을 일이 아니라니까. 있는 대로 열 받아 있을 텐데 뭔 짓은 못하겠어. 아니 할 말로 관 뚜껑 따고 죽은 남편 끄집어낼 수도 없는 일이고, 불러들여서 족치기에는 만만한 네가 최고지."

같이 가겠다며 붙잡고 늘어지는 수영과 간신히 헤어진 은호는 택시를 잡아탔다. 갑작스럽게 쏟아졌던 소나기는 내릴 때만큼이나 순식간에 빗줄기를 거둬가서 거리는 다시 사람들로 북적이고 있었다.

창밖에 두었던 시선을 거두며 무심코 고개를 돌리는데 가방을 쥐고 있는 손끝이 경련이라도 인 듯 파르르 떨리는 게 보였다. 수영에게는 걱정 말라며 큰소리를 쳤지만 긴장되는 건 어쩔 수 없었던 모양이다.

은호의 머릿속은 몇 시간 전으로 훌쩍 돌아갔다.

"강남구 신사동에 위치한 주식회사 신우의 사옥은 조카 김은호에게 주기로 한다. 건물 유지에 들어가는 비용은 임대 수익으로 충당하되, 유지비를 제외하고 남은 수익금은 본인의 처 이성숙과 김은호가 반분하도록 한다. 단, 김은호는 임의대로 동 건물의 매매나 근저당권 설정 등 일체의 재산권 행사를 할 수 없다."

변호사의 목소리를 빌려 백부 명의로 되었던 재산들의 목록이 착실하게 나뉘는 동안 당연하다는 얼굴로 듣고 있던 성숙 여사의 무표정이 처음으로 깨졌다.

"신사동 본사 건물이 애한테 넘어간다고요?"

날카로운 음성이 묵직한 공기를 갈랐다. 동시에 은호를 향해 겨냥한 손가락 끝이 찌를 듯 다가들었다. 예상했던 것보다 훨씬 많은 신탁의 규모에 적잖이 만족스러워하고 있던 영주는 놀란 나머지 자리에서 벌떡 일어났고, 그 옆의 승주마저 놀란 듯 흡! 하며 숨을 들이마셨다.

"그렇습니다."

코끝에 걸쳤던 안경을 벗어 탁자에 내려놓으며 유 변호사가 고개를 끄덕였다.

"그 빌딩은 내가 친정에서 가져온 거나 마찬가지예요. 그런데 어떻게 자식도 아닌 게 그걸 가질 수가 있다는 거죠?"

"죄송합니다만, 고인의 뜻이 그랬던지라……. 저희가 관여할 수 있는 사안이 아니었습니다."

나이 든 변호사의 얼굴에는 곤혹스러움이 가득했다.

하지만 단언컨대 은호만큼 그 자리가 가시방석인 사람은 없었을 것이다. 꼭 참석을 해야 한다는 변호사의 말 때문에 어쩔 수 없이 오기는 했지만, 문을 열고 들어서는 그녀를 보는 순간 '네가 감히 이 자리에!' 라는 눈빛을 보내는 성숙 여사와 사촌들 때문에 곧장 뒤돌아 나가 버리고 싶었던 차였다. 그런데 상황은 예상했던 것보다 훨씬 나쁜 쪽으로 돌아가고 있었다.

엉덩이에 용수철을 댄 듯 방방 뛰는 성숙 여사를 유 변호사가 달랬다.

"이미 들으셨지만 여사님과 자제분들에게는 신사동 건물보다 훨씬 가치가 높은 부동산들이 상속되었습니다. 뿐만 아니라 돌아가시기 전 미리 증여해 둔 현금과 주식도 상당하구요. 신사동 건물은 명의만 김은호 씨 앞으로 되어 있을 뿐, 김은호 씨 임의대로 팔거나 근저당권을 설정하는 등의 재산권 행사는 일체 봉쇄되어 있습니다. 그러니 크게 걱정하실 일은 아닙니다."

하지만 차분한 다독임에도 성숙은 전혀 누그러드는 기색이 아니었고 오히려 목소리만 더 높아졌다.

"내가, 이 이성숙이 그깟 몇 푼 안 되는 빌딩 하나 차지를 못해서 안달이 난 걸로 보여요? 지방에 있는 땅 한 자락만 처분해도 그 정도는 얼마든지 살 수 있어. 문제는 애 아버지가 평생을 일군 기업의 상징이나 마찬가지인 그 빌딩이 왜 저거한테 갔냐는 거라고! 나 없을 때 친구랍시고 병원 드나들면서 오늘내일하는 양반 당신이 부추긴 거 아냐? 나중에 저거 꼬드겨서 한입에 털어 넣어볼 심산으로!"

교양과 우아함은 이미 광속으로 사라져 흔적도 찾을 수 없었다. 익히 알고 있는 사실이지만 역시나 부끄럽구나. 이럴 때만 불거지는 성숙 여사의 빛나는 수준이라니.

있는 대로 열을 받아 씨근덕거리는 성숙 여사를 보며 은호는 속으로 중얼거렸다.

엄청나게 값이 나가는 걸 은호가 훔쳐내기라도 한 것처럼 저러고 있지만 사실 차분히 생각해 보면 은호에게는 별반 이익이랄 것도 없었다. 문제의 건물은 거의 전체가 본사 사옥으로 쓰이고 있고 임대된 것은 일층과 이층에 입주해 있는 식당 몇 개와 커피전문점 하나가 전부였다. 거기서 나온 수익을 건물 유지비로 충당하고 나면 실상 남는 것도 별반 없을 터. 그나마도 성숙 여사와 나누라지 않은가. 게다가 재산권 행사도 하지 못한다고 하니 팔아치울 수도, 은행에 잡혀 돈을 몽땅 챙길 수도 없었다. 이거야말로 하얀 코끼리, 말 그대로 무용지물이었다.

"자제분들이 받은 것에 비하면 김은호 씨는 오히려……."

"저 아이는 조카잖아!"

자신의 그 한마디가 자신이 생각하는 모든 문제의 해결책이라도 되는 양 성숙 여사는 그녀를 노려보았다.

"차라리 나 모르게 그 건물을 팔아 치웠다면 그러려니 하겠다고. 다시 사들이거나 이참에 사옥을 새로 장만하면 되니까. 그렇지만 그게 나나 우리 애들이 아닌 저거한테 돌아가는 건 도저히 용납할 수가 없어!"

'그게'가 가리키는 건 신사동의 빌딩이고, '저거'는 이제 막 '그게'의 소유주가 된 은호 자신일 것이다. 평생을 벌어도 갖기 불가능한 부동산과 동격으로 쓰였다는 사실에 웃어야 할지 아니면 화를 내야 할지 알 수 없어 그녀는 그저 눈만 깜박이고 있었다.

잠자코 운전에 열중하는 듯 보였던 택시 기사의 목소리가 멍해 있던 그녀를 깨웠다.

"손님, 전화 오는데요."

그 말에 은호가 몇 시간 전 소동에서 간신히 빠져나왔다.

"아까부터 계속 울리던데 어서 받아보세요."

"아 네. 고맙습니다."

가방을 뒤적여 전화기를 꺼내고 보니 모르는 휴대전화 번호가 떠 있다.

[은호 씨, 윤준석입니다.]

'여보세요' 라는 말이 채 나오기도 전에 경쾌한 목소리가 그녀를 찾았다.

"아…… 네."

[바쁜데 전화한 건 아니죠?]

"그건 아닌데……."

신기하기도 해라. 별거 아닌 몇 마디 말에 잔뜩 탁해졌던 머릿속이 순식간에 말끔하게 걷혔다. 그가 가지고 있는 유쾌한 에너지가 전화기를 통해서도 생생하게 전해진다.

[마침 잘됐네요. 오늘 저녁 식사 어때요?]

"근데 저기……."

한창 때의 녀석들이 별의별 짓궂은 소리를 해대도 눈 한 번 꿈쩍 않고 받아치기로 명성이 자자한 은호건만 어찌 된 영문인지 밥 먹자는 말에 쉬이 대답이 나오질 않았다.

그사이 준석의 말은 계속 이어졌다.

[불고기를 기막히게 하는 집을 알고 있거든요. 너무 맛있어서 어지간한 사람한테는 비밀로 하는 덴데, 은호 씨한테는 오늘 특별히 공개할게요. 변호사와 고객으로 만난 첫날 기념으로.]

"약속이 있어요."

한남동에서 용건이 언제 끝날지도 모르거니와 설사 일찍 마무리가 된다고 해도 잘 알지도 못하는 사람과 마주 앉아 밥 먹을 기분이 아니었다.

[설마 나하고 같이 밥 먹기 싫어서 약속 지어낸 건 아니죠?]

속내를 들여다보기라도 한 듯 건너짚는 말에 괜스레 속이 뜨끔해졌다.

"아니에요."

[하하하. 농담이에요. 방금 내 말 듣고 딱 정색했죠? 목소리만 들어도 알겠네.]

"한남동 **번지. 도착했습니다."

마침 내비게이션이 가리키는 목적지에 도착한 택시 기사가 차를 세웠다.

"이만 끊을게요. 안녕히 계세요."

차창 밖을 본 은호가 서둘러 전화를 끊으며 지갑을 꺼냈다.

그 시각, 준석은 급하게 끊겨 버린 전화를 들여다보고 있었다.

게다가 안녕히 계세요라니. 집에 놀러 왔다가 친구 엄마에게 인사하고 돌아가는 초등생이나 할 법한 끝인사가 황당하기까지 했다.

"흐음. 한남동이라."

전화기 저편에서 목적지에 도착했음을 알리는 말에 분명히 한남동이라는 지명이 섞여 들어 있었다. 유산 분배에 불만을 품고 은호에게 패악을 부리다시피 하던 여자의 주소지가 한남동이었음을 준석은 잊지 않고 있었다.

"혼자 가지는 않았겠지."

호랑이 소굴에 들어가면서 설마 아군 한 명도 없이 혼자 가지는 않았을 거라고 지레짐작을 하면서도 준석은 마음이 불편했다. 재산 싸움, 특히 유산이 관련된 문제에 있어서는 사람이 어느 정도 바닥까지 추악해질 수 있는지, 그간의 경험을 통해 익히 알고 있는 그였다.

변호사가 있다는 사실조차 별로 달가워하지 않는 눈치인 이번 의뢰인은 준석에게 반가우면서도 한편으로는 달갑지 않은 존재였다.

은호는 아직 모르지만 준석이 그녀의 존재를 안 건 이미 한참 전이었다. 로펌의 대표이자 고모부인 유상현 변호사가 오랜 지기의 조카라며 은호의 프로필이 담긴 서류를 불쑥 그에게 건네주었다. 아직 자세한 내막을 알려줄 수는 없지만 앞으로 꽤나 복잡한 일을 겪게 될 아이니 네가 잘 도와야 한다는 고모부의 밑도 끝도 없는 말은 그렇지 않아도 호기심 많은 준석의 구미를 당겼다.

소송이 걸려 있는 것도 아니고 법적인 문제가 있는 것도 아닌데 굳이 조카에게 변호사를 선임하는 까닭이 궁금했지만 잔뜩 굳은 고모부에게서는 아무런 대답도 얻을 수가 없었다. 그리고 얼마 뒤 그분이 세상을 떠났다는 소식을 전해 들었다.

고모부의 운전기사를 자처하며 장례식장과 제법 먼 거리의 장지를 오갔던 건 순전히 호기심 때문이었다. 기이한 일을 맡긴 지 얼마 되지 않아 세상을 뜬 재산가와 현재로서는 자신에게 변호사가 있다는 사실도 모른다는 그의 젊은 조카. 미스터리를 좋아하는 그의 취향에 제대로 부합되는 조합이었다.

하지만 때마침 눈앞에 떨어져 주웠던 키홀더의 주인이 조금 전 고모부가 알려준 은호라는 사실을 알자 호기심 충족에 대한 욕구는 순식간에 흔적도 없이 사라졌다.

어쩌면 이 여자, 그저 우연만은 아닐 수도 있겠어. 밤송이를 두른 듯 쌀쌀맞게 구는 것이 재미있어 평소답지 않게 끈적거렸던 건 기시감이라는 말로밖에는 표현할 길이 없는 묘한 느낌 때문이었다.

준석은 은호의 사진을 전화기 액정에 띄웠다. 장지에서 차 키를 찾고 있는 그녀의 모습을 저만치서 보고 충동적으로 찍은 것이었다. 사진 속 은호는 고개를 돌리고 있어 옆모습밖에 나오지 않았지만, 그 덕분에 새하얗고 긴 목이 검은 상복 위로 도드라져 있었다.

한참이나 사진을 들여다보던 준석이 중얼거렸다.

"당신, 어쩌면 인연인지도 모르겠어."

## 4

빈 거실에 혼자 앉아서 족히 이십 분 가까이 대기 중이다. 옆에 놓았던 가방을 무릎 위로 올리고 몸을 뒤로 젖혀 소파 등받이에 기대며 은호는 입술을 잘끈 깨물었다. 가슴 깊은 곳에서 진심 어린 한숨이 새 나온다. 성격 급하고 직설적인 은호가 싫어하는 것 중 하나가 이런 식으로 의미 없이 시간을 보내는 거였다.

은호의 눈이 여전히 닫혀 있는 안방으로 향했다. 불러들일 때는 언제고 사람이 왔는데 나와보지도 않는다고 불평을 하기에는 은호는 성숙 여사를 너무 잘 알았다. 물론 성숙 여사 또한 은호의 성격을 파악하고 있기에 이런 식으로 그녀의 속을 뒤집는 것일 테고.

이대로 가? 말어?를 족히 서른 번쯤 고민했을 무렵, 드디어 안방 문이 열리고 성숙 여사가 나왔다. 느긋한 걸음으로 다가와 우아하게 상석에 앉는 자태 어디서도 몇 시간 전 악다구니를 퍼붓던 모습은 찾아볼 수가 없었다.

"늦었구나."

주어가 생략된 그녀의 말이 '오라고 불러놓고 기다리게 했구나'의 의미가 아니라 '서둘러 오랬더니 꾸물거리기는'의 뜻이라는 건 은호가 더 잘 알았다. 짧은 말속에 여러 가지 의미를 담는 건 성숙 여사의 재주였고, 행간에 담긴 숨은 뜻을 읽어내는 데는 은호를 따라올 사람이 없었다.

"우아해 보이세요."

빈말이 아니라, 결점은 최대한 커버하고 장점을 부각시키면서도 절대 과하다는 인상은 주지 않는 자연스러운 메이크업과 잘 손질된 헤어스타일은 정말 우아했다. 적어도 겉보기에는 그랬다. 상중이라 입었을 블랙의 원피스는 손가락에 끼고 있는 흑진주 링 덕분에 오히려 더 화려했다.

"고맙구나."

그렇지만 빙긋이 웃으며 답하는 말에는 보이지 않는 가시가 숨어 있다. 불러들일 때는 언제고 늦으셨네요, 오전에는 보기 창피했는데 원상 복귀하셨네요, 등등의 의미가 담긴 줄 모를 리 없을 테니까.

"강 여사."

우아한 귀부인답게 낮지만 멀리 퍼지는 목소리가 주방을 찾아 들어 갔다. 미리 준비하고 있었는지 강 여사가 금세 은색으로 반짝이는 트레이를 들고 나왔다. 앞에 놓이는 영국제 다기들을 보고 있자니 잠시 잊고 지냈던 예전의 기억 하나가 떠올랐다.

은호는 지금도 홍차라면 얼굴부터 찡그렸다. 고등학교를 졸업하고 대학의 기숙사로 거처를 옮기기 직전까지 일주일에 한 번씩 성숙 여사와 가졌던 티타임에 대한 안 좋은 기억 때문이었다. 그녀와 마주 앉아 마셨던 차는 그저 단순한 티타임의 개념으로는 이해하기 어려웠다.

토요일 오전의 티타임은 그녀가 은호에게 가지고 있는 의무감과 책임감을 끊임없이 주입하는 시간이었고 동시에 은호가 그들에게 지고 있는 빚을 일깨워 주는 시간이었다. 티타임의 횟수가 늘어날 때마다 그것의 무게는 천 배, 만 배로 늘어나 은호의 어깨 위에 지워져 자랐다.

"얼굴은 좋구나."

"감사합니다."

대학에 입학해 이 집에서 떠난 후 언제나 첫머리에 나오는 인사와 답. 하지만 오전의 일이 있어서인지 평소보다 훨씬 고깝게 들리는 건 당연지사.

"그래, 생각은 좀 해봤니?"

"네?"

"신사동 빌딩 말이다."

은호의 입장에서는 생각하고 자시고 할 것도 없는 일이었다. 돌아가신 분이 세팅해 놓은 판에 얼결에 끼어들어 장단을 맞추는 형국이 되기는 했지만 길게 끌 생각은 없었다. 말하지 않았나? 김은호 목표가 심플 라이프라고.

다만 은호가 그 자리에서 섣부르게 손을 들고 빠져나가지 않은 이유는 어떤 소동이 벌어질지 모르지 않으셨을 백부님이 이런 일을 벌이신 이유였다. 더군다나 평소 살가운 말 한마디도 아끼던 분이 아니셨던가.

"돌아가시기 얼마 전부터 병 때문에 정신이 혼미해지신 건 너도 알 거야. 의사 말이 섬망 상태였다고 하더구나. 그랬으니 그런 터무니없는 유언을 남기셨던 걸 테고. 돌아가신 분에게는 안된 말이지만 어쩌겠니. 인정할 건 인정해야지."

이상도 하지. 돌아간 남편의 마지막을 얘기하는데 감정 따윈 조금도 느낄 수가 없다.

은호는 가슴 한쪽이 싸늘하게 식어가는 걸 느꼈다.

"가신 분이 네 앞으로 해놓으신 걸 이제 와 무효 소송이네 뭐네 하면 괜히 시끄럽기만 할 거다. 애들 가르치면서 밥 버는 너도 그런 말 나면 좋을 거 하나 없고. 그래서 내가 그걸 다시 사면 어떨까 한다. 원래 네 몫이 아니었으니 그냥 뺏어도 넌 할 말이 없는 처지이긴 하지만 네게 남겨주신 어른의 뜻을 생각해서 값은 쳐주도록 하마."

만에 하나 유산 분배에 관한 말이 퍼져 시끄러워질 사람은 비단

은호만은 아니었다. 최악의 경우, 소송에 휘말리게 되더라도 은호야 그냥 손 털고 포기하면 그대로 끝이었다. 하지만 성숙 여사는 별의별 악의적인 소문에 시달리게 될 것이다. 그렇게 되면 이제 막 첼리스트로 명성을 얻고 있는 영주에게도 좋을 건 하나 없을 테고.

조금 전 방에서 나올 때부터 성숙의 손에 들려 있던 서류가 은호의 앞에 디밀어졌다.

"신사동 사옥에 대한 모든 권리를 포기하고 나한테 조건 없이 증여하겠다는 서류다. 사인하렴. 여기 위임장하고 각서도. 친정 일 봐주는 변호사하고 상의해서 작성한 거니까 문제는 없을 거다. 말이 증여지 맨입으로 털겠다는 소린 아니니까 그 점은 염려 말고. 내가 주는 거하고 네 앞으로 떨어진 신탁이면 너한테 혹하지 않을 남자는 없을 거다. 네가 제 분수 모르고 날뛰지만 않는다면 말이야."

날고 기어봤자 비빌 언덕 없는 고아일 뿐이니 네 주제를 잊지 말고 오르지 못하는 나무는 애초에 쳐다보지도 말라는 충고를 빙자한 경고였다.

"제 분수에 대해서라면 어려서부터 워낙 가르침을 잘 받아서 늘 염두에 두고 있습니다. 그보다."

잠시 말을 멈춘 은호가 성숙 여사와 눈을 맞추었다.

"그 빌딩은 제 마음대로 재산권 행사를 할 수 없는 걸로 알고 있는데요."

이 집에 발을 들여놓은 후 처음으로 제대로 된 긴말이 나왔다. 다행이다. 머뭇거리거나 더듬거리지 않아서.

"설마 그걸 모르고 있을까 걱정했니? 염려할 거 없다. 그 정도는 다 알아서 할 수 있으니."

하기야. 할 수 있는 한 모든 법률적 자문을 마치고 그녀를 불러들였을 게다. 할 수 있는 모든 방안들을 내놓고 그것의 적법과 위법의 여부를 치밀하게 따져 보았을 것이다.

눈앞의 서류들을 보고 있으려니 은호는 갑작스레 생각이 많아졌다. 어차피 달갑지도 않고 내내 복잡하기만 할 거 그냥 이대로 사인해 버리고 끝내자 싶은 생각이 굴뚝같았다.

순간, 흐려진 머릿속을 뚫고 떠오른 기억이 있었다.

"내가 무슨 일을 하건 간에 무조건 나를 믿고 내가 시키는 대로만 해야 한다."

백부께서 돌아가시기 얼마 전, 잠시 병실에 들렀을 때 다른 가족들이 잠시 자리를 비운 틈을 타서 하셨던 말씀이었다. 습관처럼 무심코 고개를 끄덕이는 은호에게 백부는 다시 한 번 다짐을 받았다.

"귀찮다고, 성가시다고 다른 사람들이 하자는 대로 따라서는 안 된다. 알겠니?"

그제야 뭔가 이상하다는 것을 느꼈지만 반문은 허락되지 않았다. 외려 있는 힘을 다해 부릅뜬 눈으로 대답을 강요했다.

"은호 넌 정직한 아이니까 약속은 반드시 지킬 것으로 믿는다. 약속할 수 있겠니?"

그때 내가 뭐라고 답했었나. 통증에 시달려 이미 초점을 잃은 시선, 혈색이라고는 찾아볼 수 없는 얼굴, 어느 사이에 자신의 손을 꼭 쥐고 있던 견딜 수 없이 차가웠던 손의 체온이 은호의 뇌리 속에서 그대로 살아났다.

"뭐 하니? 어서 서명하지 않고."

힘없던 백부의 목소리에 성숙 여사의 목소리가 오버랩되어 들렸다. 고개를 들어 그득한 안도와 기대, 그리고 숨길 수 없는 조바심까지 읽어내는 순간 생각지도 않았던 말이 불쑥 튀어나왔다.

"먼저 변호사와 상의를 해봐야겠어요."

"뭐?"

솜씨 좋은 성형외과의의 손이 여러 차례 거쳐 간 눈 주위에 가느다랗지만 깊은 골들이 생겨났다.

"너 지금 뭐라고 그랬니? 변호사?"

"네."

"이런 못된 것! 감히 내 앞에서 변호사 운운하면서 건방을 떨어?"

삽시간에 목소리가 격앙되면서 앙다문 입술도 파랗게 질려갔다.

순간, 압박이 심해질수록 더욱 기세가 맹렬해지는 김은호 표 배짱이 튀어나왔다.

"원했던 건 아니었지만 어쨌든 백부님께서 제게 주신 겁니다. 재산권 행사를 막아가면서까지 물려주신 데에는 깊은 뜻이 있을 거라고 생각해요. 그러니 우선……."

순간, 왼쪽 뺨에 강렬한 충격이 느껴졌다. 재차 내리치는 손길에 고개가 저절로 휙 돌아간다. 만족스럽게 관람한 공연이 끝나고 열광적으로 박수를 칠 때의 강도가 어느 정도인지 몸소 체득한 기분이랄까. 일어선 채로 내려보고 있던 성숙이 내씹듯이 말했다.

"어린것이 하루아침에 부모 잃고 고아가 된 것이 불쌍해서 여태껏 거둬 길러줬더니, 배은망덕한 것!"

말소리 하나하나마다 참을 수 없는 분노가 가득했다.

"아무도 맡으려고 하지 않던 것을 그나마 핏줄이라고 데려다 입히고 먹이고 가르쳤더니 은공을 이렇게 갚아?"

억센 손아귀에 잡힌 팔을 빼내려고 했지만 아무 소용이 없었다. 은호가 아무리 젊다고 해도 오랫동안 골프와 수영으로 다져진 성숙 여사의 팔 힘 또한 만만치 않아서 쉽사리 뿌리쳐지지 않았다. 오히려 은호가 빠져나가려 애를 쓸수록 붙잡은 손은 더 억세게 피부를 파고들었다.

"지 손으로 벌어서 먹고살 생각은 않고 툭하면 찾아와 손 벌리던 것들 밑에서 크면서 뭘 보고 배웠겠어. 공짜로 남의 재산 꿀꺽할 궁리나 깨쳤겠지."

"그만하세요!"

삽시간에 머리끝까지 화가 치민 때문인지 조금 전과는 다른 힘이 솟았다. 은호는 자신의 팔을 쥐고 있는 손목을 붙들어 비틀다시피 해서 떼어냈다. 돌아가신 부모님을 욕하는 말에 은호의 얼굴은 온통 검붉은빛을 띠었다.

"그래! 가서 네 그 잘난 변호사하고 실컷 상의해 봐. 그동안 어떤 수를 써서라도 빼앗고 말 테니!"

은호의 어깨를 움켜쥐고 돌려세운 성숙이 그대로 그녀를 현관까지 끌어냈다. 열린 문 사이로 은호가 내동댕이쳐졌다.

"죽은 영감에 대한 정리로 몇 푼 쥐어주려고 했는데 어림없다. 소송 걸어서 네 몫으로 떨어진 신탁도 몽땅 빼앗고 말 테니 그런 줄 알라고!"

조금 전 우아하게 차를 마시던 모양새는 다 어디로 가고 첩년 머리채 휘어잡는 본처와 같은 악다구니만 남았다.

"돼먹지 못한 년! 이래서 머리 검은 짐승은 거두는 게 아니지. 어서 썩 꺼져!"

쾅! 하는 소리와 함께 현관문이 닫혔다.

한바탕 태풍에 휩쓸렸다 빠져나온 것 같다. 돌아서던 은호가 몸을 돌려 닫힌 문을 보고 피식 웃었다.

돈을 뺏겠다고 하면 덜덜 떨 줄 알았나 보지. 하기야 성숙 여사의 인생 목표는 오로지 돈이니까.

이 집에서 사는 동안 은호의 목표는 오직 하나, 경제적 자립이었다. 그 정도 성적이면 더 좋은 대학에 진학할 수 있다며 안타까워하는 담임선생의 만류에도 아랑곳 않고 그녀는 사 년간 전액 장학금을 약속한 학교의 사범대학을 선택했다. 그리고 동기들이 성인이 된 기분을 만끽할 때 은호는 수험생이었을 때보다 더 독하게 공부를 했다.

기숙사에서 살며 생활비는 최대한 아꼈고 전공서적도 선배들에게 빌려서 공부했다. 매달 생활비 명목으로 한남동에서 입금해 준 돈이 통장에서 고스란히 잠을 자는 동안 공부와 아르바이트로 생활을 꾸렸다. 바늘귀보다 더 뚫기 어렵다는 임용고시에 단박에 합격한 것도 하루라도 빨리 경제적으로 독립을 해야 한다는 절박함 때문이었을 것이다.

안정적인 직업을 갖고 매달 고정 수입이 생긴 뒤로 은호는 다음 달 생활비 걱정만 하지 않을 수 있으면 부자라고 생각하고 살아왔다. 더구나 이 집에서 살 때부터 검소한 생활은 이미 몸에 밴 터였다.

명품 브랜드의 옷과 가방으로 치장한 영주가 터무니없이 비싼 악기를 들고 고급 승용차에 올라 고가의 레슨을 받으러 다닐 때, 앞치마를 걸치고 가정부 아줌마를 도와 청소 등의 집안일을 했었던 그녀였다. 속 모르는 반 아이들은 그녀의 가방이나 신발에 간혹 질시의 눈초리를 보내기도 했었지만 그것들 모두 영주가 잠깐씩 걸쳤다가 싫증을 내며 내던졌던 것이라는 사실을 그들이 알 턱이 없었다.

그렇게 살았던 은호에게 돈을 뺏겠다는 협박이 통할 리가 없었다.

"성숙 여사, 역시 나를 잘 모르신다니까. 그나저나 뭘 신고 가나."

급하게 떠밀려 나오느라 그녀는 맨발이었다. 그러고 보니 가방도 없다.

그때 휙, 문이 열리더니 좁은 틈으로 은호의 구두와 가방이 밖으로 내던져졌다. 얼핏 '내 집에 쓰레기 두지 말고 어서 버려!' 라는 고함 소리를 들은 것도 같다.

옆으로 드러누운 신발을 바르게 세워 신고 가방에 묻어 있는 먼지들도 탈탈 털었다. 소란 중에 그랬는지 가방 몸판에 길게 흠집이 난 것이 눈에 들어왔다. 작년 세일 때 백화점 가판대에서 큰맘 먹고 십만 원도 더 주고 산 가방인데 아까워라.

정원을 지나 대문으로 향하면서도 은호는 흠이 난 자리를 연신 만졌다. 그러면서도 정작 맞아서 불이 붙은 듯 벌게진 얼굴은 애써 모른 척하고 있었다.

대문 앞에 거의 다다랐을 때 문이 열리고 영주가 들어왔다.

"여긴 웬일이야?"

그녀를 본 영주의 눈꼬리가 샐쭉해지는가 싶더니 이내 앙칼진 물음이 던져졌다.

언제나처럼 할 수 있는 한 최대한 꾸민 모습이다. 윤기 나는 긴 머리는 오목조목한 얼굴이 돋보이도록 큼직한 컬을 넣어 자연스럽게 흘러내리게 했고 피부는 최대한 투명하고 뽀얗게 화장이 되어 있었다. 연한 핑크색의 블라우스와 그보다 조금 짙은 색깔의 플레어스커트는 모델처럼 호리호리하고 날씬한 그녀의 몸매를 유감없이 드러내고 있었다.

'공주님' 이라고 영주를 빈정거리는 수영의 마음을 알 것 같기도 하다.

"너 아주 횡재했더라. 축하 전화라도 한번 해주고 싶었는데 괜한 부담 느낄까 봐 관뒀어. 서운한 거 아니지?"

좀 전에 맞아서 벌겋게 부어 있는 얼굴에 영주의 눈길이 멈추더니 이내 씨익 웃었다. 얼토당토않은 그 미소를 보자 은호는 집 안에서부터 참고 있던 울화가 벌컥 치밀었다.

보자 보자 했더니. 이건 울고 싶은데 뺨 때리는 격이다. 말로 상대방 심사를 뒤집는 데는 전문가인 이 김은호를 건드리다니.

한창 머리가 여물어가는 애들과 하루 종일 씨름을 하면서 보낸 몇 년 동안 늘어난 건 커진 목소리와 제때제때 순발력 있게 받아치는 말솜씨뿐이었다. 그러니까 악기 품고 앉아 고상하기 그지없는 음악가들과 사근거리는 대화나 나누고 사는 저와는 애초에 비교가 되지 않는다는 거다.

은호의 입가에도 부드럽기 그지없는 미소가 번졌다. 맞아서 부은 뺨 때문에 찡그린 것처럼 보이기는 했지만 적어도 입꼬리만은 한껏 휘어져 올라가 있었다.

"서운하긴. 나야 미안할 뿐이지."

"뭐?"

보일 듯 말 듯한 연보랏빛 마스카라로 자연스럽게 칠해진 눈썹이 치켜 올라가는 꼴을 보니 내심 고소했다.

"그렇잖아. 신사동 빌딩은 가신 분이 남기신 제일 큰 흔적인데 딸인 네가 아니라 내가 갖게 됐잖니. 생전에 아무리 예뻐하셨다고 해도 나는 어디까지나 조카고 넌 하나뿐인 딸인데, 내가 생각해도 백부님이 너무하신 거 같아. 내 거가 되긴 했지만 오고 싶을 때 잠깐씩 오는 건 허락할게. 내가 설마 그것까지 못하게 하겠어? 명색이 딸인데 아버지한테 얼마나 못되게 굴었으면 눈 밖에 나서 딸 안 주고 조카한테 물려줬을까 하고 사람들이 수군대긴 하겠지만 남의 말 사흘이면 끝이라잖아?"

다시 한 번 생긋.

"너……!"

뺨이라도 후려칠 기세로 다가드는 영주의 팔을 은호가 재빠르게 붙들었다. 어림없지. 안에서 맞은 것도 모자라 너한테까지 얼굴 내밀 줄 알고?

"괜한 일에 기운 빼지 말고 좋게 말할 때 입 다물어."

은호의 표정이 순식간에 싸늘해졌다.

"공연한 어른 변덕에 쓸데없는 시비에 휘말린 건 바로 나야. 그러니 쥐뿔도 모르고 나대지 말고 가만있으란 말이야."

잡고 있던 팔에 힘을 주어 눈앞으로 바짝 끌어들였다.

"이거 안 놔?"

조금 전 은호가 그랬던 것처럼 풀려나기 위해 안간힘을 쓰는 영주를 보고 마지막으로 붙잡고 있는 손가락에 잔뜩 힘을 주어 움켜쥐었다가 밀치듯 풀어주었다.

"나한테 잘 보이려고 애를 써도 모자랄 판에 손부터 치켜드는 걸 보면 너나 성숙 여사나 아직 상황 파악이 안 된 모양이지? 들어가면 괜히 나서서 사람 들쑤시지 말라고 말씀드려. 너도 마찬가지고. 나도 사람이라 이런 식으로 자꾸 건드리면 오기가 생겨서 순순히 넘어가기가 싫어지거든. 순리대로 풀어야지. 안 그래?"

집에 돌아온 은호는 가방을 내려놓기도 전에 냉동실 문부터 열었다. 얼음통에서 얼음 몇 개를 꺼내 지퍼백에 담아 볼에 대자 따끔하니 아파온다. 손으로 만졌을 때는 멍멍하기만 할 뿐 별 느낌이 없었는데 얼음이 닿자 아프다.

욕실로 들어가 옷을 벗으며 거울을 보자 가관이 따로 없었다. 얼음을 댔을 때 욱신거리는 느낌으로 짐작은 했지만 막상 실제로 보니 생각보다 훨씬 더 형편없었다. 절로 욕설이 튀어나왔다.

"옘병, 노인네가 기운도 좋지. 어쩐지 택시 기사 눈길이 수상하더라니."

얼룩덜룩한 거울 속 제 얼굴을 향해 혀를 끌끌 차고 은호는 샤워기를 틀어 미지근한 온도에 맞췄다. 아까 내동댕이쳐질 때 바닥에 세게 부딪쳤는지 엉덩이며 허리가 결려 마음 같아선 물을 받아 몸을 담그고 싶었지만, 지나치게 혈액순환이 원활해지는 것도 부기를 빼는 데는 좋지 않을 것 같아서 관두기로 했다.

샤워를 마치고 나온 은호는 입었던 옷가지들을 가져다 세탁기에 넣고 아까 식탁 위에 두었던 가방을 열어 안에 든 것들을 꺼내 정리했다. 다른 것들은 무사했지만 립스틱 케이스 뚜껑에 금이 가고 1/3쯤 남아 있던 콤팩트가 박살이 나 있었다. 그나마 핸드폰을 손에 쥐고 있어 무사한 게 다행이었다.

한숨과 함께 몸이 축 처졌다. 갑자기 힘이 쑥 빠지며 손가락 하나도 까딱하기가 싫다. 그러고 보니 청소도 해야 하는데.

한남동에서 살 때 은호는 한 치의 빈틈도 보이지 않기 위해 무진장 애를 썼었다. 그녀가 쓰는 방과 책상은 항상 먼지 한 톨 없이 가지런히 정리가 되어 있었고, 욕실을 쓰고 나서는 행여 바닥이나 비누에 머리카락 한 올이라도 붙어 있을까 봐 나오기 전에 확인, 또 확인을 했을 정도였다. 얹혀사는 주제에 칠칠치 못하다는 말까지 듣고 싶지 않아서였다.

일상 속의 그런 긴장들에 얼마나 진저리가 났든지, 독립을 하고 나서는 달달 볶으며 깔끔 떠는 짓은 하지 않는다. 가끔은 청소를 이틀씩 거르기도 했고, 아침에 급하게 나갈 때면 우유 마신 잔 같은 것도 물만 채워 싱크대에 담가두기도 했다. 지금만 해도 침대 머리맡에 어젯밤 읽다 둔 책 서너 권이 널려 있다.

빈말로라도 넓다고 할 수 없는 집 안을 훑던 은호의 눈이 다시 식탁 위에 핸드폰으로 향했다. 문득 낮에 들었던 준석의 목소리가 떠올랐다. 우거진 숲길에 들어선 듯 한없는 청량감을 주던.

"기분이 바닥인 건 맞네."

우울한 말소리가 좁은 집 안에 낮게 깔렸다.

기세 좋게 영주를 밀치고 나오기는 했지만 신경을 곤두세우는 소모적인 말다툼에 얻어맞기까지 했으니 엉망진창인 거지. 그러니 별다른 접점도 없는 남자의 목소리나 되새기고 있는 걸 거다.

망설이던 은호가 수첩 사이에 끼워둔 명함 한 장을 꺼내 들었다. 윤준석. 세 글자를 한참 동안 들여다보다가 충동적으로 명함에 쓰인 숫자들을 눌렀다.

[윤준석 변호사 비서실입니다.]

낮에 그렇게 전화를 끊어버린 게 걸려서 일부러 사무실 번호로 걸었더니 비서가 응대를 한다.

"변호사님과 통화를 하고 싶은데요."

[지금은 부재중이십니다.]

"언제쯤 통화가 가능할까요?"

[의뢰인과 약속이 있어서 나가셨는데 아마 오늘은 들어오시기 힘들 거예요. 바로 퇴근하실 예정이라. 메모 남기시면 내일 아침에 전달해 드리겠습니다.]

팽팽하게 씌워놓은 침대보처럼 한 치의 느슨함도 허용하지 않는 말소리였다.

[메모를 남겨 드릴까요?]

재차 묻는 말에 은호가 부드럽게 대답했다.

"아닙니다. 다음에 다시 연락을 드리겠습니다."

전화를 끊고 은호는 안도의 한숨을 내쉬었다. 그리고 끊긴 전화기를 들여다보며 혼잣말로 물었다.

"대체 무슨 생각을 한 거야?"

목소리 생각나서 전화라니. 혼자 좋아 안달이 난 여자 꼴이잖아.

"청소나 하자."

아직까지 정리하지 못한 인터넷 서점의 택배 상자와 닦은 지 오래된 베란다를 떠올리며 은호는 자리에서 일어났다.

공판을 마치고 법원을 벗어나며 준석은 꺼두었던 휴대전화의 전원을 켰다. 혹시나 했지만 은호에게서 온 연락은 없었다. 문자 메시지, 메신저, 부재중 전화 모두 완벽하게 제로. 은근한 기대는 금세 실망으로 바뀌었다. 벌써 며칠째인지. 이 여자는 내가 궁금하지도 않나.

공연한 심통으로 툴툴거리며 사무실로 돌아오는데 홍 비서가 메모지 하나를 내밀었다.

"이게 뭐예요?"

"며칠 전에 온 전화 메모해 둔 건데 조금 전에 서류철에서 발견했습니다. 변호사님께 전해 드렸다고 생각하고 있었는데, 죄송합니다."

고개를 숙이는 얼굴이 붉은 기에 물들어 있었다. 일에 대한 자부심이 남달라서인지 자그마한 실수도 못 견뎌하는 성격이니 그럴 만도 하겠다 싶었다.

"괜찮아요. 내 번호 다 아니까 급하면 핸드폰으로 했겠지. 신경 쓸 거 없어요."

거듭 사과하는 비서를 다독이고 안으로 돌아와 앉는데 책상 위에 전화가 울렸다. 바깥의 비서를 통하지 않고 그와 바로 연결되는 직통 전화였다. 낯선 발신 번호에 의아해하며 수화기를 들자 착착 감기는 음성이 건너왔다.

"윤준석입니다."

[안녕하세요, 준석 씨. 저 김영주예요.]

순식간에 준석의 미간에 줄이 섰다.

"안녕하세요, 영주 씨."

[접때는 제가 경황이 없어서 제대로 인사도 못했어요. 아시겠지만 그럴 만한 자리도 아니었고. 바쁘신데 전화한 건 아니죠?]

"아, 네. 조금요."

준석은 부러 곤란하다는 듯 말끝을 살짝 흐렸다.

사실 오늘 처리해야 할 일들은 어느 정도 마무리가 지어진 터였다. 하지만 영주의 전화가 어쩐지 썩 달갑지는 않았다.

영주와는 작년 가을쯤 뉴욕에 출장을 갔을 때 인사를 나눈 적이 있었다. 미국에 있는 대학 동문들 몇몇이 모인 자리에서 첼로 하는 친구라며 소개를 받았을 때만 해도 괜찮은 인상을 받았었다. 예쁜데다 사교적이기까지 해서 눈독 들이는 녀석이 꽤 된다는 친구 녀석의 언질을 듣고 그럴 만하다는 생각에 고개를 끄덕이기도 했었다.

하지만 은호의 사촌이라는 것을 안 뒤에는, 그리고 장지에서 다른 사람들이 보지 않는다고 생각될 때마다 그녀가 은호를 향해 던지곤 하던 날카로운 눈빛을 몇 번 목격한 뒤에는 차라리 처음부터 모르는 사이였으면 좋겠다는 생각이 들 정도로 꺼려졌다.

수화기를 통해 전해오는 의미 없는 말들에 건성으로 대꾸를 하며 준석은 습관적으로 책상 위에 메모들을 눈으로 훑기 시작했다.

[언제가 좋겠어요?]

잠깐 한눈을 판 사이에 무슨 말을 했는지 그녀가 의향을 물어오고 있었다.

"네?"

[정말 바쁘신가 보구나.]

반문하는 그에게 짐짓 서운해하며 그녀가 다시 말을 했다.

[시간 내서 같이 식사라도 했으면 좋겠다구요.]

"그거 좋죠. 엊그제 들으니까 경호도 곧 귀국할 모양이던데 그녀석도 영주 씨 보면 반가워할 겁니다."

피식 웃는 것이 교묘한 거절임을 눈치챈 듯했다. 다른 건 몰라도 센스 하나는 마음에 드는군.

[그럼 머잖아 뵐 수 있겠네요. 나중에 다시 연락할게요.]

자존심에 금이 갔을 텐데도 그녀는 아무렇지도 않게 다음을 기약하며 전화를 끊었다. 미안하다는 마음이 들기도 하지만 일 이외의 부분에 대해서는 좋고 싫음을 분명히 하자는 것이 평소 그의 신조였다. 일 이외에 사적으로 만난 사람에게까지 일을 할 때처럼 신경 곤두세우고 헛웃음 지어가며 상대하고 싶지 않은 까닭이었다.

수화기를 내려놓고 조금 전 받아온 메모지를 읽던 준석이 고개를 갸웃했다. 그리고 인터폰을 연결했다.

"세정 씨."

인터폰을 통해 비서를 부르자 언제나처럼 그녀는 바로 응답을 해왔다.

[네, 변호사님.]

"여기 메모 중에서 시간만 적힌 건 뭔가요?"

[변호사님이 부재중이라는 말에 다시 전화하겠다고만 하고 끊으셨어요. 성함과 용건은 밝히지 않으셨는데 젊은 여자분이었구요.]

"고마워요."

현재 있는 의뢰인 이외에도 가끔 아는 사람의 소개로 전화를 걸어오는 사람이 있기는 하지만 그들은 대부분 자신의 용건이나 연락할 번호를 남겨놓는다. 그런데 아무런 말 없이 끊었다는 건……. 잠시 머리를 회전시키자 오케이! 상대가 누군지 곧 알아차릴 수 있었다.

까다로운 단서가 붙긴 했지만 적지 않은 수입이 생길 유산을 상속받고도 전혀 달가워하지 않던, 아니, 오히려 싫은 기색을 비치던 얼굴이 떠올랐다. 변호사는 필요 없다는 말로 자존심에 은근히 상처를 주던 그녀.

짧은 신호음 끝에 그녀의 목소리를 들을 수 있었다.

[네.]

"윤준석입니다."

[아……. 예, 안녕하세요.]

직접 들은 목소리는 꽤 맑은 축에 속했는데 그것이 전화선을 통과하니 훨씬 더 또렷했다.

[무슨 일이세요?]

그러니까 용건만 간단히란 말이지?

"만났으면 해서요."

[무슨…… 일로요?]

그야 당신이 먼저 전화를 했으니까.

준석이 소리 없이 중얼거렸다. 하지만 자신이 전화를 했다는 사실을 밝히고 싶지 않아서 메모도 남기지 않은 걸 알기에 준석은 그냥 모른 척해주기로 했다.

"그날 유언장 내용에 대해 자세한 설명을 드리지 못한 것 같아서요. 일반적인 유언과는 다르게 조건이 복잡해서 아무래도 자세히 짚어드려야 할 것 같습니다."

[글쎄요, 굳이 그럴 필요가…….]

거절할 듯하던 그녀가 무슨 생각이 들었는지 다시 말을 바꾸었다.

[네, 만나죠. 저도 문의할 게 있으니까요.]

"출근해야 하니까 주말이 좋겠죠? 이번 주 토요일 어때요?"

너무 좋아하는 내색을 하면 안 되는데 하면서도 풍선을 탄 듯 붕 뜨는 목소리는 쉽게 조절이 되지 않았다.

약속 시간을 정하고 준석은 내친김에 식당 예약까지 일사천리로 마쳤다. 주중의 남은 시간들이 어쩐지 매우 더딜 거라는 막연한 예감이 들었다.

# 5

침대 위며 바닥에 널린 옷이 이미 한가득이었다. 벌써 몇 번째 갈아입는 것인지 모르겠다. 색깔을 맞추면 디자인이 어울리지 않았고 디자인을 맞추면 옷감의 재질이 조화를 이루지 않았다.

망설이던 은호가 곱게 개켜진 카디건을 꺼냈다. 가장 아끼는 옷이면서 굳이 격식을 차려야 하는 자리가 아니라면 어디에서 누구를 만나든지 무난한 차림이기도 했다.

보일 듯 말 듯한 연노랑 무늬가 들어간 셔츠에 블랙진을 입고 그 위에 카디건을 걸치니 그나마 오늘 입었다 벗어 던진 것들 중 가장 나아 보였다.

엊그제 퇴근길에 미용실에 들러 다듬고 정리한 머리를 다시 거울에 비추어 보며 립스틱을 새로 발랐다. 어제 백화점에서 직원의 호들갑스러운 칭찬과 함께 구입한 거였다. 립스틱을 가방에 넣고 일어나니 준비 끝.

종종걸음으로 현관을 나가는데 무언가에 긁히며 스타킹 바닥의 줄이 나갔다.

"이런 망할!"

투덜거리며 다시 돌아와 양말과 스타킹이 담긴 서랍을 열어 갈아 신는데 손이 떨렸다. 고개를 들자 화장대의 거울을 통해 침대에 걸터앉은 자신의 모습이 보인다. 순간 은호는 그만 맥이 풀렸다.

첫 데이트 나가는 여학생도 아니고 대체 이게 뭐 하자는 짓인지. 머리 손질하고 립스틱 사고 옷장에서 이 옷 저 옷 다 꺼내서 몸에 대보고. 맹세컨대 발령받은 학교에 첫 출근하던 날도 이 정도로 호들갑을 떨지는 않았었다.

스타킹을 갈아 신은 뒤 은호는 다시 거울 앞에 서서 심호흡을 했다. 은근 낯을 가리는지라 오늘과 같은 자리는 정신을 재무장하고 나갈 필요가 있었다. 게다가 그 남자, 두 번 마주친 것이 전부인데도 어쩐지 떠올리기만 하면 신경이 곪작이는 기분이 든다.

"김은호, 정신 차리자. 딴 맘 먹지 말고. 그 사람은 네 변호사일 뿐이야. 편하게 생각하라고. 알았지?"

자신감을 돋울 때면 늘 그렇듯 스스로를 다독이고 가방을 챙겨 들었다. 현관을 나서는 걸음걸이가 조금 전보다 훨씬 느긋하다.

약속한 호텔 라운지 입구로 들어서는 은호를 누군가 불렀다.

"은호 씨!"

고개를 돌리자 저만치에서 준석이 얼굴 가득 미소를 띠고 성큼성큼 다가오고 있었다.

"일찍 나오셨네요."

솜씨 있는 치과 의사의 손길이 거쳐 간 것처럼 가지런한 이가 희게 반짝였다. 전에 봤을 때는 두 번 다 슈트 차림이더니 오늘은 하의는 그녀와 같은 블랙진에 상의는 브라운 라이더 재킷을 걸치고 있었다.

슈트 차림의 그가 무엇이든 잘해낼 수 있겠다는 믿음이 절로 우러나는 유능한 이미지였다면, 캐주얼한 차림의 그는 세상 무서울 것 없고 인생도 제 뜻대로 조종할 수 있다는 느낌이 물씬했다.

은호가 손목에 찬 시계를 들여다보았다.

"그래 봤자 5분인걸요."

"차가 막힐까 봐 서두르기를 잘했네요. 안 그랬으면 은호 씨가 기다렸을 테니까요."

반 보 앞서 안으로 인도하는 품이 세련된 것이 사람을 응대하는 것에 익숙해 보였다. 하긴 사람을 상대하는 게 저 사람 직업인데, 어색해하면 그게 도리어 이상한 거지. 그나저나 목소리는 여전히 청량하구나.

자리에 앉아 주문을 마치고 내부를 둘러보니 여자와 남자가 마주 앉아 있는 테이블들이 제법 눈에 띄었다. 분위기로 보아 데이트는 아닌 것 같고 양쪽 모두 하나같이 한껏 신경 쓴 차림새로 서로에게 어색해하는 걸 보니 선보는 자리인 것 같았다. 외로운 솔로들에게 부디 축복 있기를.

"주말이라 그런지 선보는 사람들이 많은 거 같아요."

그도 같은 생각을 했는지 넌지시 가장 가까이 자리한 테이블을 슬쩍 가리켰다.

"그러게요."

"은호 씨는 선본 적 있어요?"

"그럼요."

"에에, 진짜?"

과장되게 놀란 표정을 지어 보이는 그에게 은호가 미소와 함께 고개를 끄덕였다.

같은 학교에 근무하는 선생님의 소개로 그녀의 시동생과 만난 적이 있었다. 몇 번이나 거절을 했지만 호랑이 같은 시어머니가 아들 장가 못 간 탓을 자신에게 한다며 사정을 하는 통에 어쩔 수 없이 나간 자리였다.

하지만 막상 나가보니 그쪽도 강요에 못 이겨 나온 기색이 역력해서 되레 김이 빠졌다. 서로 짧게 신상 읊고 나니 딱히 나눌 얘기가 없었다. 잠자코 커피만 마시고 있자니 목구멍으로 커피 넘어가는 소리까지 들리는 거 같아서 멋쩍기까지 했다. 말 그대로 어색함에 절여지는 느낌이었달까.

그 뒤로는 선배나 친구들이 아는 사람을 소개시켜 준다고 할 때마다 은호는 고개를 내젓곤 했다. 딱히 사귀는 사람도 없으면서 거절하는 것이 곤혹스럽기는 했지만 그래도 가시방석에 앉아 있는 것보다는 나았다.

"변호사님은 어때요? 선 많이 보셨을 거 같은데."

"저도 보기야 봤죠. 그런데 그게 별로 할 건 아니더라고요. 처음 보는 사람이 내 신상을 훤히 알고 있다는 것도 마음에 들지 않고 말이에요."

어색함보다 신상 보호라니. 역시 변호사다운 발상이라고 해야 하나. 은호는 잠시 헷갈렸다.

"그런데 정확히 제가 알고 있어야 할 조건이 뭐죠?"

주문한 커피가 앞에 놓이고 난 후 은호가 먼저 용건을 꺼냈다.

"부지런히 왔더니 지금 굉장히 목마른데, 이거 먼저 마시고 얘기하면 안 될까요?"

물 잔을 가리키며 하는 말에 공연히 머쓱해졌다. 뭐랄까, 어쩐지 주도권을 뺏긴 느낌이다. 앞에 놓인 물 잔도 그대로인데 새삼스럽게 목이 마르다며 말을 막는 것이 마음에 들지 않았다.

행여 용건이 끝나면 쌩하니 가버릴까 봐 준석이 일부러 시간을 끈다는 사실을 알 리 없는 은호가 속으로 입술을 비죽였다.

"은호 씨는 내가 불편하죠?"

입술만 축인 물 잔을 내려놓으며 준석이 물었다.

"네?"

"천천히 해도 될 얘긴데 막 재촉하는 걸 보니 한시라도 빨리 용건 마치고 헤어지기만 기다리는 것 같아서요."

으음. 꼭 집어 말해 그런 건 아니지만 또 아주 아니라고도 말 못 하는지라 대답이 머뭇거려질 수밖에 없었다. 그녀가 무슨 말로 대꾸를 할지 궁금하다는 듯 지켜보는 준석을 향해 은호가 입을 열었다.

"솔직히 말하면."

"말하면?"

"그다지 편한 건 아닌데 그렇다고 같이 있기 싫을 정도로 불편한 건 또 아니에요."

"경계하는 거에요? 나 나쁜 사람 아닌데."

마음에 쏙 드는 대답은 아니었지만 싫지 않다는 말에 준석의 입은 헤벌어지기 직전이었다.

"그래서가 아니라…… 제 성격이 원래 그래요. 처음 만난 사람하고는 얘기도 잘 못하고."

"우리 벌써 세 번째 만난 건데, 아직도 처음 같아요?"

"정확히 말하면 마주친 게 두 번이고 만난 건 오늘이 처음이에요."

새침한 목소리로 똑 부러지게 구분 짓는 말에 준석이 갑자기 웃기 시작했다.

주위 사람들이 의식될 정도로 높아지는 웃음소리에 창피함으로 은호의 얼굴이 붉어졌다. 썩 재미있는 얘기를 한 것도 아닌데 대체 왜 이런담. 이런 식의 딱딱한 대꾸 보통 남자들은 좋아하지 않는다던데.

수영의 말에 의하면 남자들은 제가 한 말이나 행동을 교정해 주는 걸 가장 싫어한다고 했다. 그러니 지금도 자존심 상해하거나 무안해하는 것이 정상적인 반응이련만 윤준석이란 남자의 자아는 무두질이 굉장히 잘된 모양이었다.

흘깃거리는 시선들이 쏟아지는데도 아랑곳하지 않고 그는 계속 웃어댔다.

"그만 좀 하실래요? 사람들이 쳐다보잖아요."

"미, 미안합니다."

손을 저으며 말로는 미안하다고 하는 와중에도 입으로는 연신 푸푸거리며 웃음을 내놓았다.

"대체 왜 그러는 건데요?"

주위를 두리번거리며 낮은 목소리로 쏘듯이 은호가 물었다. 커피를 코로 마시는 묘기를 부리거나 발라당 엎어지고 넘어지는 몸개그를 한 것도 아닌데. 대체 자신이 했던 말 어디에 이렇게 끝내주는 웃음코드가 들었는지 그녀는 도통 알 수가 없었다.

하지만 그사이에도 웃음소리는 여전히 멈출 줄을 몰랐다.

"하아아, 그, 그게……. 풋! 하하하……."

별거 아닌 말에 넋 나간 사람처럼 웃고 있는 이 남자가 우리나라에서 한 손에 꼽히는 로펌의 수석 변호사라고 그러면 누가 믿겠냐고.

"내 말이 그렇게 웃겼어요?"

"흐흐흣……. 미안합니다. 근데 너무 은호 씨다운 게."

잠자코 보고 있자니 오늘은 이미 튼 것 같다. 별거 아닌 말 한마디에도 이렇게 자지러지게 웃는데 무슨 얘기가 되겠어.

결심한 은호가 자리에서 일어났다.

"다음에 얘기하도록 하죠."

돌아서서 나오는데 걸음마다 후회가 깊다. 앞으로 족히 한 달 반은 버틸 수 있는 머리는 왜 다듬었을까. 두 개나 갖고 있는 핑크색 립스틱은 왜 또 질렀을까.

"은호 씨."

입구로 향하는데 어느새 다가온 그가 손을 붙잡았다. 그사이 얼굴의 웃음기는 걷히고 눈길은 진지해져 있었다.

"다음에 얘기해요."

"다음에 언제? 이대로 가면 나 또 볼 거예요? 아니잖아."

"변호사는 되도록 만날 일이 없는 게 좋은 거 아니에요? 그러니까 앞으로는 별다른 용건 없으면 전화하지 마세요."

"먼저 전화한 건 은호 씨잖아요."

좀 전의 웃음소리와는 비교도 할 수 없는 우렁찬 목소리에 은호가 고개를 획 돌렸다. 그런데 아뿔싸! 그의 어깨 너머로 커피숍 안에 있던 사람들의 시선이 온통 이쪽으로 쏠려 있는 광경이 눈에 들어왔다. 아까 선을 보는 중일 거라고 그가 가리켰던 테이블에 앉아 있던 두 사람은 아예 테니스 경기장의 관중처럼 두 사람을 번갈아가며 구경 중이었다.

망신살도 이 정도면 가히 국보급이 아닐까 싶다. 호텔 로비가 쩌렁쩌렁 울릴 정도로 그녀의 이름을 부르며 뒤쫓아오고 있는 준석을 피해 뛰듯이 걸음을 옮기는 내내 든 생각이었다.

"은호 씨!"

그래도 나, 명색이 학교 선생님인데. 내 이름하고 얼굴 아는 학부형들도 제법 되는데. 집에서 키우는 멍멍이 부르듯 저렇게 함부로 불러대면 안 되는데.

"은호 씨, 잠깐만요!"

탁탁탁.

뛰는 발소리가 점점 가까워지는 것을 느끼자 은호는 걸음을 멈추고 몸을 휙 돌려 그를 노려보았다.

"진짜. 사람이 왜 그래요? 정말 창피해 죽겠어!"

있는 대로 소리를 죽여 낮게 외쳤다.

"그러니까 멈추랄 때 말 들었으면 됐잖아요."

어머머. 도둑놈이 매 휘두른다더니 지금 이 상황이 딱 그거다. 적반하장.

"이유도 없이 정신 나간 것처럼 웃었던 사람, 지금 어디 딴 데 있어요?"

"미안해요. 그러니까 그렇게 새침한 얼굴로 빵 터지게 하질 말았어야지."

"네에?"

대체 내가 했던 말 중 어느 부분이 빵 터질 스위치였나. 은호는 잠시 어리둥절했다. 개그 코드가 저마다 다르긴 하지만 이 사람도 확실히 유별나긴 하구나.

"짐작은 했지만 우리 참 잘 맞는 거 같아요."

은호의 어깨에 살짝 팔을 두르며 그가 걸음을 옮기기 시작했다.

"전혀 아니라고 봅니다."

쌀쌀맞게 대꾸한 은호가 그의 팔을 툭 쳐냈다. 그리고는 두어 발짝 옆으로 떨어져 빠르게 걷기 시작했다.

"같이 가요."

잽싸게 다시 곁으로 다가온 그를 몸을 돌려 살짝 피하며 다시 걸음을 옮겼다. 하지만 역시 금세 따라잡히고 말았다. 아이씨. 다리는 또 왜 이렇게 길어.

"자꾸 그러면 눈요깃거리만 더 주는 건데?"

몸을 비틀어 피하려는 은호를 이번에는 조금 더 강하게 붙잡고 준석이 고개를 숙여 속삭였다. 은호의 어깨가 잠시 움찔했다. 귓가를 간질이는 입김에 솜털이 곤두서면서 정수리 언저리의 머리칼들이 뾰족하니 서는 느낌이다. 발가락 끝이 얼음을 댄 듯 찌릿거리고 목과 어깨가 괜스레 움츠러드는 것 같기도 하고, 아무튼 희한했다.

그런 자신의 반응이 어색해 고개를 돌리던 은호의 눈이 휘둥그레졌다. 넓은 호텔 로비를 오가던 사람들이 무수한 시선들이 그들에게 향해 있었다. 더러는 아예 가던 걸음까지 멈춘 채 희한한 구경을 하듯 쳐다보는 이들도 있었으니. 미니스커트를 입은 아가씨들 서넛의 호기심 어린 눈초리, 사업가로 보이는 중년 남자의 찌푸린 얼굴, 나이 든 노부인의 빙그레한 미소까지. 세대도 종류도 다양한 반응들이 그들을 둘러싸고 있다.

주말 대낮의 호텔 로비에서 종종거리며 피하는 여자와 기를 쓰고 따라붙는 남자의 조합이 구경거리기도 하겠구나, 이런 망할! 얼굴 팔리면 정말 안 되는데. 혹시나 웃기는 광경이라며 핸드폰 들어 촬영하고 있는 사람은 없는지 은호의 눈동자가 바쁘게 움직였다.

이 꼴 보고 되게 재미있는 거 봤다며 트위터 이런 데 막 올리고 그러면 안 되는데. 그랬다가는 자칫 얼굴 들고 학교 출근 못하게 되는 수도 있는데. 아아, 어쩌지? 정말.

초곤란하고 초초난감한 사태가 아닐 수 없었다.

그사이 그녀의 상태를 알아챈 준석이 은호의 손을 붙들고 만면에 미소를 띠며 로비를 빠져나갔다.

"세상에."

준석이 손을 붙들고 간 여자가 은호라는 것을 확인한 영주는 멍하니 서 있었다.

호텔 일식당에서 오랜만에 만난 친구와 식사를 마치고 막 엘리베이터에서 내린 참이었다. 빠른 걸음으로 로비를 가로지르고 있는 낯익은 얼굴을 발견하자마자 그 자리에 우뚝 멈춰 서고 말았다.

옆얼굴로 준석임을 확인한 영주의 얼굴에 회심의 미소가 번졌다. 그렇지 않아도 만날 기회를 만들려고 얼마나 애를 썼는데. 느닷없이 걸음을 멈춘 것에 옆의 친구가 무슨 일인가 물어왔지만 미처 대답할 겨를이 없었다.

미국에서 잠시 소개를 받았을 때만 해도 별 관심 없었던 남자였다. 변호사쯤이야 주변에도 널리고 널린 판인데 새삼스레 호감 따위를 가질 이유가 없었다. 그런데 자리가 파하고 헤어질 무렵 동행했던 일행에게서 그에 대해 듣고는 생각이 달라졌다. 그녀의 집안 따위는 비교도 되지 않을 만큼 부유한 집안, 가족 대부분이 법조인에 교수, 그것도 모자라 정치권까지 엄청난 인맥을 형성하고 있다니 윤준석이라는 남자 자체가 금광이나 다름이 없었다.

이튿날 부득이한 일정 때문에 귀국하면서도 계속해서 그에 대해 생각을 했다. 그런데 뜻밖에도 아버지의 유언장이 공개되는 자리에서 은호의 변호사로 다시 만나게 될 줄은 꿈에도 몰랐다. 유언 내용에 격분한 어머니가 난장판을 만들지 않았다면 그날 영주는 준석에게 접근했을 것이다.

그런데 이런 곳에서 뜻밖에 다시 마주치게 될 줄이야. 이거야말로 인연이다를 외치며 흐뭇한 얼굴로 다가가려는 찰나 그가 저만치의 누군가를 불렀다.

은호……?

믿고 싶지 않았지만 준석이 쫓아가 팔을 붙잡은 상대는 분명 은호였다. 마음속으로야 설마 아니겠지 생각하면서도 바로 눈앞에서 보고 있는 일을 부인할 수는 없는 일. 보아하니 무언가를 사정조로 말을 하는 준석 앞에서 계속해서 고개를 저어대는 은호의 모양새가 영 마음에 들지 않았다. 두 사람이 마주하고 서 있다는 것만으로도 충분히 불쾌했지만 그의 말에 냉담하게 구는 듯 보이는 은호의 모습을 보고 있자니 자존심이 상했다.

저절로 주먹이 움켜쥐어지고 입술이 파르르 떨렸다. 애인이 바람피우는 현장을 급습한 여자의 마음이랄까. 다정하게 은호의 어깨를 감싸 안는 모습을 보자 눈에서 불이 일었다.

"재들 뭐야? 대낮에 호텔 로비에서 사랑싸움이라니? 어머나, 귀여워라. 나이도 있는 애들이 귀엽게 노네."

옆에서 재미있다며 키득대는 친구의 목을 그대로 졸라 버리고 싶었다.

뭐가 그리 좋은지 연신 웃고만 있는 준석의 모습에 영주는 기가 막혔다. 도대체 아버지는 무슨 생각으로 저 사람을 은호의 변호사로 붙여준 걸까.

은호가 한남동에서 사는 동안 그녀에게 다정하거나 친절하게 군 사람은 아무도 없었다. 그나마 동생인 승주가 조금 나은 편이었는데, 그것도 대놓고 무시를 하지 않는다는 거지 빈말로라도 살갑다고는 할 수 없었다.

엄마는 대놓고 군식구 취급을 하며 언제나 냉담했고 영주 자신은 대놓고 업신여기며 무시를 했다. 아버지는…… 아버지는 그저 무심했었다. 은호가 제아무리 대견한 일을 해냈더라도 고개만 한 번 끄덕이곤 그만이었는데 심지어 경쟁률이 치열했던 일류 대학의 사범대에 전액 장학금을 받고 입학을 했을 때도 마찬가지였다.

그랬던 아버지가 마지막에게 그런 큰 재산을 물려줄 거라고는 아무도 생각지 못했던 일이었다. 유언장이 공개될 때 무척이나 놀라던 모양새로 보아 그건 은호도 마찬가지였던 것 같았다. 언제나 착한 척, 얌전하게 구는 것이 입상이긴 했지만 적어도 거짓말을 해대는 아이는 아니었으니까.

영주의 멍한 시선이 손을 잡고 사라지는 두 사람에게 붙박였다. 지금까지 갖고 싶은 것을 한 번도 손에 넣지 못한 적이 없었던 영주였다. 그런 그녀가 처음으로 갖고 싶은 남자가 생겼는데 그는 은호와 만나고 있다? 단순히 변호사와 의뢰인으로 만난 것이라도 생각해도 될 테지만 그녀의 육감은 다른 말을 하고 있었다.

아직까지 한 번도 변호사를 둔 적이 없어서 확실하다고 말할 수는 없지만 은호는 지금의 상황이 변호사와 의뢰인 간의 지극히 일반적인 만남이라는 생각은 들지 않았다.

호텔 밖으로 나와 자동차 열쇠를 받아 차에 오를 때까지 그의 손은 내내 은호의 어깨를 감싸듯 올려져 있었다. 조금 전만 같았어도 매몰차게 쳐냈겠지만 적어도 오늘은 더 이상 볼썽사나운 광경을 연출하지 않기로 마음먹은 터라 그가 하는 대로 잠자코 서 있었다. 그런데 이 남자 보게. 말 잘 듣는 아이처럼 얌전히 있는데도 금세 도망칠 사람 붙들고 있는 것처럼 손에 힘을 주고 있다. 아프거나 불편할 정도는 아니지만 뿌리치려고 했다가는 금방 다시 붙잡히고 말겠다는 사실은 분명히 전달한 정도의 힘이었다.

"타요."

잘빠진 은회색의 차가 다가오자 도어맨의 도움을 거절한 그가 은호를 위해 문을 열어주었다.

큰길로 나선 뒤 한참 동안 말없이 운전만 하던 그가 이차선의 도로로 진입해서 오른쪽으로 난 작은 골목으로 접어들었다. 그렇게 한참이나 진행하던 차는 어느 순간 서서히 속도를 줄이더니 이윽고 아담한 이층 건물 앞에 멈췄다.

"여기 와본 적 있어요?"

"아니요."

준석의 물음에 그녀가 고개를 저었다. 서울에서 나고 자라기는 했지만 생활 반경을 크게 벗어나 본 적이 없는 그녀였다. 학교 다닐 때는 공부하느라 바빴고 직장 생활을 시작하고부터는 정해진 시간에 출퇴근을 하는 것 이외에는 집에서 멀지 않은 거리에 있는 마트와 백화점, 도서관이 고작이었다. 간혹 수영을 만나 영화를 보거나 술을 마실 때도 있었지만 그럴 때조차도 멀리까지는 움직이지 않았다.

일 년에 몇 번 지방의 산을 오르기 위해 서울을 떠날 때가 있었는데 차라리 그럴 때의 행동반경이 더 넓다고 해야 할 것이다. 올

봄에만 해도 무등산의 정상을 보겠다고 고속버스로 광주까지 세 시간이 넘는 거리를 움직였으니까.

하지만 제법 멀다 싶으면 두 시간도, 세 시간도 잡아먹기 일쑤인 서울에서는 엄두도 내보지 않은 거리였다.

한쪽으로 차를 세운 그가 시동을 끄자마자 은호는 안전벨트를 끄르고 차 밖으로 빠져나왔다. 눈에 들어오는 거리의 모습은 확실히 낯설었다. 오는 길에 본 **동 지점이라는 은행의 간판으로 대강 어디쯤인지 짐작만 할 수 있었다.

"저기예요."

옆으로 다가온 그가 바로 눈앞의 건물을 가리켰다. 차 안에서 볼 때는 그저 그러려니 했는데 목재로 단장이 된 이층 건물은 아담하고 소박하면서도 어딘가 모르게 눈길을 끌었다. 자세히 보니 간판도 요새 흔히 볼 수 있는 화려한 색깔의 조명이 아닌, 나무를 깎아 한 글자 한 글자 이어 붙여 만든 것이었다. 보는 것만으로도 아담한 공간에 대한 주인의 애정을 느낄 수 있었다.

"햇살 머무는 집?"

"들어가죠."

성큼성큼 앞장 서는 그의 뒤를 느린 걸음으로 뒤따랐다.

"잘 있었어요?"

안으로 들어서자마자 그는 안쪽을 향해 인사부터 했다. 케이크 진열장 앞에 서 있던 여자가 그를 보자마자 단박에 반색을 했다.

"어머, 윤변. 오랜만이에요. 안 그래도 도통 볼 수가 없어서 무슨 일인가 하고 있었는데."

밝은 목소리로 인사를 풀어내며 진열장을 돌아 앞으로 나온 여자는 은호 또래로 보는 순간 '귀엽다' 라는 탄성이 바로 쏟아낼 만큼 작은 체구에 아기자기한 이목구비를 가지고 있었다.

으음, 어떤 사이일까? 말하는 투로 봐서는 그저 아는 사이는 아니고 여자, 남자로 진한 사이도 아닌 거 같은데. 그렇게 생각하는 한편 은호는 문득 오늘 외출을 위해서 수없이 옷을 입었다 벗어 던지기를 반복했던 자신의 행동이 왠지 부끄러워졌다.

"안 그래도 어젯밤에 지욱이한테 요즘 윤변 너무 바쁜 거 아니냐고, 안 그래도 높은 몸값 얼마나 더 높이려고 그러는지. 이러다 연애도 못하겠다고 그랬었다니까요."

웃음기 가득한 발랄한 목소리가 듣고 있기만 해도 유쾌했다. 긴 머리는 하나로 묶어 되는대로 틀어 올리고 얼굴에는 화장기도 거의 없었지만 오히려 그래서 더 생동감이 넘쳐 보인달까.

"지욱이는요?"

"그 남자야 안 바쁠 때가 있어야지. 오늘만 해도 새벽부터 출근했는데요, 뭘. 칫! 자는 사람 깨우지도 않고 혼자서 도둑고양이처럼 슬그머니 나가 버리기나 하고."

아마도 남편일 듯한 남자의 안부를 묻는 말에 얼굴이 금세 새치름해졌다. 그런데도 눈가의 웃음기는 점점 더 짙어지는 것이 은호는 신기하기만 했다.

"그 녀석, 사랑하는 인경 씨가 눈에 밟혀서 날마다 어떻게 출근을 하나 모르겠네."

너스레를 떠는 그를 향해 그녀는 눈을 흘겼다.

"하여튼 누가 친구 아니랄까 봐. 민망한 말도 아무렇지 않게 해. 암튼 두고 봐요. 이런 장난들 모조리 저금해 뒀다가 나중에 이자까지 붙여서 고대로 돌려줄 테니까."

미소를 짓는 것이 일상인 듯 입가가 반원을 그릴 때마다 눈가에도 저절로 보기 좋은 선이 그려졌다.

"어머, 내 정신 좀 봐. 손님하고 같이 왔으면 얘길 하죠. 이쪽으로 앉으세요."

뒤늦게 은호를 발견한 인경이 화들짝 놀라며 서둘러 그들을 자리에 앉게 했다.

"죄송해요. 준석 씨가 워낙 짓궂은데다 말주변이 좋아서 일단 상대하기 시작하면 끝이 없다니까요. 강인경입니다."

"여긴 김은호 씨. 나한테는 엄청난 잠재력을 갖고 있는 사람."

"어머……."

은호를 대신해 재빠르게 소개를 마친 준석의 말에 인경이 새삼스러운 눈으로 그녀를 바라봤다.

"최고로 맛있는 케이크는 물론 나를 위해 남겨뒀겠지요?"

"연락도 안 하고 와놓고서는 무슨. 그냥 주는 대로 먹어요."

다소 느끼하게 연출한 그의 말에 점잖게 타박하던 인경이 준석이 아닌 그녀를 향해 활짝 미소를 지었다. 입가에 곱게 파이는 볼우물을 보고 있자니 은호는 어쩐지 난감해졌다. 하여튼 어디로 튈지 모르는 사람이라니까. 엄청난 잠재력이라는 건 또 뭐야.

"은호 씨는 뭐 좋아하세요? 설마 단 거 싫어해서 케이크나 초콜릿 들어간 건 입에도 안 댄다, 뭐 그러시진 않죠?"

"그렇지는 않아요."

은호의 대답을 들은 인경의 얼굴에 생글생글, 다시금 볼우물이 파였다.

"다행이에요. 케이크 전문점에 와서 자기는 단 건 입에도 안 댄다고 베이글 같은 거 찾는 손님은 곤란하거든요."

"그거야 인경 씨 솜씨를 모르니까 그러는 걸 테고."

"쉿! 윤변은 조용! 나 지금 은호 씨랑 얘기 중이잖아요."

장난기 어린 얼굴로 짐짓 노려보며 하는 말에 준석이 입을 다물자 그 모습을 지켜보고 있던 은호의 얼굴에 놀란 빛이 어렸다. 저 남자, 어지간해서는 절대 말로는 지지 않을 사람인데 순식간에 입을 다물게 하다니. 자그마한 몸에 숨겨진 내공이 궁금해지기 시작하면서 왠지 모를 호감이 마구 피어올랐다.

"저도 단 거 좋아해요. 일에 치여 피곤해서 밥도 먹기 싫을 때는 우유하고 초콜릿 먹거든요."

"어쩜! 나랑 똑같구나. 찬 우유에 초콜릿 녹여 먹는 맛은 아는 사람만 아는데."

"맞아요. 엄청 진하고 뜨거운 블랙커피에 바닐라 아이스크림 한 덩이 빠뜨려서 먹는 거만큼 황홀하죠."

"아포카토!"

열렬한 반응에 은호의 고개가 절로 끄덕였다.

"엄청 피곤한 날이 있었는데요, 냉장고를 아무리 뒤져도 바닐라 아이스크림 한 통밖에 없는 거예요. 뭘 시켜먹기도 귀찮고. 그래서 커피 진하게 내려서 큰 잔에 담고 거기에 아이스크림 듬뿍 올렸더니 너무 맛있더라고요. 그때만 해도 아포카토라는 커피가 있는 줄도 모르고 되게 맛있는 거 발견했다고만 생각했죠."

"내가 먹어봐도 아포카토는 따로 멋 안 부리고 은호 씨처럼 만들어 먹는 게 제일 맛있는 거 같아요. 이따가 갈 때 바닐라 아이스크림 싸줄게요. 마침 어제 새로 만들어둔 게 있거든요."

"정말요? 너무 좋다."

"잠깐 거기 두 분."

준석이 테이블을 손가락으로 탁탁탁 소리가 나도록 치며 한창 이야기에 빠져든 두 사람을 불렀다.

"이제 그만하시죠? 오늘 처음 만났으면서 너무 친한 거 아니에요?"

"알았어요. 방해 안 할게요."

웃는 낯에 담긴 심상치 않은 눈빛을 알아챈 인경이 두 손을 들며 물러났다. 남편 지욱의 절친으로 지난 몇 년간 친분을 쌓아온 사이였다. 척 보면 누구나 호감을 가지지 않고는 못 배길 외모에 집안 배경이며 스펙 또한 차고 넘칠 정도인지라 그간 사귀는 여자도 꽤 되었던 걸로 알고 있는데 정작 그 당사자들은 직접 만난 적은 한 번도 없었다.

그런 사람이 느닷없이 여자를 데리고 왔으니 궁금증이 이는 건 당연지사. 그런데 자신과 이야기하는 잠깐 사이도 못 견뎌하는 걸 보니 은호라는 여자에게 단단히 빠져 있는 건 분명해 보였다.

"은호 씨 뭐 드실래요? 좀 전에 브라우니 구웠는데 그걸로? 아니면 생크림이나 모카 케이크도 먹을 만할 거예요."

"인경 씨 좋아하는 거, 그걸로 주면 될걸요. 여긴 제일 맛있는 건 손님은 안 주고 따로 챙겨놨다가 주인이 다 먹잖아요. 아니, 정확하게는 그 남편이 다 먹어치우지. 아내가 자기 말고 다른 사람한테 맛있는 거 주는 것도 질투하는 녀석이니까."

그의 말에 인경이 핏! 코웃음을 쳤다.

"그 남편한테 좀 전에 들었던 말 고스란히 다 일러줄까 보다. 절친이 이런 말 했다는 거 알면 여지욱 엄청 슬퍼할 텐데."

"설마. 단 거라고는 입에도 안 대던 녀석이 누가 만든 건 줄창 먹어대는데. 저도 양심이 있으면 부끄러워하겠지."

"어머, 정말요?"

"나중에 물어봐요."

새롭게 알게 된 사실에 얼굴까지 붉혀가며 웃던 인경이 금세 다시 오겠다는 말을 남기고 사라졌다.

"인경 씨, 나한테는 뭐 먹을 건지 안 물어봐 줘요?"

자신에게는 눈길도 안 주고 미련 없이 안쪽으로 들어가 버리는 그녀를 향해 그가 소리를 쳤다. 안에서 뭐라고 웅얼거리는 소리가 들렸지만 모두 알아들을 수는 없었고, '알아서'와 '주는 대로'만

겨우 찾아 들을 수 있었다.

"재미있는 분 같아요."

"좋은 사람이기도 하죠."

경황이 없어 미처 꼼꼼히 보지 못했던 가게 안을 찬찬히 눈으로 훑는데 그가 물었다.

"밖에서 본 것보다 더 예쁘죠?"

"네."

그저 빈말로 해보는 소리가 아니었다. 원목으로 마감이 된 실내와 조도가 낮은 조명은 화려함보다는 푸근함을 느끼게 했다. 마감재와 맞춘 듯 원목으로 만들어진 앙증맞은 의자와 테이블도 편안한 느낌을 준다.

벽에 가로로 길게 폭이 좁은 선반을 질러서 모양 좋은 찻잔과 유리병에 든 차를 진열해 두었다. 안쪽으로 놓인 케이크 진열장에는 모양을 낸 케이크들이 옹기종기 들어앉아 있었다.

"이미 들어서 눈치챘겠지만 방금 본 인경 씨가 여기 사장인데 제 친구 아내예요."

고개를 끄덕이는 은호를 보며 준석이 덧붙여 말했다.

"그 녀석이 인경 씨 마음 얻으려고 얼마나 오랫동안 마음고생을 했는지. 옆에서 보고 있기가 딱할 지경이었다니까요. 다음에 기회 생기면 자세히 얘기해 줄게요."

그사이 쟁반을 받쳐 든 인경이 다가왔다.

"윤변, 또 내 흉 봤구나."

"에이, 무슨 말을 그렇게 섭섭하게 해요. 내가 인경 씨를 얼마나 사랑하는지 잘 알면서."

잘생긴 남자가 떠는 너스레를 그녀는 아무렇지도 않게 코웃음을 쳤다.

"아무리 그래도 지욱이 버리고는 안 가요."

"어련하겠어요."

진한 김이 피어오르는 찻잔 두 개와 보기에도 예쁜 케이크 조각이 든 접시 몇 개가 앞에 놓였다. 데커레이션만 봐서는 그런가 보다 했는데 권하는 대로 입안에 넣자 절로 탄성이 나왔다. 은호가 보이는 반응이 만족스러웠는지 그녀가 활짝 웃으며 물었다.

"입에 맞으세요?"

"맛있어요."

"천천히 맛있게 드세요. 더 필요한 것 있으면 언제든지 말씀하시구요."

그 말로 자신의 할 일은 끝났다고 생각했는지 인경이 금세 자리를 비켜주었다.

느닷없는 침묵이 다소 어색하긴 했지만 아늑한 분위기 탓인지 조금 전 호텔에서보다는 마음이 훨씬 편안했다. 호텔 라운지에서는 꼭 남의 옷을 빌려 입은 듯 불편하기만 했는데 말이다.

"은호 씨 얼굴이 왜 그래요?"

맞은편에서 열심히 포크를 놀리던 그가 갑작스럽게 물어왔다. 하지만 물음을 던지기 전 몇 번이나 그녀의 얼굴을 스치고 지나갔던 예리한 시선이 훨씬 전부터 적당한 때를 기다리고 있었음을 말해주고 있었다.

"네?"

그의 말을 듣자마자 은호의 손이 저절로 왼쪽 뺨으로 올라갔다. 아직 채 감각이 돌아오지 않은 뺨을 만진 순간, 역시나 하는 그의 눈과 마주치자 아차! 싶었다. 그가 무엇에 대해 말하고 있는지도 모르고 얼굴이라는 말에 반사적으로 맞았던 쪽을 만지고 있었으니.

"얼굴이 왜요?"

은호가 올렸던 손을 어색하게 내리며 물었다. 나름대로 당황한 내색을 하지 않으려 애를 쓰는 중이었지만 부자연스러운 표정으로도 이미 속사정을 드러내 보이고 있었다.

"멍 들었잖아요. 조금 전까지는 긴가민가했는데 가까이서 보니까 티 많이 나요."

얼음 마사지를 열심히 해주어서인지 부기는 빨리 빠졌지만 대신 피부가 연한 눈언저리와 귀 옆으로는 멍이 내려앉았다. 덕분에 생전 처음으로 잡티는 물론이고 모공까지 완벽하게 커버해 준다는 제품들을 종류대로 사서 바르느라 출근 준비하는 데 보통 때보다 많은 시간을 보내는 중이지만 다행스럽게도 보람이 있어 얼굴 갖고 뭐라는 사람은 없었다.

그런데 예리한 그의 눈에는 완벽하지 않았던 모양이다. 당신의 뛰어난 관찰력에 결코 달갑지 않은 경의를!

"나는 잘 모르겠던데. 다른 사람들도 그렇고."

은호는 할 수 있는 한 최대한 천연덕스러움을 가장했다. 돌아가는 사정을 모르는 사람이 아니니 얼굴의 상처가 무엇 때문인지도 이미 짐작하고 있을 것이다.

"진단서는 뗐어요?"

"진단서요?"

"고소해야지. 얼굴에 멍이 들도록 두들겨 맞았는데."

농담이겠지 했지만 팽팽하게 굳은 준석의 입술이 백 퍼센트 진심으로 하는 말임을 알려주고 있었다.

"백부님 일로 트러블이 좀 있었어요."

고모부의 사무실에서 펄펄 뛰며 난동을 부릴 때부터 은호에게 손을 뻗치리란 걸 짐작했어야 했다. 준석은 그녀의 얼굴에 든 멍이 꼭 제가 할 일을 제대로 하지 못한 탓인 것만 같았다.

"트러블 있다고 사람 두들겨 패면 온 지구가 싸움판 되게."

"겨우 뺨 두 대예요. 고작 이런 걸로 고소하면 그거야말로 고소로 얼룩진 세상인 거죠."

이실직고하는 말에 준석의 얼굴이 일순 굳어졌다. 테이블 아래 주먹을 쥐었다 폈다 하며 준석은 간신히 숨을 골랐다.

드라마나 영화도 아니고 보통의 일상에서 뺨을 맞는 건 결코 흔한 일은 아니다. 그런데도 저 흔연한 모양새를 보라지. 초등학생 때부터 그 집에서 자랐다더니 그 정도 손찌검쯤은 그냥 예사로 여기고 넘길 정도로 학대를 당했던 모양이다.

"그래도 나한테는 얘길 했어야죠."

그녀에 대한 섭섭함까지 더해져 추궁하는 조의 말이 나와 버렸다. 그의 말투가 비위를 건드렸는지 은호는 금세 고개를 곧추세우고 눈을 치켜뜬다. 그러더니 이내 팔짱을 끼고 의자에 길게 몸을 기댔다.

"은호 씨가 아직도 모르고 있는 것 같은데 나 은호 씨 변호삽니다."

"알아요."

단순하게 고개를 까딱하는 그녀를 향해 인내심을 갖고 찬찬히 다시 말을 했다.

"법적으로 은호 씨가 곤란한 지경에 처했을 때, 설령 은호 씨가 어떤 죄를 지었더라도 철저하게 은호 씨의 편에 서는 사람이 바로 나예요."

"그것도 알아요."

"그런데 왜……."

길게 늘어지는 말꼬리를 이번에는 그녀가 재빠르게 잡아챘다.

"아직 법적으로 내 편이 되어줄 사람이 필요할 지경은 아니고요, 또 그 정도로 곤란한 일을 당하지도 않았으니까요."

변호사는 의뢰인에게 필요한 법적인 조언을 할 뿐이지 이래라 저래라 강요할 위치는 아니다. 그런데도 준석은 왠지 당연히 내 것이 되어야 할 물건을 손 놓고 있다가 고스란히 뺏긴 느낌이 들었다.

"하지만 적어도 내게 전화를 걸었을 당시에는 조언이 필요해서가 아니었어요?"

"뭔가 물어볼 말이 있었던 것 같기는 한데, 생각이 안 나는 걸 보면 중요한 건 아니었나 봐요. 지금은 됐어요."

차마 목소리가 듣고 싶어서 전화했다는 말은 못하고 은호는 그냥 얼버무렸다. 하지만 그런 속사정을 알 리 없는 준석은 그녀를 더욱 몰아붙였다.

"그래도 상황은 아직 그대로잖아요."

"그건 변호사님이 해결해줄 수 있는 문제가 아니니까요."

하아. 이 윤준석의 오기를 이만큼이나 돋게 하는 사람은 정말이지 김은호 당신이 처음이야.

유행이 지나도 이미 한참 전에 지난 '네가 처음이야'를 속으로 외치며 준석은 전의를 불태웠다.

사실 변호사라는 존재를 별로 필요로 하지 않는다는 건 신변에 별다른 문젯거리가 없다는 것과 마찬가지. 그런 의미로만 본다면 은호가 자신을 달가워하지 않는 것도 기분 나쁘게만 생각할 일은 아니었다. 그저 무소식이 희소식이려니, 별말 없는 걸 보니 별다른 일도 없겠거니 하고 느긋하게 있는 게 옳다.

그런데도 자신을 원하지 않는 그녀에게 새록새록 오기가 돋고 새삼스레 전의에 불타는 건 대체 무슨 조화인지.

"변호사님은 항상 이런 식으로 의뢰인을 닦달하시나요?"

이젠 다 식어 가장자리에 어려 있던 김도 사라진 차가운 차를 한 모금 마시며 그녀가 물었다. 차갑게 식은 찻잔만큼이나 싸늘한 음성이었다.

"지금 상황에서 내게 변호사가 필요한지 아닌지는 나 스스로 판단하고 결정해요. 변호사님이 왈가왈부할 일이 아니라고 보는데, 내 생각이 틀렸나요?"

깍듯한 존대는 곧 자신이 그어놓은 선 안으로 더 이상은 들이지 않겠다는 명백한 의사 표시나 마찬가지였다.

크건 작건 간에 일단 싸움을 시작하면 절대 지지 않으려는 부류의 사람들이 있다. 그런 사람들은 대개 다른 사람들과 거의 트러블을 일으키지 않고, 어지간한 일에도 그저 고개를 끄덕이고 말기 때문에 착하다고 오해를 받기도 한다.

하지만 어떤 계기로든지 일단 불이 붙으면 걷잡을 수 없어진다. 그들이 화를 잘 안 내는 이유는 결코 착하거나 유순해서가 아니다. 단지 그 대단한 성질에 불이 붙기 전까지는 감정을 드러내는 걸 자제하고 있기 때문이다.

잠깐 지켜보았지만 지금 눈앞에서 입을 꾹 다문 채 그를 노려보고 있는 은호가 그런 사람들 중의 하나임을 짐작하기란 어려운 일이 아니다. 그 말인즉슨, 자신이 무슨 말을 해도 현재로서는 그녀가 순순히 마음을 돌릴 확률이 극히 희박하다는 의미일 터.

"처음부터 은호 씨가 날 달갑게 여기지 않았다는 건 짐작하고 있어요."

아니라는 답이 나올 리가 없다는 사실을 미리 짐작하고 있었으면서도 속으로 어쩌면 조금은 기대했는지도 모르겠다. 하지만 아무 말 없이 눈만 깜박이는 모습에 준석은 그만 맥이 풀렸다.

하아. 김은호 당신, 정말이지…….

하지만 그녀가 알 리 없었다. 끊임없이 밀어내려고만 하는 자신의 태도가 상대로 하여금 도전 의식을 북돋게 한다는 걸. 그리고 그 상대가 남자일 때는 더욱 그랬다. 특히 지금까지 살아오면서 단 한 번의 실패도 경험한 적이 없는 준석 같은 남자에게는 맹렬한 전투 의지마저 솟구치게 하는 지름길이라는 사실을 말이다.

"하지만 고인께서 절 은호 씨의 변호인으로 선택하신 이상 저는 앞으로 은호 씨의 법적인 보호자나 다름이 없습니다."

"보호자……."

보호자라니. 어린 시절 이후 단 한 번도 누군가에서 보호를 받는다는 느낌을 가져본 적 없는 은호에게 그만큼 낯선 단어가 또 있을까. 그런데 두세 차례 얼굴 본 게 전부인 남자가 보호자임을 자처하고 나서니 그야말로 어처구니가 없을 지경이다.

"그러니 이번 상속과 관련한 사항은 물론이고 앞으로 은호 씨는 어떤 일이든 나와 먼저 상의를 해야 합니다."

"하지만 제 자의로 변호사님을 선임한 게 아니잖아요. 그 부분에 대해 법적인 구속력이 있는 것도 아니고. 재판 중에도 소송 당사자의 의지에 따라 변호인은 얼마든지 변경하고 그러지 않나요?"

당신, 정말 대단하다. 변호사가 심각한 얼굴로 이런 식의 이야기를 하면 거의 대부분 고개를 끄덕이며 넘어오기 마련인데 조금의 허점도 보이지 않는다. 외려 두 눈은 더욱 초롱초롱해지고 입가는 팽팽하게 당겨지는 걸 보고 준석은 고개를 저었다.

"역시 은호 씨한테는 못 당하겠네요."

졌다는 듯 두 손을 들어 보이며 준석이 한 걸음 물러섰다. 불과 몇 초 전까지도 치열하게 오가던 공방전의 분위기는 금세 어디론가 싹 가시고, 미소 띤 그의 얼굴에는 재미있다는 표정까지 떠올라 있었다.

여차하면 자리를 박차고 일어날 요량까지 하고 있던 은호는 삽시간에 바뀐 분위기에 허둥거렸다. 뭐지? 당신하고 나, 싸우고 있던 거 아니었어?

이 이상 밀어붙였다가는 얻는 것 하나 없이 곧장 떨려날 거란 생각에 준석이 재빠르게 태도를 바꿨다는 사실은 은호는 미처 파악하지 못하고 있었다.

기가 세다고는 해도 힘이 들어간 몇 마디 말이면 어렵지 않게 뜻대로 통제할 수 있는 아이들과 시간을 보내는 그녀가, 날이면 날마다 거짓말과 진실의 경계에 선 사람들과 마주하며 그들의 입장을 대변하는 준석과 애초에 상대가 될 리 없었다.

속으로 내가 너무 유치했나?를 연발하며 무안함에 찻잔으로 얼굴을 가리다시피 한 은호를 보는 준석의 눈에 묘한 기운이 감돌았다. 빠르게 상황을 파악한 뒤 결과에 따라 은근슬쩍 밀어붙이고, 아닌 척 뒷걸음질에, 애매한 말로 포장하는 데에는 이미 이골이 난 그였다.

더 이상 그녀에게 깊게 파고들었다가는 문밖으로 떼밀리는 신세가 되는 건 금방이었다. 최후의 한 수를 두어야 할 상황이 아닌 바에야 한 걸음 뒤로 물러서는 게 옳았다. 시답잖은 말 몇 마디에 기어이 끝장을 보겠다고 죽자 사자 덤비는 건 하수나 할 짓.

변호사 윤준석을 의뢰인 김은호 옆에 이대로 계속 붙여두고, 더 나아가 여자 김은호에게 남자 윤준석으로 다가가려면 벌써부터 힘을 빼서는 곤란했다. 공연히 기선 제압하겠다고 나섰다가는 변호사로든 남자로든 그녀 옆에 발도 못 붙이게 될 확률이 다분했다.

오랜만에 제대로 된 적수를 만났다는 생각에 온몸에 활기가 돈다. 스키활강, 패러글라이딩, 스카이다이빙 등 어떤 위험한 스포츠로도 얻을 수 없었던 긴장과 도전의식이 몸 안에서 꿈틀거렸다.

어색한지 말없이 차만 홀짝이고 있는 은호를 향해 준석이 속으로 경고장을 날렸다.

어쩌지? 당신을 쉽게 놓아줄 수 없을 것 같은데. 당신 같은 적수를 만나기란 결코 쉬운 일이 아니거든.

본의 아니게 오랜 시간 바깥세상과 담을 쌓아야 했던 남자로서의 투지가 화르륵 불타오르고 있었다.

# 6

"변호사가 싫으면 친구가 되는 건 어때요?"

어두운 천장 위로 극장의 스크린처럼 잘생긴 얼굴이 떠오른다. 보고 있는 동안 점점 커지던 그의 얼굴이 어느 순간 품에 안길 듯 확 덮칠 듯 다가들자 제풀에 화들짝 놀란 은호가 침대에서 벌떡 일어났다.

"으으으, 어떡해."

발을 동동 구르며 신음에 가까운 괴이한 소리를 내던 그녀가 결국에는 이불을 머리 위로 휙 뒤집어썼다. 한참 동안 그러고 있으려니 숨이 막혀온다.

"하아."

이불을 걷어내고 침대 아래로 다리를 내리고 앉았다. 대체 이게 뭐 하는 짓인지.

이게 다 그 남자 때문이다. 아니라고 하면 대충 알아차리고 그냥 물러설 것이지 어쩌자고 친구 운운해서 잠까지 설치게 하는 거냐고.

잠이 안 오면 그냥 다른 짓을 하는 게 낫다는 걸 경험으로 잘 아는 은호가 할 일을 찾아 몸을 일으켰다.

으음, 지나치게 깨끗한 싱크대. 생각해 보니 저녁 설거지를 하면서 철수세미로 박박 문질러 닦았었다. 선반과 몇 개 안 되는 그릇들은 옵션으로 정리가 끝난 상황. 다음으로 갈 곳은 욕실이었다. 스위치를 올리자마자 눈부시게 반짝이는 타일과 세면대가 그녀를 반긴다. 목욕하기 전에 땀 뻘뻘 흘리며 욕조까지 닦아낸 기억이 난다. 하다못해 세면대 위에 거울까지 반질반질 빛이 나는 걸 보며 나 좀 부지런한 듯.

"이봐 김 은생, 지금 그런 헛소리나 할 때가 아니잖아."

손가락 끝으로 머리를 콩콩 때리며 스스로를 나무랐다.

"변호사가 싫으면 친구가 되는 건 어때요?"

세상에, 친구라니. 학교를 졸업하고 어른이 된 후 친구를 사귄다는 건 거의 불가능에 가깝다고 생각했다. 세상 물정에 빠삭한 정도까지는 아니더라도 어느 정도 눈을 틔우고 자기 이익 챙기는데 도가 텄는데 어떻게 사심 없이 친구를 사귈 수 있겠느냐고. 운이 좋다면 마음에 맞는 좋은 사람을 만날 수도 있겠지만 그건 말 그대로 길거리를 지나다 충동적으로 산 로또가 일등에 당첨되는 확률이었다.

더구나 유독 인복이 없어서 그런지 사회생활을 시작한 후 만난 사람은 순수한 마음보다는 사소한 거라도 자신의 이득을 위해 다가온 경우가 대부분이었다. 주변 사람들의 말을 듣자니 꼭 그런 것만은 아니라고 하던데 이상하게도 그녀에게만은 그런 행운이 오지 않았다.

그런데 친구를 하자니. 그것도 여자도 아닌 남자가, 더군다나 죽여주는 스펙에 미친 외모로 말이다. 이성 사이는 절대 친구가 될 수 없다는 진부한 명제의 진위 따위 어차피 별 관심도 없다. 하지만 그와의 연결고리가 백부님과 이어졌다는 사실만으로도 은호에게는 썩 내키는 조건이 아니었다.

"꼭 그래야 할 필요가 있나요?"

딱 잘라 거절하는 말에 그는 무안해하기는커녕 도리어 안됐다는 듯 고개를 저어 보였다.

"혼자 사는 싱글에게 쿨한 이성 친구가 얼마나 절실한지 알아요? 그걸 모르면 은호 씨는 아직 혼자 살 준비가 되어 있지 않다는 거예요."

"어머."

"정말 모르고 있던 거예요?"

느물거리는 것이 사람 속 뒤집어놓기 딱이었다. 법정에서도 저 정도 염장을 지를 줄 알아야 유능한 변호사라는 소릴 들을 수 있는 건가.

"변호사님한테나 해당이 되는 얘기겠죠."

"재미없게 또 그런다."

"뭘요?"

"딱 잘라서 변호사님이라고 부르는 거. 은호 씨 부를 때마다 내가 '김 선생님' 그러면 좋겠어요? 피차일반이지. 어차피 나이 차이도 얼마 안 나는 거 이름 불러요."

은호 씨 급할 때 내가 자동차 열쇠도 찾아줬잖아요.

말로 준석을 이겨보겠다는 생각은 거의 포기해야 할 것 같았다.

"난 혼자 살 생각은 없지만 결혼하기 전까지는 이성 친구를 만들고 사귈 계획이에요."

그는 묻지도 않은 말을 자랑이라도 하는 것처럼 술술 풀어냈다.

어련하시겠어요. 분명 친구라고 했으니 이 여자 저 여자 양다리 걸친다는 소리는 아닐 테고. 그럼 정말 단순하게 여자를 친구로만 볼 자신이 있다는 건가? 은호는 슬슬 호기심이 피어올랐다.

"그럼 결혼한 후에는요?"

"당연히 그만 만나야죠."

왜냐고 묻는 말에 그는 당연하다는 듯 '아내가 싫어할 게 분명하니까' 라고 대답한다.

"아내가 싫어하는 사람은 만나지 않겠다는 건가요?"

"당연하죠. 나하고 평생 살아줄 사람이 싫다는 짓을 왜 해요?"

"보기보다 세심하신가 봐요."

"그냥 보기에는 내가 어떤데요?"

"여자를 무지 좋아할 것 같아 보여요."

어차피 잘 보일 일도, 그럴 필요도 없는 사람이라 그냥 생각나는 대로 솔직하게 말했더니 크하하 웃기 시작했다. 이건 조금 전 호텔 커피숍의 재탕이다. 다른 점이 있다면 이곳에는 다른 손님이 없다는 것뿐.

"은호 씨, 보기보다 재미있는 사람이라는 거 알아요?"

"내가요?"

가끔 수영에게서 네가 이런 황당한 생각을 하고 사는 애라는 거 아무도 모를 거야, 라는 말을 듣기는 하지만 만난 지 얼마 되지 않은 사람에게 들을 말은 아닌 것 같은데.

"뭐랄까. 그냥 보기에는 굉장히 심각하고 생각 많은 사람 같은데, 얘기를 나눌수록 그보다는 재미있고 엉뚱하다는 생각이 들어요."

결국 할 일을 찾지 못하고 다시 침대로 돌아와 책상다리를 하고 앉아 있던 은호가 그대로 벌렁 누워 버렸다.

재미있고 엉뚱하다는 평가는 처음이었다. 대체 내 어디가 재미있고 어떤 점이 엉뚱하다는 걸까. 아니, 그보다 잠도 안 오는 이 새벽에 왜 내가 그 남자 생각을 하며 심각한 얼굴을 하고 있는 건가.

[대표님께서 찾으십니다.]

인터폰을 통해 들려오는 전갈에 준석은 자리에서 일어나 매무새를 가다듬었다.

"찾으셨다구요?"

준석이 문을 들어서면서 편한 말로 인사를 했다. 들어오기 전 입구의 비서에게서 다른 방문객이 없다는 걸 이미 확인한 터였다. 그러지 않았다면 인사말부터 달랐을 것이다. 개인적으로는 고모부와 조카 사이지만 두 사람 모두 로펌 안에서는 그런 관계를 드러내지 않으려 애쓰는 편이었다. 이미 아는 사람은 다 알고 있는 사실지만 굳이 다른 변호사들과 직원들 앞에서 티를 낼 필요가 없다는 게 두 사람의 공통된 생각이었다.

행여 누구의 줄을 탔다느니 하는 쓸데없는 말을 듣게 될까 봐 애초에 이쪽 로펌은 전혀 염두에도 두지 않았던 준석이었다. 자신의 능력만으로도 어디에서든 얼마든지 인정을 받을 자신이 있는데 구태여 연고가 있는 쪽에 미련을 둘 이유가 없었다.

하지만 연수원 시절부터 무조건 〈세인〉으로 와야 한다며 스카우트에 열을 올리던 고모부는 차치하고라도, 고모님과 할머님까지 나서서 설득하는 데에는 어쩔 도리가 없었다. 그래도 고모까지는 어떻게 피할 수 있었지만 연세 지긋하신 할머님의 얼마 남지 않은 세월 운운하는 말씀에는 도무지 맞설 수가 없었다.

"왔구나."

창가에 놓인 난 화분의 잎을 닦던 손길을 멈추지 않은 채 상현이 소파를 가리켰다. 난을 가꾸는 것은 이미 잘 알려진 그의 오래된 취미였다. 애연가로 소문나 있는 그이지만 난 화분들이 놓인 사무실에서만은 흡연하는 모습을 볼 수 없을 정도로 난을 아꼈다.

권하는 대로 자리에 앉는 대신 준석은 통유리가 끼워진 창가로 다가갔다. 구름이 조금 끼기는 했지만 창틀의 방해를 받지 않고 바라보는 하늘은 언제나처럼 근사했다.

"언제 와서 봐도 여긴 제 방보다 전망이 더 좋아요."

"그래서 탐이 나냐?"

"그렇다고 하면 주실 건가요?"

"혹시 모르지, 앞으로 한 이십 년 후라면."

지치지도 않고 되풀이하는 농담을 여느 때처럼 유쾌하게 받아넘기며 상현이 너털웃음을 지었다.

잠시 후 난 잎을 닦는 일을 마치자 두 남자는 소파에 자리를 잡고 앉았다. 때마침 비서가 들어와 찻잔을 내려놓았다.

"우전이다. 낙향한 지인이 보낸 건데 향이 좋아."

"저는 녹차 향이나 맛은 잘 모르겠던데요."

"아직 젊어서 그렇지."

쌉싸름하면서도 개운한 향을 얼마나 음미했을까. 들고 있던 잔을 내려놓으며 상현이 먼저 입을 열었다.

"혹시 은호를 따로 만난 적 있니?"

"물론입니다."

얼마 전 그녀와 가졌던 만남을 떠올리며 준석이 고개를 끄덕였다.

“앞으로 그 애에 관해서는 네가 철저하게 법적인 보호자가 되어주어야 한다.”

“의뢰인이니 당연한 거 아닙니까.”

처음 고모부에게서 은호의 서류를 건네받을 때부터 뭔가 있다는 걸 짐작하고 있던 준석은 일부러 별일 아닌 양 심상하게 대꾸했다. 아니나 다를까, 돌아오는 반응이 빠르다.

“그렇게 의례적인 말만 하지 말고.”

“네?”

좀 전의 웃음기라고는 전혀 찾아볼 수 없는 얼굴로 상현이 차근차근 당부했다.

“돌아간 김 사장이 그렇게 복잡한 유언을 남긴 건 나름의 속내가 있어서야. 그 애에게 변호사를 미리 선임해 둔 것도 그런 이유에서고.”

“짐작은 하고 있습니다.”

오랜 지기이며 고문 변호사를 제치고 다른 사람을, 그것도 의뢰인도 알지 못하게 선임을 했는데 숨은 속사정이 없을 리 없었다.

“그런데 제 의뢰인은 변호사가 선임되어 있다는 것 자체를 달가워하지 않는 것 같던데요.”

“김 사장에게 들은 것도 있고 또 예전에 그 아이와 몇 번 마주쳐 본 바로는, 네가 아니라 그 누구에게도 쉽게 틈을 보이지는 않을 거다. 어지간해서는 쉽게 속내를 드러내는 성격이 아니라고 그러더구나. 그런 아이의 보호자가 되기 위해서는 우선 전적으로 너를 믿을 수 있도록 해야 한다."

준석이 얼굴에 의아한 빛을 띠었다. 법률 대리인에게 하는 말이라기에는 약간 지나친 감이 없지 않았다. 고모부 또한 그 사실을 모르지 않을 텐데도 말끝마다에는 힘이 더해졌다.

어릴 적 부모를 잃고 고아가 됐다는 그녀가 애처로우신 건가. 부부는 함께하는 시간이 많을수록 닮는다더니. 눈물 많고 감정이 풍부한 고모와 반평생을 넘게 사시더니 어느새 닮아가시는 것 같다.

"그날 너도 보고 짐작했겠지만 말이다, 지금까지도 김 사장 집에서는 그 아이를 그다지 달갑게 여기지 않아. 오히려 불청객쯤으로 생각한다는 게 맞을 거야."

바로 이 방에서였다. 유언장이 발표된 직후의 무시무시한 분위기를 다시 떠올리며 준석은 새삼스레 사무실 안을 둘러보았다. 레이저 빔이라도 쏠 듯 그녀에게로 향하던 세 쌍의 눈총이 새롭게 되살아났다.

"초등학생 때 교통사고로 한꺼번에 부모를 여읜 뒤 고등학교를 졸업할 때까지 그 집에 의탁해 살기는 했지만 별다른 보살핌이나 가족으로서의 애정은 받지 못했을 거야."

장지에서 그녀를 향해 있던 영주 모녀의 시선만으로도 충분히 짐작을 하고도 남음이 있는 사실이었다.

잠시 뜸을 들이던 상현이 긴한 사실을 알려주려는 듯 말을 이었다.

"부모가 세상을 떠나고 그 집에 간 지 얼마 되지 않아 같은 반 아이들이 부모 없는 고아라서 얹혀살고 있다며 놀렸었나 보더라. 학교를 옮겨 같은 반이 된 영주가 아이들을 충동질했던 게지. 그 일이 있은 다음날 은호가 학교에 오질 않았다고 전화가 왔더란다. 그때까지도 김 사장 처는 대수롭지 않게 생각해서 김 사장에게는 말을 안 했다지. 하지만 그대로 사나흘이 지나도 집에 돌아오지 않자 그제야 김 사장이 알고 부랴부랴 찾아 나섰어."

그 작은 몸 어디에서 그런 용기가 났을까. 사법고시를 준비하며 가끔 너무 힘들고 지칠 때면 낚시 가방 챙겨 들고 훌쩍 떠난 적은 있었지만 사춘기 때에도 가출이라는 것 자체를 생각해 본 적이 없던 준석으로서는 놀랄 수밖에 없었다. 고작 열두 살에 가출이라니. 작은 어깨에 달랑 가방 하나만 메고 집을 떠났을 그녀를 생각하니 갑자기 가슴이 무거워졌다.

"어떻게 해서 예전에 부모와 살던 동네의 파출소에서 연락을 해와서 겨우 찾긴 찾았는데, 오히려 그 뒤가 더 힘들더라는 거야."

"네?"

"큰집으로 돌아가지 않겠다고, 고아니까 고아원에 보내달라고 고집을 부리기 시작하는데 김 사장도 꺾을 수가 없을 정도였단다."

역시, 내게 보여주었던 그 고집은 타고난 성정이었던 거구나.

준석이 속으로 고개를 끄덕이는 사이 상현의 말은 계속됐다.

"결국은 김 사장이 제 딸을 파출소까지 데리고 가서 두 번 다시 그런 말을 하지 않겠다고 그 아이 앞에서 용서를 빌게 한 후에야 겨우 마음을 돌렸다고 들었다."

"대단하네요."

어린아이의 대단한 기백에 저절로 휘파람 소리가 났다.

"왜 내가 너를 불러 이런 말까지 하는지 알겠니?"

고개를 끄덕이던 준석의 눈에 찻잔을 쥔 고모부의 손이 들어왔다. 시간이 날 때마다 등산을 즐기는 탓에 다른 곳에 비해 유독 검게 그은 손등에 힘줄이 파르라니 돋아 있었다. 얼마나 힘을 주어 쥐었는지 잔이 깨지지는 않을까 염려될 정도로 손가락 끝이 하얗게 변해 있었다.

보일 듯 말 듯 파르르 떠는 눈가에는 분노의 기운마저 서린 것에 준석은 놀랐다. 조카딸이 그 지경까지 이르도록 방치한 고인을 향한 것임이 분명할 것이다. 하지만 친우의 조카가, 그것도 아주 예전에 당한 일에 대한 반응이라기에는 분명 지나친 감이 있었다.

"그럼 연애라도 할까요?"

분위기를 바꾸기 위해 던진 농담에 상현의 표정이 약간 부드러워졌다.

"제가 좋다고 해서 안 넘어오는 여자 보셨어요? 마침 싱글인데다 얼굴 예쁘고 거기다 피부도 하야니 작고 아기자기하게 생긴 게 꼭 제 취향이잖아요. 성격은…… 고모부님 말씀대로 고집도 세고 말을 잘 안 들으니 썩 좋다고는 못하겠지만."

너스레를 떠는 말에 어이가 없었는지 상현은 그저 웃고 말았다. 그러더니 이내 실실거리는 그를 향해 앞에 있던 시사지를 휙 집어 던졌다. 눈앞으로 달려오고 있는 것을 잽싸게 한 손으로 받아낸 준석이 한쪽 눈을 찡긋해 보였다.

"걱정 마세요."

인사를 마치고 사무실을 나오는데 저도 모르게 입술 새로 휘파람이 나왔다. 휘파람 소리에 자리에 앉아 있던 비서가 고개를 드는 것이 보인다.

복도를 지나 사무실로 돌아오는 짧은 시간 동안 준석의 얼굴 가득 번져 있던 장난기는 완전히 사라지고, 대신 온갖 상념들이 머릿속을 있는 대로 헤집었다. 그중에서도 그의 머릿속에 가장 많은 자리를 차지한 건 어린 은호의 모습이었다.

단발머리에 아이답게 동그스름한 얼굴과 또래보다 작았을 키, 맑은 눈동자와 또랑한 목소리. 백모와 사촌의 무시와 홀대에 자존심이 상한 나머지 작은 배낭 하나만 달랑 메고 집을 나섰을 그녀의 모습 하나하나 그려보았다. 그림이 완성되어 제자리를 찾은 순간, 가슴 한구석이 먹먹해졌다. 부모의 보살핌 아래 행복해야 할 나이에 어른들의 이기심을 너무 일찍 알아버리고 거리를 헤맸을 것을 생각하니 마음이 아프다.

그래서일까. 고모부의 말대로 자신의 곁에 사람을 잘 두려 하지 않는 건. 흔히들 사랑은 사랑으로 치유하는 게 가장 빠르다고들

하지만 사랑으로 상처 입은 사람에게 그건 가장 어려운 방법이기도 하다. 뜨거운 물에 한 번 호되게 데인 아이는 그다음부터는 김이 오르는 냄비만 보고도 겁을 내고 울어댄다. 시간이 지나 데인 상처는 아물었을지 몰라도 몸을 타고 흐르던 고통에 대한 기억은 쉬이 잊히지 않기 때문이다. 만일 그녀가 기쁨보다 고통을 생생하게 기억하는 예민함을 가졌다면 더욱 그럴 것이다.

돌아와 자리에 앉자마자 수화기를 들고 그녀의 번호를 눌렀다. 이상하게도 따로 메모를 하지 않아도 저절로 머릿속에 기억되는 것들이 있다. 집 주소, 가족들의 생일, 가족들의 전화번호, 그리고 이제 그 목록에 그녀의 전화번호까지 더해졌다.

"생각 좀 해봤어요?"

몇 번의 신호가 가고 그녀의 목소리를 듣자마자 준비했던 말을 휙 던졌다.

[변호사님이세요?]

인사도 없는 갑작스러운 등장에 놀랐는지 머뭇거리는 것이 느껴진다.

"거참 말 안 듣네. 은호 씨, 우리 서로 이름 부르기로 했잖아요."

[그거야 변호사님이 일방적으로 했던 거고요.]

"은호 씨도 아무 말 안 했잖아요. 그럼 둘이서 합의한 거지."

[그 얘기 하려고 전화한 거예요?]

아뿔싸! 실수했다! 금세 돌아오는 냉랭한 대꾸에 준석은 아차 싶었다. 경험상 그녀는 자신의 말을 물고 늘어지는 걸 굉장히 싫어하는 듯했다. 이야기를 하다 보면 늘 상대의 영역 저 깊은 곳까지 발을 담그게 되는 그와 달리 친분이 없는 사람과는 용건만 이야기하자는 주의인 것 같다.

이봐, 당신 계속 그러면 곤란하다고. 언제까지 고치 안에 그렇게 꼭꼭 숨어 있을 거야.

"그건 아니고요. 저녁에 시간 있어요?"

[없어요.]

역시나 짐작했던 대로 바로 튀어나오는 거절의 말에 준비해 두었던 다음 미끼를 던졌다.

"그럼 오늘은 안 된다고 치고, 내일 저녁은 어때요?"

[곤란할 것 같아요.]

"마침 잘됐네. 모레가 주말이니까 그럼 그때 만나기로 하죠. 저녁에 잠깐 보는 것보다 주말에 길게 보는 게 더 낫긴 하겠다. 그렇죠?"

부러 '길게'를 '기일게'로 늘여서 발음하며 그녀의 반응을 기다렸다. 새치름한 눈으로 뭐 이런 남자가 있나, 거절하는 말 못 알아들어? 속으로 별별 생각을 하고 있을 은호의 표정이 어째 눈에 보이는 것 같다.

[그건…….]

이봐, 김은호 씨. 당신은 아직 나 따라오려면 멀었다고. 당신이 가르치는 어린애들한테야 목소리 쫘악 깔고 힘주어 몇 마디 하는 게 통할지 몰라도 나는 아니지.

지금 망설이고 있는 것만 봐도 자기 의사는 확실하지만 그것을 주장하는 데는 서툴다는 감이 확 온다. 마음 같아서는 딱 잘라 거절하고 싶지만 한 뼘 낯이 무섭다고 그동안 몇 차례 만난 것이 발목을 잡는 게 분명하다. 유능한 변호사는 언제나 자신에게 주어진 기회를 잘 활용해야 하는 법. 아암, 그렇지.

"은호 씨가 나 만나는 거 내켜하지 않는 건 알겠는데, 나도 일은 해야지요."

[그러니까 일하시라구요.]

"은호 씨가 내 일이잖아요. 본인이 내 밥줄 틀어쥐고 있는 거 몰랐어요?"

[네?]

"의뢰인이 없는데 변호사가 무얼 해서 먹고살겠어요. 그러지 말고 우리 한번 만납시다. 지난번에 미처 못다 한 얘기도 있고."

[나는 이미 할 얘긴 다 했어요.]

질리지도 않고 조르듯 매달리는 그도 그이지만 그때마다 한결같이 고개를 내젓는 김은호도 참 대단하다는 생각이 든다. 윤준석이 정말 괜찮은 남자라는 걸 이 여자만 모르고 있는 것 같다.

"직접 얘기를 듣고 나면 은호 씨도 만나기 잘했다는 생각이 들 거예요. 한남동에서 이대로 물러날 거라고 생각해요? 앞으로 더 조이면 조였지 이대로 손 놓지는 않을 텐데, 제대로 응수를 하려면 할 수 있는 한 정보를 많이 갖고 있는 게 은호 씨한테도 유리하잖아요. 내가 그저 시간이 남아서 은호 씨하고 놀려고만 한다고 생각하지 말고."

[무, 물론 그렇기야 하겠죠.]

자신을 향했던 호기심과 호감을 거두어가자 그녀는 더듬거리는 말로 재빨리 수긍을 했다.

"그럼 됐어요. 토요일에 연락할게요. 다른 약속 잡지 말고 기다리고 있어요."

[그렇지만…….]

"토요일에 봅시다."

행여 다른 말이 나올세라 재빨리 수화기를 내려놓고 참았던 숨을 몰아쉬었다. 휴우우.

그런데 대체 언제부터 윤준석이 여자가 거절할 것을 대비하고 걱정했었나. 가만 생각해 보니 스스로가 한심해졌다. 무릇 남자란 나이를 먹으면 먹을수록 더욱 노련해져야 하는 법인데, 본래의 능수능란함은 대체 어디에 두고 그녀의 말 한마디에 이렇게 애를 태우는지 모르겠다. 그나저나 뭐 대단한 거라도 있는 양 연막을 쳐놓긴 했는데 만나면 무슨 이야기를 한다.

회의실 상석에 앉은 성숙은 만족스러운 얼굴로 임원진들을 둘러보고 있었다. 아직 남편의 상중이라고는 하지만 그렇다고 해서 언제까지 회사의 대표이사 자리를 공석으로 남겨둘 수는 없는 일이었다. 그래서 최대 주주인 그녀가 대표이사였던 남편의 대행 자격으로 참석한 자리였다. 이제 곧 열릴 주총을 통해 대표이사로 선임되면 정식으로 취임할 예정이었다.

와병 중에도 남편은 그녀에게 자신의 자리를 넘겨주지 않았었다. 실제로는 그녀의 손을 거쳐 회사 일이 진행되는 것을 뻔히 잘 알면서도 빈말로라도 그 자리에 앉으라는 말은 하지 않았다. 전문 경영인으로 하여금 대표직을 맡도록 한다는 그의 생각은 죽을 때까지 단 한 번도 바뀐 적이 없었다.

누구 힘으로 키운 회사인데. 죽 쒀서 개 줄 생각이 아니고서야 이제 와 생판 모르는 남의 손에 회사를 넘기겠다는 말이 감히 어떻게 나와. 남보다 빼어난 머리 외에는 배경이나 집안 환경, 무엇 하나 내세울 것 없던 주제를 이 자리까지 끌어올려 준 게 누군데.

친정에서 선심 쓰듯 내어준 푼돈으로 시작한 회사가 지금처럼 자리를 잡기까지 남편의 노고는 깡그리 잊은 채 성숙은 그저 괘씸한 마음뿐이었다.

회의가 시작되자마자 당연하다는 듯 발언권이 성숙에게 먼저 넘어왔다.

"아직은 모자란 점이 많습니다. 지금까지 그래 왔던 것처럼 앞으로도 여러분의 도움이 필요합니다."

겸손한 태도로 고개를 숙이는 그녀를 보면서도 그 말을 곧이곧대로 믿는 사람은 아무도 없었다. 대표이사였던 남편이 살아 있을 때부터 그녀가 회사의 결재권을 쥐고 흔들었다는 사실을 모르는 이가 없는 까닭이었다.

"그간 피치 못할 사정으로 본의 아니게 대표 자리가 오랫동안 공석이었습니다. 이제 곧 주총을 통해 새로 대표이사를 선임하겠지만, 그때까지는 제가 최대 주주로서 대표 대행을 수행할 예정입니다. 일단 각 부서의 보고부터 받도록 하죠."

그녀의 말이 떨어지기가 무섭게 부서장들의 손이 날아갈 듯 바쁘게 움직였다.

"각 부서의 지난 일 년간 상세한 업무 보고를 올리도록 하세요. 보고서를 통해 일차 점검이 끝나는 대로 부서별 면담을 통해 세부 사항을 논의할 예정입니다."

한마디로 만족할 만한 결과가 나올 때까지 쥐어짜겠다는 소리였다. 그렇지만 아무도 이의를 제기하지 못했다.

"형식적이긴 하지만 다음 주에 있을 주주총회의 의결이 끝나는 대로 정식 취임이 있을 겁니다. 그때까지는 대강의 회사 일을 가르친다는 생각으로 편하게 대해주셨으면 합니다."

회의가 끝난 뒤 한 사람씩 줄을 지어 정중하게 인사를 마치고 회의장을 빠져나가는 부서장들을 보며 성숙은 입가에 미소를 띠었다.

그토록 바라던 대표 자리를 드디어 차지하게 된 기쁨에 그녀는 요즘 먹지 않아도 배가 불렀다. 증권회사의 객장을 좇아다니고, 지도 한 장 달랑 들고 차를 몰고 다니며 큰돈을 굴리던 때도 있었지만 이젠 모두 옛일이었다. 그간 언론에서 작전주니 알박기니 하는 말이 나올 때마다 애먼 불똥이 튀지 않을까 전전긍긍했었지만,

이젠 그럴 필요가 없어졌다. 앞으로 무슨 일을 벌이든 그건 이성숙 개인이 아니라 주식회사 신우의 이름으로 하게 될 것이다. 무엇보다 대표이사라는 직함이 그녀에게 주는 만족감이란 상상 이상이었다.

남편이 사용하던 집무실로 돌아오자 책상 위에는 벌써 그녀의 이름이 쓰인 명패가 떡하니 놓여 있었다. 눈치 빠른 비서의 처세술에 적이 만족해할 즈음 인터폰을 통해 전언이 들어왔다.

[대표님, 한영에서 오신 손님이 뵙기를 청하십니다.]

"들어오시라고 해요."

곧이어 비서의 안내를 받으며 중년의 남자가 안으로 들어섰다. 오랫동안 주변의 자질구레한 일을 봐주던 이였다.

"그간 안녕하셨습니까, 대표님."

얼마 전까지만 해도 사모님이던 호칭이 그사이 대표님으로 바뀌어 있었다. 그것이 흐뭇해 성숙은 입속으로 미소를 지그시 베어 물었다.

"그래, 부탁한 건 어느 정도 진전이 있나?"

비서가 들어와 찻잔을 놓고 나가기를 기다리던 성숙이 문이 닫히자마자 물었다.

"지시하신 사항에 대해서는 조사를 진행하고 있습니다만, 아직까지 별다른 점은 발견하지 못했습니다."

"병원 기록은?"

"아버지의 뒤를 이어 아들이 그 자리에서 병원을 계속하고는 있지만 얼마 전에 병원을 신축하면서 이전 기록들은 모두 어디론가 옮겨진 상황입니다. 게다가 필요로 하시는 자료는 전산으로 관리되기 이전 것이라 일일이 뒤져 봐야 하고요."

"시간이든 뭐든 원하는 대로 얼마든지 줄 테니까 확실하게만 해."

시간과 비용은 얼마든지 주겠다는 말에 남자는 거듭 감사를 표시하며 자리에서 일어났다.

"노파심에서 하는 얘기지만 이 일은 우리 두 사람 외에 누구에게도 발설이 돼서는 안 되는 거 알지? 만일 박 실장 쪽의 불찰로 어떤 일이 발생할 경우 나는 그쪽에 대해서 전혀 모르는 거야. 내 말, 무슨 뜻인지 알 거야."

"물론입니다. 비밀 엄수가 저희 일의 최우선 신조입니다."

손도 대지 않은 찻잔을 두고 남자가 나간 뒤 성숙은 의자에 깊이 몸을 묻었다.

만일 자신의 생각대로만 일이 진행되어 준다면 지저분한 과정을 거치지 않고도 이 건물을 손에 넣게 될 것이다.

은호를 상대로 소송을 거는 방법도 생각해 보지 않은 건 아니었다. 하지만 그랬다가 금세 말이 퍼지는 건 시간문제였다. 성숙은 소송까지 불사하며 조카의 유산을 뺏으려 든다는 비난과, 남다른 상속 조건을 두고 난무할 온갖 루머와 지저분한 추문들까지 끌어안을 생각이 없었다.

그래서 가장 깔끔한 방법을 택하기로 한 것이다. 병원 기록만 손에 넣을 수 있다면 오랫동안 심중으로 품고 있던 의심을 직접 눈으로 확인할 수 있을 것이다. 아울러 얼토당토않게 넘어간 재산 또한 되찾을 수 있다. 그 과정에서 그 계집애가 받을 상처는 만족스러운 덤이 되어주겠지.

## 7

침대에 누워 리모컨을 눌러대던 은호가 한숨과 함께 리모컨을 옆으로 내던졌다. 요 며칠 잠을 설쳐서 일찍 불을 끄고 누운 참이었다. 잠자리에서 책 읽을 때 켜는 램프도 일찌감치 꺼버리고 TV나 보다가 스르르 잠들 생각이었다.

그런데 어찌 된 일인지 잠들기 전까지 볼만한 프로그램을 방영하는 채널을 한 곳도 찾을 수가 없었다.

"채널이 수십 개면 뭐 해. 볼 게 없는데."

뉴스는 이미 여러 차례 봐서 앵커와 기자의 멘트까지 외울 지경이고, 떼로 나와서 떠들어대는 오락 채널은 시끄럽기만 했다. 영화 채널에서 밤마다 지치지도 않고 틀어대는 삼류 에로 영화의 신음 소리는 애처로움을 넘어 처절하기까지 하다. 이럴 바에야 차라리 만화나 보는 게 나을 거라는 생각이 들 정도였다.

"휴우."

끙끙거리는 신음 소리를 뒤로하고 천장을 향해 누워 있자니 배에서 신호가 전해온다.

가만있자, 저녁으로 무엇을 먹었더라? 허전한 배를 손으로 살살 달래가며 기억을 되짚어보던 은호가 자리에서 벌떡 일어났다.

아무리 떠올려 봐도 하루 종일 두유 한 팩 마신 것 이외에는 아무것도 먹은 기억이 없다.

"세상에."

엊그제 담임 반 녀석 둘이서 별거 아닌 일로 시비가 붙어 엉겨 싸우다 결국 한 놈의 코뼈가 주저앉았다. 놀랄 겨를도 없이 피 뚝뚝 흘리는 녀석 차에 싣고 병원으로 달려가 응급실에 넣어놓고 소식을 듣고 한걸음에 달려온 부모에게 거듭 죄송하다 허리를 숙이기만 여러 번. 다시 학교로 돌아와 같은 자리에 있었던 녀석을 모조리 불러들여 어떻게 된 일인지 상황 파악을 한 뒤 경위서와 보고서를 올려야 했다.

그 과정에서 학년 주임과 교감, 교장한테 순번 돌아가며 차례로 혼난 건 절대 반갑지 않은 보너스. 겨우 그렇게 넘어가나 했더니 이번에는 맞은 녀석의 부모가 학교로 찾아와 가해 학생을 고소를 하겠다고 나섰다. 하필 얼마 전 만으로 열네 살이 된 녀석의 빠른 생일을 저주하며 또다시 발바닥에 불이 나게 뛰었다.

생각해 보니 며칠간 잠을 설친 것도 다 그 녀석들 때문이었어. 특히 오늘은 점심시간에 학교로 찾아온 가해 학생의 부모와 함께 정학과 퇴학 사이를 오가는 녀석의 처분을 놓고 교장선생님과 담판을 지었고, 수업을 마치고는 녀석을 끌고 병실을 찾아가 노발대발하는 부모 앞에 무릎을 꿇리다시피 해서 간신히 고소는 하지 않겠다는 답을 받을 수 있었다.

녀석을 집 앞에 내려주는 사이 때마침 퇴근해 돌아오는 부모님과 마주치는 바람에 그간의 상황에 대한 이야기를 나누고 집에 돌아오니 이미 시간은 아홉 시를 넘겨 있었다. 밥이고 뭐고 다 귀찮아 곧장 욕실로 들어가 씻고 누운 게 삼십 분 전.

생각하니 한숨이 절로 나온다. 일은 잘 수습이 되었다지만 중간에 끼어 이리저리 치인 내 신세는 뭔가 싶기도 하고. 심플 라이프를 기대하며 택했던 직업에 처음으로 회의가 들기도 했다.

이대로 자는 게 나을까, 아니면 뭐라도 먹는 게 나을까. 내일 아침 속이 부대낄 걸 생각하면 당연히 지금 이대로 눈을 감아야 한다. 하지만 사람이라는 게 원래 결과가 빤할 것을 알면서도 마음 가는 대로 일을 저지르지 않나.

잠시 고민하다가 결국에는 몸을 일으킨 은호가 냉장고 문을 열었다. 역시나 텅 빈 선반이 그녀를 반긴다. 강수영 표 우렁각시가 절실한 시점이었다.

텅 빈 냉장고를 보고 있자니 더욱 배가 고파진다. 이럴 줄 알았으면 즉석밥이라도 사놓는 건데. 하필이면 라면도 똑 떨어지고 없고, 편의점이라도 갔다 올까 싶어서 시간을 확인하니 어느새 열 시가 넘어가고 있었다.

나가자니 귀찮고 참자니 내일 점심시간까지는 밥 구경하기 힘들겠고. 심히 갈등하고 있는데 전화가 울렸다. 액정을 보니 역시나 그 남자.

"네."

[다행이다. 아직 안 잤군요?]

이 늦은 시각에 전화해서 인사도 없이 대뜸 하는 말이 아직 안 잤느냐니. 게다가 밤늦은 시각과는 도무지 어울리지 않는 활기 가득한 목소리하며. 도무지 지칠 때라고는 없는 사람 같다.

[은호 씨, 혹시 배고프지 않아요?]

배고픈 자에게 배고프냐고 물어보면 배가 고프다고 대답하는 게 당연하지만 또 곧장 그렇게 대답하기에는 쪼오금 멋쩍은 감이 없지 않았다.

[사무실에서 이제 막 일이 끝나고 나오는 길인데 출출해서요.]

설마 밥이라도 해달라는 소린 아닐 테고.

[그래서 밤참 먹으러 갈까 하는데 같이 가지 않을래요?]

"지금 이 시간에요?"

슬쩍 뒤로 물러섰지만 음식 이야기를 듣자마자 배에서 꼬르륵 하는 소리가 진동을 한다.

[밤참 먹기에 딱 좋은 시간이잖아요. 혼자 사니까 보나마나 저녁도 부실했을 거고.]

그의 사무실에서 여기까지 오는 데 삼십 분 넘게 걸릴 테고, 먹으러 갔다가 다시 돌아오는 시간까지 따져 보니 차라리 편의점을 가는 게 나을 것 같다. 머릿속으로 잠깐 계산기를 두드리는 사이 그가 말했다.

[그럼 지금 올라갈게요.]

"네?"

지금 올라온다니 어딜? 그새 연결이 끊긴 핸드폰을 들고 멍하니 선 채로 자문에 대한 답을 찾기도 전에 초인종이 울렸다. 현관으로 나가니 손바닥만 한 인터폰 화면에 빙글빙글 웃고 있는 그의 얼굴이 들어왔다.

"이게 대체……."

문을 열려고 보니 브라도 하지 않은 탱크 탑에 반바지 차림이다. 서둘러 서랍장을 열고 손에 잡히는 대로 큼지막한 티셔츠를 머리 위로 뒤집어 입고는 문을 열었다.

"어떻게 된 거예요?"

열린 문을 몸으로 가로막은 채로 물었다.

"밤참 먹기로 했잖아요."

그러고 보니 손에 큼지막한 종이백까지 들고 있다. 이 남자가 겁도 없지. 이 시간에 혼자 사는 여자 집을 겁도 없이 찾아오다니. 자칫 잡아먹히기라도 하면 어쩌려고.

"일단 들어가면 안 돼요?"

어어 하는 사이에 그가 안으로 들어섰다. 비좁은 현관 앞에 두 사람이 서 있으려니 자칫하다가는 몸이 서로 부딪치게 생겼다. 어색함에 뒷걸음으로 한발 물러선다는 것이 바로 현관 위로 올라서게 되었다.

"이 앞에서 전화한 거였어요?"

은호의 물음에 구두를 벗던 그가 고개를 끄덕였다.

"나오다가 배가 출출해서 먹을 걸 좀 샀는데, 사고 보니 같이 먹을 사람이 없더라구요. 이 시간에 아무 부담 없이 같이 앉아 먹을 사람을 생각해 보니까 은호 씨가 떠올라서요. 내가 그랬죠? 혼자 살려면 이성 친구가 필요한 거라고."

말로 먹고사는 직업이라 그런지 확실히 말 하나는 끝내주게 잘한다.

이성 '친구'와 '부담 없이'를 유달리 강조하는 저의가 무언지 궁금했지만 따지고 넘어가기에는 그의 손에 들린 음식의 유혹이 너무 강했다. 랩으로 꼭꼭 싸맸을 텐데도 푸짐한 양념 냄새가 자꾸만 코 안으로 파고든다.

원룸 치고는 꽤 큰 평수지만 그가 들어서자 집이 아예 꽉 찬 느낌이 들었다. 백팔십 센티미터는 족히 될 것 같은 키와 그에 어울리는 체격을 가진 사람이 한가운데 버티고 서 있으니, 수영의 말마따나 콧구멍만 한 집이 이젠 아예 눈물 구멍처럼 작아 보인다.

그 와중에도 재빠르게 집 안 상태를 확인한 은호가 속으로 안도의 한숨을 내쉬었다. 아까 머리에 트리트먼트를 바르고 시간 보내느라 청소한 보람이 있었다.

"가만있자, 상이……."

잠시 두리번거리던 그가 적응력도 빠르게 침대 발치에서 노트북이 올라가 있는 커다란 원목 상을 찾아냈다. 조심스러운 손길로 노트북과 잡다한 것들을 내려놓은 후 종이백에서 포장 용기를 꺼내던 그가 갑자기 씩 웃었다.

"왜 그래요?"

딱히 그럴 일도 없는데 혼자 웃는 게 이상해서 묻자 그가 히죽거리며 턱짓으로 TV를 가리켰다.

오! 마이!! 갓!!!

아까 리모컨을 던져 버렸던 데가 하필이면 그 삼류 에로 영화가 방영되던 채널이었던 거다. 게다가 변죽만 울리며 몸을 맞부비던 시점을 지나 이젠 아예 작정하고 한판 벌인 모양이었다. 화면 속 남녀는 정육점은 저리 가라 할 만큼 붉은 조명 아래서 있는 대로 얼굴을 찡그린 채 연신 괴성을 질러대고 있었다.

허둥거리며 달려간 은호가 침대 위 어딘가 있을 리모컨을 필사적으로 찾기 시작했다. 얘들이 아깐 그냥 대충 하는 거 같더니 왜 하필 지금 물이 오른 거야.

"아직도 저런 걸 봐요? 저런 쪽에 흥미가 있다면 더 좋은 걸 알려줄 수 있는데. TV에서 방영하는 건 너무 심심해서."

"휴우."

젠장! 이놈의 리모컨은 어디로 가버린 거야. 붉어진 얼굴로 이불 속까지 샅샅이 뒤집는 동안에도 민망한 신음 소리는 멈출 줄을 몰랐다. 리모컨 찾는 걸 포기한 은호가 재빠르게 TV로 다가가 전원 버튼을 눌렀다. 잠깐이었지만 어찌나 아찔했는지 등에서 식은땀이 흐를 지경이었다.

“좋은 거 보고 싶으면 말만 해요. 픽션이지만 정말 예술인 게 얼마나 많은데. 아무리 연기라고 해도 케이블에서 해주는 건 너무 가짜 티가 나서. 뭐니 뭐니 해도 저런 건 컴퓨터로 보는 게 제맛인데. 기왕이면 노트북으로 침대 위에서 보면 더 좋고.”

농담인지 진심인지 알 수 없는 얼굴로 주절주절 늘어놓는 말을 듣고 있자니 온몸 가득 차올랐던 창피함이 서서히 가시기 시작했다. 얼굴이 터질 듯 달아올랐던 기운도 잠깐 사이에 누그러진 듯하고.

농담으로 던진 말에 어이없어 하다 긴장이 풀린 건지 아니면 창피해하는 그녀의 마음을 헤아리고 일부러 한 말인지는 알 수 없었다. 하지만 어쨌든 그로 인해서 숨 막힐 정도로 어색하고 창피한 기운은 누그러졌으니 다행이었다.

그사이 음식들을 펼쳐 놓은 그가 은호에게 손짓을 했다.

“어서 와요. 사무실 근처에 유명한 퓨전 레스토랑이 있는데 거기서 사온 거예요. 맛이 괜찮다고 소문이 나서 TV에도 몇 번 나오고 한 모양이더라구요.”

으으, TV라는 말만 들어도 금방 경기를 할 것 같다. 다가가는 그녀의 표정을 읽은 준석이 슬쩍 웃음을 흘렸다. 하지만 이내 곧 진지한 얼굴이 되어 차려진 음식들을 하나하나 가리켰다.

"이건 해물이 들어간 볶음우동이에요. 얼큰해서 입맛 없을 때 먹으면 기운이 나요. 이 녹두 빈대떡은 어떻게 조리를 하는지는 몰라도 기름기가 거의 없어서 먹고 난 뒤에도 개운해요."

후추를 듬뿍 넣고 양념해 구운 닭날개, 발라낸 킹크랩 살을 각종 채소와 함께 겨자를 넣고 버무린 것, 그녀가 특히 좋아하는 연어 샐러드까지.

삼각김밥이나 컵라면 하나만 던져 줘도 감지덕지할 판에 생각지도 못한 진수성찬에 은호의 눈이 절로 크게 뜨였다.

"어서 먹어요. 밤이라 될 수 있으면 부담이 적은 걸로 사왔으니까."

준석이 그녀의 손에 젓가락을 쥐어주며 말했다.

"근데 너무 많이 사온 거 아니에요?"

종류가 다양한 건 좋았지만 두 사람이 먹기에는 양이 너무 많았다. 그냥 얼핏 봐도 두어 사람이 더 달려들어도 충분하겠다 싶을 정도였으니.

"내가 아무리 많이 먹는다고 해도 사 인분까지는 무리라구요."

"부족한 것보다는 나으니까. 빈대떡이나 닭날개 같은 건 남으면 냉장고에 넣었다가 나중에 데워 먹어도 되고."

그러고 보니 그가 사온 음식들은 곧장 먹어야 할 것들과 냉장고에 두었다 먹어도 될 수 있는 것들로 나뉘어져 있었다. 일부러 이렇게 사온 건지, 아니면 먹고 싶은 것들을 골라 사다 보니 그렇게 된 건지는 알 수 없지만 은호의 마음속 추는 이미 후자 쪽으로 기울고 있었다.

이렇게 되면 윤준석이 강수영에 이어 우렁각시 제2호가 되는 건가. 아니지, 우렁각시는 제 정체를 밝히지 않는 법이니까 우렁각시에는 해당이 안 되고. 으음…… 그럼 뭐라고 해야 하지?

바쁘게 젓가락을 놀리는 중에도 준석의 정체에 대한 분석은 계속되었다.

그리고 식사가 진행될수록 보관이 가능한 음식에는 젓가락을 대지 않는 그를 보며 은호는 자신의 추측이 옳았음을 확인할 수 있었다. 드러내지 않고 은근히 배려하는 속 깊은 마음 씀씀이에 가슴이 따뜻해져 온다.

잠시 후 얼추 배가 불러오자 두 사람은 젓가락을 내려놓았다. 남은 음식들은 밀폐용기에 담아 냉장고에 넣는 동안, 뒷정리는 자신이 하겠다며 손도 못 대게 하는 준석의 만류에 은호는 주방으로 가서 차를 끓일 준비를 했다.

"늦은 시간이라 커피는 그렇고 허브티 괜찮아요?"

"좋죠."

비닐봉지에 담은 포장 용기를 정리하고 오던 그의 대답에 찬장에서 얼마 전 선물 받은 레몬그라스 차가 든 병을 꺼냈다.

물을 끓이고 차를 우려내는 사이, 먹었던 자리를 말끔히 정리한 준석이 식탁으로 다가왔다.

"사실 준석 씨 전화 받기 전에 편의점에라도 나갈까, 그러고 있었거든요."

"배고파서?"

고개를 끄덕이며 은호가 대답했다.

"요 며칠 정신이 좀 없었어요. 우리 반 녀석들 둘이 싸움이 붙었는데 한 녀석이 다른 녀석 코뼈를 주저앉혔지 뭐예요. 안 그래도 가뜩이나 학교 폭력으로 말이 많은데 학교에서는 퇴학을 시키네 마네 야단이고, 다친 아이 집에서는 때린 녀석을 고소하겠다고 그러고."

"골치 아팠겠네."

뜨거운 김이 오르는 유리 머그를 건네는 은호에게 준석이 심히 안됐다는 표정을 지어 보였다.

"말 그대로 발바닥에 불이 나게 뛰어다녔죠. 으으으."

"그래서 해결은?"

"학교에서는 일주일 정학에 날마다 학교 나와서 청소하고 반성문 쓰는 걸로. 그리고 고소는 안 하는 걸로 오늘 얘기 끝냈어요."

"은호 씨 능력 있네."

"내가 보기보다 말이 좀 되거든요."

"그러느라 저녁도 굶은 거고?"

"자려고 누웠는데 갑자기 너무너무 배가 고파서 가만 생각을 해보니까 하루 종일 두유 한 팩 먹었더라고요. 임용 공부할 때는 시험만 패스하면 낙원일 줄 알았는데 이렇게 쫄쫄 굶어가며 일해야 하는 줄 누가 알았겠어요. 이럴 줄도 모르고 내가 얼마나 이를 악물고 공부를 했는데."

무심결에 호르륵 넘긴 차가 뜨거운 듯 인상을 찡그리는 그녀에게 준석이 말했다.

"역시 우리 사이에는 텔레파시가 통하는 거야. 그렇지 않았으면 내가 어떻게 은호 씨 배고픈 걸 알았겠어."

"텔레파시는 무슨. 내가 배고프니까 남도 그럴 거라고 생각한 거 아니에요?"

"남이 아니라 은호 씨가 딱! 하고 떠올랐다니까요. 그나저나 내일 아침에는 수영장을 다섯 바퀴 더 돌아야겠네."

"아침 운동해요?"

"일이 바쁠 때는 거르기도 하는데 될 수 있으면 날마다 꾸준히 하려고 노력하고 있어요. 다행히 집에서 차로 십 분 거리에 괜찮은 수영장이 있거든요."

포만감 때문인지 처음 봤을 때보다 발그레해진 얼굴로 차를 홀짝이는 모양새가 귀여워 준석은 몰래 슬쩍슬쩍 훔쳐보고 있었다. 화장기 하나 없는 스물여덟 먹은 여자의 얼굴이 어쩌면 보기 난감할 수도 있겠다는 예상과 달리 말갛게 반짝이는 것이 거짓말 좀 더해 여고생이라고 해도 믿을 것 같다.

음식을 사고 나와서도, 전화를 하면서도 내내 마음을 졸였었다. 혹시나 자고 있으면, 밤참이 싫다고 하면, 시간이 늦었다는 핑계로 문전박대를 당하기라도 하면, 비록 상상이지만 갖가지 핑계를 들이대는 그녀의 말에 혼이 나갈 지경이었다.

하지만 의외로 걱정했던 것보다 쉽게 그녀의 집에 들어와 함께 밤참을 먹고 차를 마시고 있으려니 준석은 마음이 편했다.

그러는 사이 다시 그녀에게 시선이 머문 순간, 티셔츠의 솔기가 보였다. 허술한 차림으로 있다가 서둘러 집어 입은 듯 안쪽에 있어야 할 솔기들이 모조리 나와 바깥 구경을 하고 있었다. 야무지게 생긴 거하고 다르게 은근 허당 기질이 있다니까.

그대로 찬찬히 눈을 내리니 브라를 하지 않은 듯 동그란 가슴의 모양이 생긴 그대로 티셔츠 위로 드러나 있었다. 봉긋한 가슴 위로 보일락 말락 살짝 솟은 조그만 돌기까지도. 숨을 쉴 때마다 오르락내리락하는 양을 보고 있자니 그녀의 호흡을 저절로 따라가게 된다.

갑자기 열기가 오르고 더워졌다.

"앞으로도 이런 황당한 짓 또 할 생각이에요?"

도둑이 제 발 저리다고 은호의 목소리가 들리자 가슴을 훔쳐보던 눈길을 서둘러 거두었다.

"황당한 짓?"

"오늘처럼 한밤중에 갑자기 먹을 것 사 들고 오는 거 말이에요."

"좀 뜬금없긴 했어요. 그렇죠?"

"많이 그렇죠."

웃으며 넘어가 주는 그녀를 향해 준석도 미소를 보냈다.

솔직히 그였어도 황당했을 것이다. 아직 정식으로 사귀는 사이도 아닌데 야밤에 밥보따리 싸 들고 찾아오는 남자한테 황당함을 느끼지 않으면 그게 외려 이상한 거다.

가만, 그러면 이것도 나름대로 심야 데이트가 되는 건가?

"인경 씨가 은호 씨 다시 보고 싶어하던데, 언제 같이 안 갈래요?"

"그때 그 케이크 집이요?"

"비서 생일이라 케이크를 사러 갔더니 은호 씨 안부를 묻더라고요. 자기가 만든 케이크를 너무 맛있게 먹어줘서 기억에 남는다고."

정확히 말하자면 얄궂은 미소와 함께 '그때 그분, 언제 또 같이 올 거예요?' 라고 물었지만.

"안 그래도 치즈케이크를 굉장히 좋아하는 친구가 있어서 언제 한번 갈까 했는데."

"친구요?"

"네."

설마 이성 친구 운운했던 말을 진심으로 받아들여 그사이 한 놈 붙여놓은 거 아냐?

아닐 거라고 준석은 속으로 고개를 내저으면서도 마음 한구석 슬그머니 의심이 드는 건 어쩔 수 없었다. 하지만 차마 드러내 놓고 물을 계제는 아닌지라 의심만 부글부글 끓여댔다.

"주소를 몰라서 그러는데 거기 전화번호 좀 알려주세요. 나중에 전화해서 어떻게 찾아가야 할지 물어보게."

그러니까 내가 알려준 맛있는 집에 남자와 함께 가시겠다? 김

은호, 언제 한번 우리 시간을 길게 잡고 아주 조용한 데서 이야기를 많이 나누어야 할 것 같은데?

"번호는 몰라요. 그냥 알고 찾아가는 집이라. 전화를 해본 적은 없거든요."

서둘러 지어낸 변명에 순진한 그녀, 조금도 의심하는 모습을 보이지 않고 고개를 끄덕인다.

"그럼 인경 씨 휴대전화 번호라도."

"인경 씨하고야 직접 통화할 일이 없으니까. 남의 마누라한테 전화 거는 취미는 없거든요."

오늘 오후만 해도 인경과 카톡으로 마누라밖에 모르는 지욱의 화려했던 대학 시절을 과장까지 섞어서 고해바쳤던 일은 양심 저편에 조용히 묻어두고 태연하게 말했다. 인경에게 은호와의 애매한 분위기를 전해 들은 지욱이 전화로 '너 여자한테 만나자고 매달린다며?' 라고 놀린 데에 대한 복수였다.

사실을 알 리 없는 인경은 그의 말이 우스워 키득거렸다.

"그럼 친구분한테 전화해서 인경 씨 번호 좀 알아주세요."

"시간이 너무 늦어서 자고 있을 테니까 지금은 좀 그렇고. 내일 연락해서 알려줄게요."

녀석의 생활 패턴으로 보아 모르긴 몰라도 잠은커녕 지금쯤 분명 제 마누라를 붙들고 물고 빨며 안달을 내고 있을 것이다. 오늘 낮에는 다소 심술을 부리긴 했지만 어쨌든 친구 된 도리로 유부남 친구 녀석의 성생활도 보호해 주어야 한다. 그래야 나중에 자신의 것도 보호받을 수 있을 테고.

찻잔이 서서히 비는 걸 보고 준석이 자리에서 일어났다.

"그만 갈게요."

"그럴래요?"

마치 기다렸다는 듯 자리에서 발딱 일어서는 그녀를 보자 준석은 약이 올랐다.

"이번 주말, 잊지 않았죠?"

재킷을 팔에 걸고 현관으로 향하며 준석이 물었다.

"아……. 오늘 이걸로 퉁치자면 준석 씨, 싫다고 할 거죠?"

"당연하지. 어떻게 얻어낸 약속인데 이렇게 허무하게 날려."

역시나 그러면 그렇지 하는 표정의 그녀에게 막 작별 인사를 하려는데 재킷에 넣어둔 핸드폰이 울렸다. 액정 화면에 김영주의 이름이 떠 있었다.

"안 받아요?"

"모르는 번호. 대리운전 같은 거겠지."

더 이상 소리가 나지 않도록 본체 옆의 버튼으로 조정을 하고는 다시 주머니 속에 퐁당 빠뜨렸다. 다행히 그 뒤로 전화는 더 이상 울리지 않았다. 늦은 시각이라 응답이 없자 바로 끊은 모양이었다.

"문단속 잘해요. 걸쇠도 꼭 잠그고."

"염려 말아요."

짧은 인사를 나누며 그녀가 건네준 구두 주걱을 이용해 구두를 신고 허리를 펴는데 현관 앞에 선 그녀를 보자 왠지 흡사 아내의 배웅을 받으며 출근하는 것 같다는 착각이 들었다. 흠. 나쁘지 않겠는걸.

"운전 조심해요."

준석의 머릿속에 기절초풍할 만한 상상이 오가는 것도 모른 채로 은호는 작별 인사를 했다. 그 밤, 운전을 해서 집에 돌아가는 내내 집에 들어가 잠자리에 누운 후에도 준석의 기막힌 상상이 계속되었다는 사실을 은호가 몰랐기에 망정이지, 그렇지 않았으면 포만감에 취해 오랜만의 단잠에 빠진 꿈자리가 꽤나 사나웠을 것이다.

전화기의 종료 버튼을 누르며 영주는 이미 몇 분 전 확인했던 시각을 다시 한 번 확인했다. 열한 시 사십삼 분. 조금 늦기는 하지만 전화를 받지 못할 정도로 깊은 잠에 빠져 있을 시각도 아니다.

"우리 딸, 아직까지 안 자고 뭐 해?"

노크 소리와 함께 이 여사가 안으로 들어왔다.

"이 시간까지 이러고 있으면 어떡해. 낮에 마사지 받은 거 다 헛수고되면 어쩌려고. 충분히 자고 피부가 돋보여야 사진도 예쁘게 나오지."

얼마 전 클래식 애호가들 사이에서 제법 인지도가 높은 잡지사에서 인터뷰 요청이 들어오자 성숙은 좋아서 어쩔 줄 몰라 했다.

오늘만 해도 인터뷰할 때 입을 옷을 고르기 위해 명품관을 몇 바퀴나 둘러보고도 내놓은 의상들이 하나같이 마음에 차지 않는다며 퇴짜를 놓았다.

"이제 곧 자려고."

"마스크 팩 하나 붙이고 잘래? 자는 동안 수분 공급해 주면 좋지."

"갑갑해서 잠 설쳐."

"그럼 크림 타입으로 바르자. 그날, 메이크업하고 헤어도 예약해 놨어. 저번에 네가 정 선생 터치가 거칠다고 해서 이번에는 원장한테 직접 해달라고 했어."

연주자로서 영주의 명성은 아직 성숙의 성에 찰 만큼 충분하지 않았다. 중학생 때부터 유명한 교수에게 사사를 하고 일 년이면 억 단위가 훌쩍 넘는 돈을 들여가며 독일의 음악 학교와 미국의 사립대학을 졸업시켰지만, 투자한 돈과 노력에 비해 연주 실력에 대한 평가는 미미한 편이었다.

이젠 나이가 있어 십대에 벌써 두각을 드러낸 천재 음악가들처럼 드라마틱한 유명세를 타기는 이미 틀렸지만, 젊고 아름다운 여성 첼리스트라는 매력만으로도 충분히 대중들에게 어필할 수 있을 터였다. 이십대의 아름다움을 지닌 우아한 첼리스트. 이즈음 들어 성숙이 궁극적으로 추구하고자 하는 딸 영주의 이미지였다.

"엄마, 그 남자 어땠어?"

누운 딸의 머리맡에 앉아 수면팩을 마사지하듯 발라주던 성숙이 밑도 끝도 없는 말에 피식 웃었다.

"얘도 참. 그 남자라고 그러면 내가 누군지 어떻게 알아."

"접때 유 변호사 사무실에서 봤던 젊은 변호사."

"잘생기긴 했더구나."

심드렁한 대꾸였지만 영주는 반색을 했다.

"그치?"

"얼굴 만지는데 자꾸 말하면 주름 생겨."

주의를 준 이 여사가 잠시 후에 다시 물었다.

"그 남자가 마음에 들었어?"

"실은 작년에 뉴욕에서 한 번 만난 적 있거든. 그 사람 배경 꽤 괜찮아. 아버지가 서은대병원 원장이고 어머니는 같은 대학 영문과 교수."

"나쁘지 않네."

"소개한 친구 말로는 집안사람들이 다 법조인 아니면 학자라고 하더라고. 정치계 쪽에도 인맥이 있다는 거 같고. 게다가 거기 유 변호사님 조카잖아."

"오호, 그래?"

상현이 로펌의 실질적인 소유주라는 걸 알고 있는 이 여사가 재깍 반색을 했다.

"둘이 뉴욕에서 먼저 만났었구나. 근데 저번에 봤을 때는 왜 아는 척을 안 했어?"

"은호 그게 옆에 딱 들러붙어 있으니까 모른 척해준 거지. 게다가 엄마가 좀 난리를 쳤어?"

"애도 참. 그럼 신사동 빌딩이 통째로 그 계집애한테 홀라당 넘어가게 생겼는데 눈이 안 뒤집혀? 어린애 아니면 그 정도는 다 이해하고 넘어가."

그날 공연한 실수를 했나 싶어 뜨끔해진 성숙이 은근슬쩍 화제를 돌렸다. 내일 당장 단골 한의원에 공진단이라도 주문해서 유 변호사에게 보내야 할 듯했다.

"그 뒤로 연락은 되고?"

"내가 한 번 전화했더니 되게 반가워하면서 만나자고 하더라고."

일행이 있을 거라는 이야기는 뒤로 감춘 채 영주는 자신이 그에게 듣고 싶었던 이야기를 실제인 양 풀어놓았다.

"그러엄. 너 정도면 남자들이 충분히 반할 만하지. 아버지가 병원장이면 사는 수준도 기본은 넘을 거고, 거기다 교수 어머니면 너하고 레벨도 적당하고."

"본인이 변호산데 사는 거 걱정을 왜 해? 본래 태생이 부자 집안이라던데. 게다가 생기기는 또 얼마나 잘생겼어. 키도 크고."

"생각 있으면 엄마가 따로 줄을 한번 대볼까?"

"에이, 그렇게 엮이는 건 촌스럽지. 그냥 일대일로 만나서 연애할 거야. 그러는 편이 훨씬 자연스럽지. 들으니까 그 사람은 선보는 것도 별로 안 좋아한대."

하여간 나 닮아서 엽렵하다니까. 어쩌면 그렇게 필요한 정보만 쏙쏙 꿰고 있는지.

흐뭇함에 성숙의 입가가 헤벌쭉해졌다.

"하긴 요즘 맞선 시장에 나오는 것들은 하자가 있는 물건이기가 쉽다더라. 그냥 둘이서 연애해."

"응. 대신 나중에 결정적인 순간이 되면 엄마가 팍팍 밀어줘야 해."

"그거야 당연한 거고."

흥에 겨운 두 모녀는 시간이 가는 줄도 모르고 장밋빛 미래를 설계하고 있었다.

양쪽으로 활짝 열려 있는 나무 대문을 들어서자 곱게 깔린 잔디 위로 딛고 지나가기 좋을 간격의 포석이 깔려 있었다. 양옆에는 이 집이 가진 세월을 이야기해 주는 듯 아름드리의 감나무, 석류나무의 가지들이 양팔을 하늘을 향해 벌리고 서 있었고 그 아래에는 엊그제 내렸던 비로 반쯤 물이 담긴 돌확들이 드문드문 놓여 있었다.

포석을 따라 안으로 들어가자 빛 고운 개량 한복 차림의 종업원이 그를 맞았다.

"오셨습니까."

정중하게 인사를 하는 그녀가 안쪽을 가리키며 말했다.

"일행께서는 조금 전 오셔서 기다리고 계십니다. 안내해 드리겠습니다."

한발 앞서 인도하는 종업원의 뒤를 따라 그는 안채로 향했다.

"오랜만이야."

방 안에 있던 남자가 문을 열고 들어오는 상현을 반갑게 맞았다.

"그간 잘 지냈고."

악수를 마친 두 사람이 교자상을 마주하고 앉았다. 곧이어 노크 소리가 들리더니 쟁반을 받쳐 든 종업원 두 사람이 안으로 들어왔다.

"항상 먹던 대로 주문했는데 괜찮지?"

먼저 와 있던 친우의 말에 상현이 고개를 끄덕였다.

"나야 좋지."

차근차근 음식들이 상 위에 차려지고 잠시 후 방에는 두 사람만이 남았다.

"음식도 좋지만 먼저 술부터 한잔하지."

유려한 곡선을 그리고 있는 흰 자기 주전자를 들어 상현이 술을 권했다.

서로의 잔이 채워진 후 두 사람은 가볍게 잔을 부딪치며 건배를 했다.

"내가 참 자네 볼 면목이 없어."

비운 잔을 내려놓으며 원우가 불쑥 사과부터 했다.

"무슨 말이야, 그게?"

"친구가 떠났다는데 와보지도 못하고."

"누가 그렇게 불쑥 가버릴 줄 알았나. 반년 정도는 더 버틸 줄 알았지."

"미국에서 전화로 그 소식을 듣는데 가슴이 철렁 내려앉더라고."

상현이 공감하며 고개를 끄덕였다. 자신 역시 윤국이 세상을 떠났다는 비보를 전해 들었을 때 마찬가지 심정이었다.

"하필 테러 경보가 떨어지는 바람에 비행기도 탈 수 없고. 세미나 기간 내내 머릿속이 아주 뒤죽박죽이었어."

이제는 고인이 된 윤국과 유상현, 그리고 고원우는 대학 때 같은 집에서 하숙을 했었다. 경영학과 법학, 의학으로 각자 전공은 달랐지만 나이도 같고 서로 은근히 통하는 구석 또한 많아서 저절로 가까워지게 됐다.

대학 졸업 후 사법고시에 합격한 상현은 변호사로, 원우는 산부인과 의사로, 윤국은 성공한 사업가로 각기 자신의 분야에서 성공적으로 자리를 잡았다. 그러는 사이 전만큼 자주 만날 수는 없었지만 두세 달에 한 번은 꼭 자리를 함께하던 사이라 윤국의 죽음은 두 사람에게도 커다란 충격이었다.

"그래, 자네는 요즘 어떻게 지내나?"

"은퇴를 할까 생각 중이야."

"벌써?"

"병원이야 진즉부터 아들 녀석이 도맡다시피 하고 나야 원장 감투만 쓰고 있었으니 그것도 이제 물려줘야지. 저번에 다녀온 세미나가 현직으로는 마지막이었다네."

"낙향이라도 할 생각인가?"

상현의 물음에 원우가 껄껄 웃었다.

"낙향은 무슨. 이제부터 손주들 보는 재미로 살아야지. 며늘애가 아들하고 같은 병원에 있어서 집사람이 애들을 봐주고 있잖은가. 아침에 출근할 때마다 고것들이 어찌나 눈에 밟히는지."

"부럽구만."

그렇게 술잔이 몇 차례 돌고 접시의 음식들이 절반쯤 비었을 무렵 원우가 긴한 투로 말을 꺼냈다.

"그나저나 말일세, 엊그제 내가 이상한 얘길 들어서 말이야."

"이상한 얘기?"

"아들놈이 간호사 한 명을 해고했더라고. 그런데 그 해고 사유라는 게 들어보니까 참 괴이해서 말이야."

"괴이하다니?"

"요즘은 차트를 컴퓨터로 관리하지만 예전만 해도 손으로 직접 쓰지 않았나. 아들 말로는 그것들도 이제 곧 스캔해서 전산 처리를 하겠다고 하지만. 그런데 저번에 병원 신축하면서 수기로 작성한 것들은 모두 약제실 안쪽 창고로 옮겨뒀었거든."

엄습하는 불길한 예감에 상현의 얼굴에 긴장감이 감돌았다.

"그런데 해고된 그 간호사가 창고에서 예전 차트들을 뒤졌었나 봐. 그것도 외부 사람까지 끌어들여서."

"그럼 혹시!"

"뭔가 이상하지 않나? 날짜대로 정리를 해서 월별로 상자에 담겨 있는 것들 중에서 유독 하나만 뒤졌다는데."

놀라움과 충격으로 미처 말을 잇지 못하는 상현을 향해 원우가 확인을 시켜주듯 거듭 말했다.

"맞아. 그해 4월분이었다네."

"흐음."

상현에게서 침음성이 흘러나왔다.

"때마침 당직일이라 새벽에 분만을 끝내고 나오는데 약제실에 불빛이 보이더라는 거야. 처음에는 직원이 실수로 불을 켜놓고 퇴근한 줄 알고 들어갔더니 안쪽에서 누가 차트 상자를 뒤지고 있더라네. 들키자마자 같이 있던 놈은 도망을 쳤는데 얼마나 날래든지 잡을 수가 없었고 그 자리에 있던 간호사만 잡았지."

"남자와 함께 그랬단 말이지."

혼잣말처럼 중얼거린 상현이 물었다.

"같이 있다 도망친 놈이 누구고 왜 뒤졌는지는 말 안 하고?"

"며칠 전에 술집에서 우연히 만난 녀석이라는데 보나마나 이름도 나이도 가짜겠지. 그 간호사 말로는 병원 구경시켜 달라는 말에 데리고 들어왔다는데 그 속을 어찌 알겠어."

"딱히 손해를 입거나 피해 물품이 있는 것도 아니니 신고하기도 애매할 테고."

"예민한 임산부들이 드나드는 곳이니 불가피할 상황이 아니면 경찰이 오가는 것도 우리 입장에서는 난감한 일이지. 그렇지만 자네한테 일러주어야 할 것 같아서."

어쩌면 앞으로 문제가 복잡해질 수도 있을 것 같다는 예감에 상현은 길게 한숨을 내쉬었다.

"누군가 뒷조사를 하고 있는 게 분명하군. 그 차트는 어떻게 되었나?"

"다행히 미처 손도 못 대보고 들켰는지 그대로였어. 아들한테 일러서 다른 곳으로 옮겨두었으니 그건 걱정 말게."

목이 타는지 원우가 찬물이 든 잔을 비우고 술을 채워 단숨에 비웠다.

"뭔가 묘하게 찜찜해. 자네도 기억할 거야. 전에 우리 병원에 있던 박정숙 간호사. 그이가 지금은 우리 병원에서 신생아 돌보미를 하고 있거든. 그런데 얼마 전에 난데없는 손님이 찾아와서 그때 일을 소상히 묻더라는 거야."

"잘 듣게."

저간의 사정을 설명하는 상현의 목소리가 낮아졌다.

# 8

유명 잡지에 기사가 날 거라는 것만 제외하면 도무지 건질 것이 하나도 없는 인터뷰였다. 하품이 절로 날 정도로 진부한 질문도 그러했거니와 푸짐한 풍채에 수염이 부스스한 기자는 게슴츠레한 눈으로 그녀의 가슴을 흘깃거리며 쳐다보기 바빴다.

다른 때 같았으면 가슴에서 좀처럼 떨어질 줄 모르는 눈길을 발견한 순간, 당장 꺼지라며 눈앞에서 내쫓았거나 단박에 자리를 박차고 일어났을 터였다. 하지만 인터뷰 도중 자리를 박차고 나갔다가 나중에 어떤 말을 듣게 될지 몰라 영주는 꾹 눌러 참고 있었다.

"어어음, 어떤 계기로 음악을 시작하게 되었나요?"

손에 들고 있는 질문지를 들여다보며 형식적으로 묻는 물음에 영주는 상냥하게 준비했던 답을 내놓았다.

"어머니가 음악을 굉장히 좋아하세요. 그래서 자랄 때부터 집 안에서는 클래식만 듣고 자랐거든요. 그러다 보니 자연스럽게 음악을 해야겠다고 생각하게 된 것 같아요."

진부한 물음만큼이나 각본처럼 짜인 답이라는 것을 알 텐데도 기자는 그저 고개를 끄덕이고 말았다.

"악기의 종류가 많은데 그중 첼로를 선택한 이유는요?"

"처음에는 다른 친구들처럼 피아노를 했어요. 그러다 어느 날 우연히 음악 학원 원장님께서 첼로 켜시는 걸 보게 됐어요. 그 모습이 너무 멋있어서 그날로 첼로로 바꾸게 되었어요."

"그러엄, 으음……."

다음 질문을 찾아 느린 손길로 질문지를 뒤적이는 기자를 한심한 눈으로 지켜보던 영주가 고개를 돌렸다.

넓은 대지에 자리 잡고 있는 붉은 벽돌의 이층 주택을 레스토랑으로 리모델링해서인지 바깥 풍경이 좋았다. 잘 꾸며진 집의 거실에 초대받아 앉아 있는 느낌 같기도 하고 한적하고 경치 좋은 별장에 온 것 같기도 했다.

이리저리 살피던 그녀의 무심한 시선이 유리창 밖 정원으로 향했다. 잔디를 가로질러 들어오는 두 사람을 발견한 순간, 영주는 자신이 본 것을 믿을 수 없어 뚫어지듯 바깥을 응시했다.

"아, 여기 있군. 전범으로 삼고 있는 음악가가 있는지 궁금한데요."

펜으로 쓰인 글씨들이 어지럽게 널린 질문지에서 찾던 질문을 발견한 기자가 물었다. 하지만 지금까지와 달리 창밖만 보고 있을 뿐 대답이 나오지 않았다.

"김영주 씨?"

슬쩍 팔을 건드리는 손길에 영주가 화들짝 놀랐다.

"대답을 하셔야죠."

"죄송해요. 잠깐 딴생각을 좀 하느라. 죄송하지만 다시 한 번 질문해 주실 수 있나요?"

"에, 그러니까, 전범으로 삼고 있는 음악가에 대한 물음이었어요."

"음……."

머릿속에 입력시켜 놓은 음악가의 리스트를 뒤적이던 그녀의 눈이 다시 한 번 바깥으로 향했다. 의도한 바는 아니었지만 자꾸만 시선이 가는 건 어쩔 수 없었다. 두 사람은 그사이 정원에 놓인 테이블에 마주 보고 앉아 있었다.

"여기 분위기 어때요?"

차에서 내리기 전부터 예쁘다며 감탄을 연발하는 은호의 반응에 준석의 어깨는 한층 솟아 있었다.

"좋은데요."

웃음기가 담뿍 담긴 목소리에 눈까지 휘어지는 미소는 덤이었다.

"여긴 정원이 제대로예요. 안쪽도 좋기는 한데 정원만큼은 못하거든."

준석이 권하는 대로 두 사람은 안으로 들어가지 않고 정원의 테이블에 자리를 잡았다. 늦가을 햇빛은 제법 따가웠지만 나무 그늘 아래는 서늘해서 느긋하게 앉아 주변 분위기에 젖어들기에는 안성맞춤이었다.

"은호 씨는 고기보다 해물 쪽이죠?"

"어떻게 알았어요?"

놀라는 그녀를 향해 준석이 씩 웃어 보였다.

그의 미소에서는 아무리 해도 감출 수 없는 생기와 에너지가 느껴졌다. 밝음, 활달함, 햇빛. 은호는 자신과는 도무지 어울리지 않다고 여기고 살았던 것들을 문득문득 그에게서 발견할 때마다 왠지 모를 민망함과 어쩔 수 없는 부러움을 느꼈다. 아마도 가슴 저 깊숙한 곳에서는 은근한 질투도 일고 있을 것이다.

"밤참 먹을 때 보니까 젓가락이 해물 쪽으로만 가던데요."

"그건 또 언제 봤대?"

"내가 눈썰미가 좋은 편이거든."

고개를 끄덕여 주고는 그가 건넨 메뉴판으로 눈길을 돌렸다. 뭐라고 쓰인 글자들을 읽기는 하는데 도무지 머릿속에 들어오질 않는다.

"난 여기가 처음이라서 잘 모르니까 알아서 시켜주세요."

"오케이! 맡겨만 주십시오."

신이 나서 메뉴판을 뒤적이는 그를 뒤로하고 은호는 널따란 정원을 휘휘 둘러보았다.

이렇게까지 크고 거창한 것까지는 바라지도 않지만 아담한 정원이 딸린 집을 갖는 것이 어릴 때부터의 소원이었다. 백부님 집에서 살게 된 이후 부동산 투기에 열을 올리던 성숙 여사를 따라 한남동 집 말고도 잠깐 잠깐씩 빌라와 아파트에 산 적이 있었다.

하지만 화려하게 치장된 고급 빌라와 대형 평수의 아파트를 전전하면도 어릴 적 부모님과 함께 살던 아담한 집을 잊을 수가 없었다. 대문을 열고 들어가면 작은 마당 한 켠에 아담한 꽃밭이 있던 그 집. 순간 목이 메어왔다.

"무슨 생각을 그렇게 해요?"

준석의 물음에 고개를 드니 그사이 주문을 마쳤는지 테이블 위에 메뉴판을 거두어들인 웨이터가 인사를 꾸벅하고는 사라지고 있었다.

"아무것도."

혹여 잠깐 사이에 꽉 잠겨 버린 목소리를 들킬세라 그녀는 짧게 답하며 고개를 저었다.

"여기 음식 좋으니까 맛있게 먹고 바람 쐬러 가요."

거리낄 것 없어 보이는 그의 미소에 은호는 갑자기 가슴이 답답해지면서, 좀 전에 일었던 감정들이 한꺼번에 뒤엉켜 떠올랐다. 순간 불쑥 대답이 튀어나와 버렸다.

"피곤해요."

상대를 전혀 배려하지 않은 무섭도록 매정한 거절이었다. 넉살 좋은 그도 잠깐 동안 멈칫할 정도였다.

무안해진 은호가 서둘러 사과를 했다.

"미안해요. 이런 식으로 말하려던 건 아니었는데. 요즘 잠을 좀 설쳐서."

그저 변명으로 하는 말이 아니라 은호는 요 사이 잠을 잘 이루지 못했다. 그가 다녀간 날 밤 세 시간 넘게 깨지 않고 잔 게 그나마 잠다운 잠이었다.

"그러고 보니 눈가에 그늘이 생겼어. 애들 가르치는 게 힘들어요?"

"항상 하는 일인데요."

"그럼 또 어떤 녀석이 말썽 피우고 속 썩여요? 이번에는 어디를 부러뜨렸는데?"

"그런 일 없어요. 계속 그러면 정말 말라 죽고 말지."

"혹시 어떤 녀석이 은호 씨 좋다고 막 집적거리나? 예쁘다고, 내 스타일이라 딱 마음에 든다면서 사귀자고 귀찮게 하고."

당신 아니면 나한테 집적댈 사람도 없는걸 뭐. 뚱한 표정에 드러난 속내에 준석이 겸연쩍은 듯 웃었다.

"그럼 유산 때문에 고민하나?"

준석의 말을 듣고서야 은호는 그동안 계속해서 자신의 신경줄을 갉작이고 있던 것의 정체를 확실히 깨달을 수 있었다. 바로 그것 때문이었구나.

"딱히 그것 때문만은 아닌데 어쨌든 신경이 쓰이는 건 사실이죠. 생각할수록 귀찮고 성가셔."

나이보다 어른스럽다는 말만 들어왔던 은호인데 이상하게도 그의 앞에서는 성격답지 않게 징징대는 말이 술술 나온다. 장난스럽게 굴 때마저도 준석의 눈빛에서는 그녀가 무슨 말을 하든지 다 받아줄 것 같은 듬직함이 느껴지기 때문일까.

"보통 사람들 같으면 좋아할 텐데."

"나 보통 사람이에요. 돈도 굉장히 좋아하고. 그치만 나 먹고살 만큼 벌고 있으면서 굳이 골치 아플 필요가 있나 싶어요. 짧은 인생, 살면 얼마나 산다고."

얘기하다 보니 정말 우울해진다.

은호가 테이블 위에 팔꿈치를 올린 채로 턱을 괴었다.

"그 얘기 좀 해봐요. 나한테 말 안 하고 한남동 갔던 날."

"할 것도 말 것도 없어요."

일부러 정원을 향해 고개를 돌리고 외면하며 내놓은 대답에도 준석은 쉽게 물러나려 하지 않았다.

"아직도 진행 중인 일이잖아. 앞으로 똑같은 일 생기면 그땐 어쩌려고. 또 만나자고 연락 와도 나 호출해서 동행할 생각 없을 거고, 그럴 바에는 어떻게 대처해야 할지 미리 알고 있는 게 은호 씨한테도 좋지 않겠어?"

추호의 반박도 생각할 수 없는 말에 더 이상의 거절은 할 수 없었다. 으음, 무뚝뚝하게 굴었으니 원하는 답을 대가로 주어야겠지.

"건물을 팔라고 하시면서 서류를 내놓더라고요. 그래서 변호사와 상의하겠다고 했더니 화를 내셨고. 으음, 그걸로 끝."

"제일 중요한 건 왜 빼먹어요."

말끝에 나무람이 섞인 것이 이상해서 고개를 들자 그가 답답하다는 듯 말했다.

"팔지 않겠다고 해서 봉변당했잖아."

"봉변은요, 무슨."

대답은 그렇게 하면서도 붉어졌을 얼굴을 보이기 싫어 은호는 다시 턱을 괴어 다른 곳을 보았다.

그가 별말 없이 다음 물음을 이었다.

"그쪽에서 내놓은 서류 종류는 뭐였고 제시한 매매 대금은 얼마였어요? 계약금은요?"

"서류 절차 끝나면 통장으로 입금하겠다고 하셨는데 액수는 묻지 않았어요."

"무슨 의뢰인이 이래. 멀쩡한 변호사 두고 자기 혼자 끙끙 앓기나 하고."

잠깐 동안 변호사처럼 군다 싶던 말투가 금세 평소대로 돌아갔다.

"지금 얘기하고 있잖아요."

"그 뒤로는, 별말 없어요? 연락도 없고?"

"아직까지는."

그 대답을 끝으로 두 사람은 한동안 말이 없었다. 두 사람 모두 답답해진 마음을 부여잡고 하늘바라기만 하고 있는 중이었다.

"하늘이 참 맑죠?"

다른 때 같았으면 그대로 입 꾹 다물었을 은호가 의외로 먼저 입을 열었다.

"중학교 때 말이에요. 본관하고 연결된 부속 건물에 음악실이 있었거든요. 음악 시간이 되면 그쪽으로 가서 수업을 받았는데 특이하게 그 건물은 일층이 없었어요. 학교가 산비탈에 자리하고 있었는데 하필 음악실 있는 건물이 경사가 심해서 일층을 넣기에는 어중간했었나 봐요. 굳이 말하면 일층과 이층의 중간 정도였죠. 위쪽에 있는 본관에서는 일층 복도로 바로 연결이 됐지만 바깥에서 들어가려면 폭이 넓은 계단을 올라가야 했거든요. 한번은 음악 시간이 끝나고 건물 바깥으로 나왔더니 하늘이 어찌나 파랗고 예쁘던지. 애들은 다음 수업 준비하느라 바쁘게 교실로 갔는데 혼자서 계단에 앉아서 한참 동안 하늘만 구경했어요."

"수업에 늦지 않았어요?"

그의 물음에 웃으며 은호가 고개를 끄덕였다.

"수업 시작한 것도 모르고 햇빛 쬐면서 하늘 보고 앉아 있는데 지나가시던 선생님께서 부르시더라구요."

"땡땡이 쳤다고 혼내셨겠네."

"틀렸어요! 젊은 미술 선생님이셨는데 뭐 하고 있냐고 물으시길래 하늘이 너무 예뻐서요, 그랬더니 다가와 옆에 앉으시더니 정말 그렇구나 하시던걸요."

"멋진 분이셨네."

"정말 그랬어요. 이목구미 또렷한 미인이신데다 스타일도 굉장히 멋져서 애들한테 선망의 대상이었거든요."

그사이 주문했던 음식이 준비되었는지 웨이터가 다가왔다. 하지만 그가 들고 온 것은 음식 접시가 담긴 쟁반이 아닌 기다란 네 개의 다리가 달린 커다란 원통이었다.

뭔가 싶어 쳐다보는데 그가 물었다.

"아까 주문할 때 제대로 안 들었죠?"

"네."

그런 줄 알았다는 듯 고개를 끄덕이며 그가 설명을 시작했다.

"해물 바비큐를 할 거예요. 새우하고 가리비 같은 싱싱한 해물들을 숯불에다 직접 구워 먹는 건데 워낙 싱싱해서 레몬즙만 살짝 뿌려서 먹어도 그만이에요."

"맛있을 거 같아요."

원통이라고 생각했던 것은 앞에 있는 작은 손잡이를 살짝 잡아 위쪽으로 뚜껑을 올리니 그릴이 되었다. 잠시 후 여러 가지 해물과 채소들이 담긴 접시들을 들고 와 그릴 옆의 선반에 올려둔 웨이터가 물었다.

"직접 하시겠습니까?"

고개를 끄덕이며 그가 자리에서 일어섰다.

"은호 씨 와인 한잔할래요? 여기 괜찮은 거 많은데."

"다 못 마실 것 같아요."

"남으면 집에 갖고 가서 마시면 되지."

망설이는 그녀를 대신해서 나선 그가 와인을 주문했다.

나란히 들어오는 두 사람을 발견한 후부터 인터뷰를 하는 내내 영주는 신경이 쓰여 견딜 수가 없었다.

"이제 어느 정도 끝난 것 같은데 사진 좀 찍을까요? 첼로는 가지고 오셨지요?"

"네."

기자의 말에 영주는 의자 옆에 세워두었던 케이스를 앞으로 끌어당겼다. 사진 기자의 요구대로 첼로를 품고 안고 온갖 포즈를 취하면서도 속으로는 연신 이를 갈고 있었다.

"끝났습니다."

"수고하셨습니다."

"기사 나오면 영주 씨 또 볼 수 있는 겁니까?"

"저야 기자님 자주 뵈면 좋죠."

느물거리는 말에 천연스럽게 응수를 해주며 영주는 기자 일행을 전송했다.

"영주 씨는 안 가세요?"

"저는 여기서 친구와 약속이 있거든요."

아쉬워하는 기색이 역력한 기자를 선약을 핑계로 먼저 보낸 뒤 영주는 정원이 잘 보이는 곳에 다시 자리를 잡고 앉았다.

"일행이 있으십니까?"

잔을 옮겨다 주며 묻는 웨이터에게 대강 고개를 끄덕이고는 곧장 바깥을 주시했다.

선 채로 그릴에서 무언가를 구워낸 준석이 은호에게 접시를 건네었고 잠시 후 두 사람은 테이블을 중앙에 두고 마주 앉았다.

"얼씨구."

가느다란 와인 잔을 들어 건배하는 두 사람을 향해 영주는 코웃음을 쳤다.

아주 어릴 적부터, 그러니까 은호가 부모를 잃고 자신의 집에서 살기 전에도 영주는 왠지 그녀가 싫었다. 친척들로부터 착하다, 영리하다 소리를 듣는 것도 얄미웠고 동갑내기인 자신보다 학교 성적이 좋은 것도 짜증이 났다. 어린 나이였지만 가출한 은호 때문에 아버지의 손에 이끌려 파출소까지 찾아가 잘못했다며 사과를 해야 했을 때의 모멸감은 지금 돌이켜도 뼈에 사무칠 정도였다.

자신에게 재능이 부족한 걸 알면서도 무리를 해가며 죽기 살기로 첼로에 매달렸던 것도 은호에게 너는 꿈도 꿀 수 없는 세상이 있다는 걸 보여주겠다는 오기 때문이었다. 친척집에 얹혀사는 고아 계집애 따위는 절대 넘볼 수 없는 세계.

그런 바람대로 자신이 유학을 다녀오고 연주가로서의 명성을 쌓기 위한 단계를 차근히 밟아가는 동안 은호 계집애는 장학금에 의지해 대학을 나와 평범한 월급쟁이가 되어 있었다. 그것에 만족하려 했다. 아무리 날고 기어봤자 발 디딜 자리는 딱 거기까지라는 제 분수를 일깨워 준 것 같아 내심 통쾌하기도 했고.

하지만 유언장 공개 이후 사정은 다시 바뀌었다. 어머니는 저 계집애가 신사동 빌딩을 차지한 것에 몹시 분개했지만 영주는 아버지가 은호에게 재산을 물려주었다는 사실 자체가 싫었다. 설사 그게 정원의 잔디 한 포기였다고 해도 지금과 똑같이 분개했을 것이다.

아버지는 성공적으로 감추었다고 생각했겠지만 은호와 자신을 비교하며 부족한 재능을 부모의 재력으로 커버하려는 딸을 한심하게 여기는 눈빛을 그녀는 아직도 기억하고 있었다.

그럴 때마다 분노의 화살을 온전히 은호에게 꽂았다. 자신에게 점점 실망한 기색이 역력해지는 아버지의 모습에 통쾌해하며 더 괴롭히고 못살게 굴었다. 실망은 점점 측은함으로 바뀌었고 어느 순간 그녀는 자신을 보는 아버지의 눈에서 더 이상 아무런 감정도 읽어낼 수가 없었다. 마치 딸을 향해 마음을 닫아버린 것처럼.

다정한 연인처럼 서로를 마주 보고 대화에 열중인 두 사람을 지켜보던 영주가 백에서 전화기를 꺼냈다.

"엄마, 나야."

[인터뷰 끝났니?]

"응."

[잘했어?]

"은호 저거, 이대로 둘 거야?"

짜증이 가득 담긴 딸의 말에 성숙이 되물었다.

[은호가 왜?]

“이대로 본사 건물 넘겨주고 말 거냐고.”

자존심 때문이라도 은호와 준석의 만남을 입 밖에 내기는 싫었다.

[그건 나중에 얘기하고.]

“지금 말해. 정말 이대로 건물 가지게 둘 거야?”

앙칼진 목소리에 주위의 다른 사람들이 흠칫 놀라 고개를 트는 것이 느껴졌지만 격앙된 마음은 쉽게 가라앉지 않았다. 연자줏빛 립스틱이 잇새로 뭉개지고 있는 것도 알지 못한 채 영주는 초조하게 돌아올 대답을 기다렸다.

[넌 엄마를 그렇게 모르니?]

“그럼 뭔가 계획이 있기는 하다는 말이지?”

혀를 끌끌 차며 성숙이 딸을 나무랐다.

[공연한 데 신경 쓰지 말고 인터뷰 끝났으면 얼른 연습실로 가. 아님 집에 가서 연습을 하든지. 연주자가 하루라도 쉬면 손 무뎌지는 거 알면서 왜 게으름을 피워.]

“아무튼 난 저 계집애 희희낙락하는 꼴 절대 못 보니까 확실하게 해야 해.”

[글쎄 염려 말래도. 넌 이 엄마를 아직도 모르니?]

“엄마만 믿는다.”

자신 있게 확답하는 말을 듣고서야 영주는 전화를 끊었다. 빈말은 하지 않는 엄마의 성격을 잘 알기에 당분간은 엄마가 하는 대로 지켜보는 게 좋을 것 같았다.

"먹을 만해요?"

"좋은데요."

고개를 끄덕이는 은호를 보면서도 준석은 썩 마음이 편치 않았다.

눈에 띌 만큼 느리게 움직이는 포크만 봐도 정말 맛을 느낀다기보다는 그저 앞에 놓인 음식을 묵묵히 먹고 있는 것 같았다. 게다가 음식을 먹는 것보다 와인 잔을 비워내는 횟수가 더 잦았다. 피곤하다더니 입맛이 단단히 떨어졌나 보다. 다음에는 뭘 먹이나. 여기서 나가면 인경에게나 다시 데리고 갈까. 여자들은 피곤하고 스트레스 받을 때 무조건 단 게 당긴다는데.

"어머, 준석 씨."

한참 궁리를 하던 중에 나긋한 부름이 들렸다. 고개를 드니 저만치서 영주가 다가오고 있었다. 준석은 자신도 모르게 재빨리 앞에 앉은 은호의 눈치를 살폈다.

자리에서 일어나는 준석에게 영주가 손을 내밀었다.

"오랜만이에요. 여기서 보네요."

악수를 청하는 손을 차마 뿌리칠 수 없어 준석은 얇은 손가락 끝만 살짝 잡았다 금세 놓았다.

"인터뷰가 있었거든요. 아시죠? 〈월간 음률〉."

그러더니 은호 쪽으로 눈길을 돌렸다.

"오랜만이다?"

"그래."

짧은 대답으로 인사를 대신한 은호가 앞에 놓인 음식 접시로 시선을 주었다. 겉치레로나마 반가움이라고는 찾아볼 수 없고 서로 간에 냉랭함만이 감도는 인사였다.

형식적인 인사치레가 끝나기가 무섭게 영주는 다시 준석에게 눈을 주었다.

"참 엊그제 경호 씨한테 전화 왔었어요. 곧 귀국할 거라던데. 준석 씨를 다시 만났다고 했더니 세상 참 좁다며 신기해하던데요. 준석 씨한테도 곧장 전화하겠다고 했는데 연락 못 받았어요?"

"연락 받았습니다."

"경호 씨한테 들으니까 두 분 중학교 때부터 친구라면서요? 이번에 같이 만나면 자기가 알고 있는 준석 씨 비리를 다 공개하겠다고, 저한테 각오 단단히 하라고 그러던데."

순전히 그와 마주 앉아 있는 은호를 의식해서 자신과 각별한 친분이나 있는 것처럼 굴고 있다는 게 준석의 눈에도 훤히 보였다. 영주의 말이 계속될수록 은호는 점점 더 무표정해졌다. 생각 같아서는 쓸데없는 얘기만 늘어놓고 있는 저 입을 커다란 바늘로 확 꿰매 버렸으면 좋겠다 싶을 정도로 영주의 수다는 계속되었다.

무슨 말을 하든 '그래요'와 '네'만 반복하는 준석의 반응이 계속되자 영주가 한쪽 입술을 비틀며 소리 없이 웃었다.

"어머, 시간이 벌써 이렇게나 됐네. 이만 가봐야겠어요, 준석 씨. 두 달 후에 연주회가 있어서 요즘 한창 바쁘거든요. 오늘도 인터뷰만 아니면 시간 낼 엄두도 못 냈을 거예요. 별로 내키지 않는 인터뷰였는데 어쩐지 나오고 싶더라니. 여기서 준석 씨 만나려고 그랬나 봐요."

제발 그만 가주었으면 하는 바람이 무색하게 다시금 사설을 한 바탕 늘어놓은 영주가 은호를 향해 턱 끝을 까딱했다.

"간다."

그리고는 준석을 향해서는 생글생글 미소를 보냈다.

"그럼 또 봐요, 준석 씨. 연락할게요."

저만치 영주가 멀어지고 나서야 준석은 긴 한숨과 함께 자리에 앉았다.

"은호 씨한테 미리 말 안 했는데, 작년에 뉴욕에 출장 갔을 때 잠깐 만난 적이 있어요."

"네에."

심드렁한 대꾸에 등줄기로 식은땀이 흘렀다.

혹시나 오해의 소지를 남겨서는 안 된다는 생각에 준석은 다시 설명을 시작했다.

"정식으로 소개받은 자리도 아니었고, 미국에 있는 동문들 몇이 모여 파티를 했는데 거기서 짧게 인사한 게 다예요. 연락처를 준 기억은 안 나는데 다른 친구한테 물어봤는지 얼마 전에 한번 전화가 와서……."

얘기가 길어질수록 어째 치사한 기분이 드는 건 무슨 조화인지. 조금 전 하늘을 보며 한껏 풀어졌던 그녀의 표정도 다시금 딱딱하게 굳어져 있었다.

"그만 나갈까요?"

그나마 깨작거리던 포크를 완전히 내려놓고 다시 와인 잔을 드는 것을 보고 준석이 물었다.

"아직 덜 드셨잖아요."

거리를 좀 두었으면 하는 여자는 시키지 않아도 꼬박꼬박 이름을 부르는데, 가까이 두고 싶은 여자에게서는 깍듯한 존대를 듣고 있자니 준석은 갑자기 속이 부글부글 끓어올랐다.

"갑시다."

그녀의 앞에 놓인 잔을 들어 한 모금쯤 남아 있는 와인을 단숨에 털어 넣고는 벌떡 자리에서 일어났다.

안으로 들어가 계산을 끝내고 나오자 그사이 그녀는 주차장에 세워둔 차 옆에 서 있었다. 리모트로 락을 풀고 조수석의 문을 열었다.

"타요."

"얼마 드리면 돼요?"

곧장 손에 든 가방을 여는 것이 식사 값이라도 주려는 모양이었다. 분을 참고 조용하게 말했다.

"됐으니까 어서 타요."

"말씀해 주세요."

"타라니까!"

고집 피우는 양에 준석은 저도 모르게 고함을 질렀다. 아차, 싶은 순간, 놀라 커다래진 그녀의 눈을 보자 그대로 어깨를 잡아 차 안으로 밀어 넣다시피 태워 버렸다.

"뭐 하는 거예요!"

서둘러 운전석으로 돌아와 앉자마자 버튼을 눌러 문을 잠가 버렸다. 항의하는 말을 못 들은 척 곧장 차를 출발시켰다. 그동안 부드러운 운전에 길이 들어 있던 차는 웅 하는 엔진 소리로 거칠게 다루어지는 것에 불만을 표시했다.

"대체 왜 이래요?"

옆에서 뭐라고 떠들어대는 소리에도 귀를 닫고 운전에만 전념했다. 가속페달을 밟고 있는 발에는 점점 더 힘이 들어가고 그에 비례해 속력도 높아져 갔다.

"이봐요!"

꽉꽉 힘을 주어 부르는 소리에도 철저히 무반응으로 일관했다. 잔뜩 화가 난 상황에서 상대가 반응을 보이지 않는 것만큼 화나는 일도 없을 테니.

"대체 왜 이러느냐구요!"

"……."

"준석 씨!"

"……."

"야! 윤준석!"

"……."

"너 미쳤어?"

그제야 준석은 가속페달에서 서서히 발을 뗐다. 앞에 보이는 갓길에 차를 대고 돌아보니 그녀가 화가 나 발개진 얼굴로 씩씩대고 있다.

"잘했어."

그대로 물속으로라도 돌진할 듯 사납던 기세는 어느새 사라진 준석의 얼굴에는 예의 그 부드러운 미소가 돌아와 있었다.

어린아이에게 하듯 자신의 뺨을 손등으로 쓸어주는 그를 뿌리치며 은호가 매섭게 노려봤다.

"대체 뭐 하자는 거야!"

"속 시원하지 않아?"

"뭐?"

"나한테도 김영주한테도 화났는데 꾹 눌러 참고 있었잖아. 그거 발산해 버리니까 얼마나 시원해."

헛소리는!

어지간히 어이가 없어진 은호가 그의 말에 코웃음을 쳤다.

"우리 김 선생님도 화나니까 이름도 막 함부로 부르고 대놓고 반말하고 그러대? 그래도 내가 한참이나 오빠인데."

화가 난 김에 불쑥 뱉었던 말들이 이제야 민망했던지 그녀가 차창 밖으로 고개를 돌리며 혼자서 궁얼거렸다.

"내가 다섯 살이나 많은 거 몰랐어?"

"가르쳐 주지도 않은 걸 내가 어떻게 알아? ……요."

짧게 덧붙인 끝말 한 음절에 그녀의 얼굴에 화악 붉은 물이 들었다.

"궁합도 안 본다는 네 살 차이에서 더하기 한 살이니까 완전 천생연분인 거지."

"알았으니까 그만하죠?"

놀림당하는 거라고 생각하는지 새치름하게 대꾸하며 그의 말을 막았다. 하지만 준석의 눈에는 그 모습마저 예뻐 보였다.

"농담 아닌데?"

"아 좀!"

노려보는 눈매가 새끼고양이처럼 귀엽게만 보였다. 위험해, 위험하다고. 쿵쾅대는 가슴을 진정하려 애쓰던 그의 눈에 문득 질끈 깨물고 있는 빨간 입술이 들어온다.

"하아, 미치겠다."

결국 준석은 은호의 몸을 당겨 가슴에 답삭 안아버렸다.

"쉬잇!"

서서히 머리를 쓸어내리자 반항하듯 바르작거리던 그녀의 움직임이 서서히 잦아들며 몸의 긴장이 풀리는 게 느껴졌다. 더욱더 깊게 끌어안고 달콤한 향내를 풍기는 정수리에 입을 맞추는 순간, 떠오르는 생각은 단 하나. 김은호, 네가 참 좋다.

일 년 만에 돌아온 개교기념일. 은호는 모처럼 늦은 시간까지 침대에 누워 꾸물거리고 있었다.

"으흐응, 좋다."

베개에 한껏 얼굴을 묻은 채로 게으름을 피우고 있는 은호의 입가에 상큼한 미소가 배어났다. 발그레한 볼과 잠에 취한 듯 나른한 눈가에는 감출 수 없는 행복감이 깃들어 있었다.

김은호, 네가 좋아.

취한 듯 낮게 속삭이던 음성이 떠오르자 저도 모르게 웃음이 베어 물어졌다.

"내가 좋다잖아, 그 사람이."

천장을 보고 누운 채로 키득거렸다.

한참이나 그러고 있었을까. 삑삑거리며 현관의 비밀번호를 누르는 소리가 들리더니 수영의 우렁찬 목소리가 들려왔다.

"언니 왔다아!"

식탁 위에 묵직한 비닐봉지를 내려놓는 소리에 은호가 몸을 일으켰다.

"왔어?"

"아침부터 마트 들러서 일용할 양식 구해온 언니한테 고작 한다는 말이, 왔어? 이런, 성의라고는 개미 뒷다리만큼도 없는 동생 같으니라고."

"까분다."

침대에서 일어난 은호가 비틀거리는 걸음걸이로 식탁으로 향했다.

"잠은 좀 잤고?"

"출근 안 해도 된다고 생각하니까 마음이 편해서 그런지 새벽 되니까 눈이 감겼어. 근데 이것들은 다 뭐야?"

통째로 포장된 닭 한 마리가 비닐봉투에서 나오는 걸 보며 은호가 놀라 물었다.

"쌀쌀해져서 그런지 칼국수가 먹고 싶더라고. 닭칼국수 해먹자."

"설마 거기 있는 오징어랑 새우도 넣자고?"

"이건 이따 파전 해먹을 거. 오늘처럼 눅눅한 날에는 파전에 막걸리 한잔 걸쳐 줘야지."

하루 종일 얼마나 많은 양을 먹을 생각인지, 칼국수와 전을 부칠 재료라고 내놓은 것들이 금세 좁은 식탁을 가득 채웠다.

"오징어 두 마리는 너무 많지 않아?"

"저녁에 고기 넣고 오징어랑 볶음 해먹으려고. 한 마리에 삼천 원인데 두 마리 사면 오천 원에 준다잖아. 그걸 안 사고 배겨?"

하여간 강수영 손 큰 건 알아줘야 한다니까.

"주방은 언니한테 맡기고 넌 들어가서 씻기나 해. 너 주먹만 한 눈곱 매달고 있는 건 아니?"

"에엑?"

놀리는 말이라는 걸 알면서도 은호는 서둘러 욕실로 들어갔다.

뜨겁게 끓여낸 칼국수를 후루룩거리며 한 그릇씩 비워낸 뒤 두 사람은 커피를 끓여 자리를 옮겼다.

"아, 좋다."

맛있는 음식을 배부르게 먹고 난 뒤의 포만감을 한껏 즐기며 은호가 기지개를 켰다.

"낮에는 해물 듬뿍 넣고 파전 부쳐 먹자. 낮술로는 막걸리만 한 게 없지."

아침 먹으면서 점심 메뉴 생각하고 점심 준비하며 저녁 찬거리 궁리하는 강수영다운 말이었다. 하지만 집에서 다른 사람이 해주는 맛있는 음식 먹으면서 하루 종일 늘어져 있는 게 흔한 기회가 아니니 은호는 그저 고개만 끄덕일 뿐이었다.

베개 맡에서 카톡카톡~~ 하는 알림음이 들리자 은호가 몸을 돌려 전화기를 집어 들었다.

「자느라 끼니 거른 거 아니지? 입맛 없다고 굶지 말고 저번에 사다 넣어준 죽이라도 데워서 먹어. 낮잠 너무 자면 밤에 못 자니까 잠 오면 쇼핑이라도 나가고. 맘에 드는 거 찍어놓으면 나중에 사줄게. 할머님 올라오셔서 대장님하고 같이 점심하러 가고 있어. 끝나면 곧장 재판 들어가야 해서 저녁까지 연락하기 힘들 거야. 보고 싶다고 울지 말고.」

그야말로 하트와 온갖 이모티콘이 난무하는 메시지를 들여다보고 있자니 웃음이 절로 나왔다. 서른세 살이나 먹은 남자가 이렇게 귀여울 수가.

"연애하지?"

전화기를 들여다보는 데 열중하던 은호에게 수영이 직구를 던졌다.

"응?"

"뭘 놀라? 카톡 들어온 거 보고 히죽히죽 웃는 게 딱 연애 초기 증상이구만."

"그런 거였어?"

대충 얼버무리거나 은근슬쩍 부인할 줄 알았더니. 예상 밖의 대답에 수영이 황급히 다가앉았다.

"맞지? 어쩐지. 아까 들어와서 침대에 앉아 있는 너 얼굴 보는데 감이 딱 오더라니. 너도 알지? 엄마도 눈치 못 채고 있던 우리 부친 세컨드 잡아내서 처리한 게 내 촉이라는 거."

"잘 알지."

늘그막에 한눈을 팔던 수영의 부친은 하필이면 감 좋은 딸한테 꼬리를 잡히고 말았다. 하늘에 맹세코 별 사이 아니라는 결백 주장은 최고급 렌즈를 장착한 대포 카메라로 선명하게 잡아낸 사진들 앞에서 고스란히 무용지물이 되었고, 손목 한 번 잡은 게 전부라던 백구십팔만 번째 애인은 그렇게 조용히 역사 속으로 사라져야 했다.

절대 함구하는 조건으로 당시 수영은 부친에게 쏠쏠하게 한몫을 챙겼는데, 일 년이 지난 지금까지도 두어 달에 한 번씩 용돈 명목으로 적잖은 돈이 입금되는 걸로 알고 있다. 사정을 알 리 없는 수영의 모친께선 부쩍 가정에 충실해진 남편의 모습에 입가의 웃음이 떠날 줄을 모른다는데, 그건 전적으로 언제 어디서 지켜보고 있을지 모를 대포 카메라에 부친께서 지레 겁을 내신 덕분이었다.

"보고해 봐."

"그냥 우연히 만난 사람인데 어쩌다 보니 사귀게 됐어."

"어허!"

어느새 얼굴에서 웃음기를 싹 지운 수영이 짐짓 호령했다.

"내 너와는 여태껏 비밀 없이 살아왔건만. 고작 사내 때문에 그간의 우정을 초개와 같이 버린단 말이더냐!"

"초개와 같이 버린 적 없소이다."

"당장 물고를 내기 전에 어서 이실직고 고하지 못할까!"

"흐흠."

목소리를 가다듬으며 은호가 고하기를.

"나이는 서른세 살이요, 성명은 윤준석이올시다."

"윤준석? 어디서 많이 들었는데?"

시대를 넘어 급하게 유턴한 수영이 고개를 갸웃했다.

"준석, 윤준석. 가만, 누구였더라?"

"내 변호사."

"아하."

그제야 알았다는 듯 고개를 끄덕인 수영이 이내 손가락을 나풀거리며 계속하라는 손짓을 했다.

"백부님 유언장 공개하는 날 처음, 아니다. 내가 전에 말했을 거야. 장지에서 내 자동차 키 찾아줬다는, 바로 그 사람이야."

"역사는 그때부터 시작이 됐었군."

"시끄럽고. 아무튼 그 뒤로도 이런저런 일로 몇 번 만났는데 느낌이 괜찮았어."

"요거 봐라. 느낌 얘기하면서 얼굴이 사악 붉어지는 게 뭔가 감이 오는데?"

수영이 짓궂게 웃었다.

"좀 전에 온 카톡으로는 뭐래?"

"보여줘?"

"싫다, 얘."

말로는 싫다고 하면서도 궁금해 어쩔 줄 몰라 하는 기색이 역력했다. 은호가 잠금을 해지한 전화기를 수영에게 밀어주었다. 사양하는 기색도 없이 냉큼 받아 든 수영이 화면을 열고 읽기 시작했다.

"어머나. 세심도 해라. 애인 끼니 거를까 봐 죽도 사다 냉장고에 넣어주시고. 프랜차이즈 거 아니지?"

"아마 그럴걸?"

"어쩐지. 냉동실에 강화유리로 된 통들이 줄을 지어 있길래 대체 뭔가 했더니만."

전화기를 내려놓은 수영이 곧장 몸을 일으켰다.

"이러고 있을 때가 아니다."

"응?"

"쇼핑하래잖아. 예쁜 거 사준다고."

"그거야 낮잠 자지 말라고 한 말이고."

"사준다는데 반응 없는 것도 돈 많은 애인에 대한 예의가 아니야."

"싫어."

"그럼 네 카드로 사. 저번에 백화점 갔을 때 본 원피스 마음에 들어했잖아."

"그게 얼마짜린데."

은호가 기겁을 했다. 원피스 한 벌에 구십팔만 오천 원이라는 가격은 그녀의 상식과는 거리가 멀어도 한참 멀었다.

"다음 달에 적금 타잖아."

"곧장 또 시작할 거야."

원룸에서 벗어나 손바닥만 한 평수라도 아파트를 장만하기 위해 은호는 월급의 대부분을 저축에 쏟아붓고 있었다. 대출을 받는 방법도 고려해 보지 않은 건 아니지만 사는 집만 넓어지는 것일 뿐, 어차피 지금과 같은 긴축 재정은 마찬가지였다. 게다가 매달 들어갈 은행 이자까지 생각하면 할 수 있는 데까지는 최대한 내 돈을 만들어두는 편이 더 나았다.

"너 데이트할 때마다 출근할 때 입는 옷들 중에서 추려서 걸치고 나가지?"

"응."

"쯧쯧, 이래서 전문가의 도움이 필요한 거라니까."

"내 옷들이 어때서?"

"좋지. 단정하고 깔끔하고 얌전한 게 그야말로 학교 선생님 딱 그 자체잖아."

비꼬고 있다는 걸 알면서도 정곡을 찔렸다는 생각에 은호는 입을 꾹 다물어 버렸다.

"너 스물여덟이야. 밖에 나가면 마흔 넘은 아줌마들도 외출하면서 너처럼은 안 입고 다닐걸? 편하고 실용적인 것도 좋지만 데이트할 때는 화사하게 꾸밀 줄도 알아야지. 짧은 스커트로 다리도 훤히 드러내 보이고, 깊게 파인 옷 입고 가슴에 골이 깊다는 것도 알려주고."

"으흐응. 웃겨."

마지막으로 덧붙인 말에 은호가 깔깔거렸다.

"웃을 일이 아니라니까. 동훈이하고 나, 둘 다 서로 보일 데 안 보일 데 다 보여주고 끈끈이같이 들러붙어서 온갖 짓 다한 사이지만, 요새도 가끔씩 걔 만날 때 눈 튀어나올 만큼 꾸미고 나갈 때 있어."

"그럼 뭐라고 안 해?"

"당연히 난리를 치지. 나도 못 보는 내 몸 구석구석까지 다 알고 있는 지가 봐도 탐스러운데 딴 놈들 눈에는 어떨까 생각하면 아주 코피가 터지는 거지."

"코피를 왜?"

"그건 고급 과정이니까 네가 좀 더 큰 다음에. 아가들은 모르는 언니들만의 세계가 있단다.”

선 채로 손을 뻗어 은호의 머리를 헝클어뜨리며 엉큼하게 웃은 수영이 이내 재촉했다.

“어서 나가자. 마침 엊그제 죄 많은 내 부친께서 당신이 지으셨던 죄악을 사함 받으시고자 또다시 거액을 입금하셨단다. 두루두루 골고루 나눠 써야 남의 아내를 탐한 죄가 조금이라도 덜어지겠지.”

어쩐지. 아침부터 낮술 어쩌고 하더니.

오랜 연인이 있으면서도 결혼은 생각도 않는 이유의 대부분이 바람기 다분한 부친에게 있다는 사실을 모르지 않기에 은호는 씁쓸했다.

# 9

「친구와 백화점으로 출동 중. 보고 싶다고 울진 않겠지만 점찍어둔 아이들 집에 안 데려다 주면 그땐 울 거임. 참고로 내 친구 눈은 정수리에 붙어 있음.」

퓹!

식사 중 은호에게서 들어온 카톡 메시지를 확인하던 준석은 터지는 웃음을 간신히 참아냈다. 하마터면 입안의 밥알까지 뿜을 뻔한 위기를 물 한 모금으로 간신히 넘긴 그가 답문을 찍기 시작했다.

「아파트는 50평대 내외로 대신 자동차는 어떤 거라도 가능. 참고로 나 무지 능력 있는 남자라서 싼 거 골라놓았으면 내 능력을 의심하는 걸로 간주하고 화낼 예정. 그러니 정수리에 눈 붙은 친구 말을 백 퍼센트 참고하도록. 오늘 내 말 잘 듣고 예쁜 짓했으니까 찐한 뽀뽀 백 번 예약 완료!!!!!!」

밥 먹다 말고 휴대폰을 들여다보며 실실거리는 모습에 조모와 고모부의 시선이 바쁘게 오가고 있는 것도 알지 못한 채 준석은 은호에게서 올 답신을 기다렸다.

「진담을 농담으로 받아치는 엄청난 센스에 광속으로 멘붕. 점심식사 맛있게 하세요.」

"하하하."

웃으며 전화기를 챙겨 넣던 준석은 그제야 자신에게 고정된 눈길들을 확인하고 뻘쭘해졌다.

"뭘 보는데 밥 먹다 말고 실실 웃고 있누?"

"죄송합니다."

"연애하니?"

상현의 물음에 멋쩍게 웃은 준석이 잠시 내려놓았던 젓가락을 다시 집어 들었다.

"잘하는 짓이다. 혼인을 할 생각은 않고 연애질만 하면서 아까운 시간 다 흘려보낼 참인 게야?"

상석에 앉아 있던 노 여사가 손자를 보며 혀를 끌끌 찼다.

"세상에 태어났으면 응당 짝을 지어 자손을 낳아 기르는 것이 당연히 사람 된 도리이거늘. 어찌 된 게 요즘 것들은 제 좋을 대로 살려고만 하누."

토씨 하나까지 그대로 따라 외울 정도로 들어왔던 레퍼토리에 준석이 싱긋 웃으며 대답했다.

"이제 남은 손자는 저 하나인데 저까지 장가들고 나면 더 이상 결혼 독촉할 사람 없어져서 할머니 심심하실까 봐 그러죠."

"잔말 말고 올해 안에 혼인할 생각하고 있어. 이 할미가 어떻게 해서라도 꼭 그렇게 만들 테니."

대학을 졸업하기 전부터 지금까지 예사로 들어왔던 말이지만 기분 탓인지 이번만은 왠지 의미심장하게 받아들여졌다.

"저 결혼하면 제 안사람 예뻐해 주실 거예요?"

평소 같으면 대충 웃음으로 넘겼을 준석이 의외로 화제를 바꾸지 않자, 이 녀석이 마음에 품은 아이가 있는 겐가 싶어 노 여사의 얼굴에 부쩍 활기가 돌았다.

"예쁨도 미움도 다 저할 탓이다만, 내 새끼 다독여서 사람 구실하게 하는 애를 업고는 못 다니겠니."

"생긴 게 안 예뻐도요?"

"인물, 그거 혼인해서 석 달만 지나면 아무 소용 없는 거야. 그리고 거죽만 멀쩡하니 고운 것들은 꼭 인물값을 하는 법이고."

"얼굴은 예뻐요."

"이런 칠푼이 같은 녀석."

입으로는 타박을 하면서도 노 여사의 입가에는 웃음이 물려 있었다. 드디어 마지막으로 남은 녀석도 제짝을 찾았구나 싶자 이대로 덩실덩실 춤이라도 출 수 있을 것 같았다.

다른 손주들한테 건너 들은 얘기로는 그간 연애도 제법 했다는데도, 어찌 된 게 그동안 결혼 비슷한 말도 제 입으로 꺼낸 적이 없었다. 그런데 제 입으로 안사람 운운하는 걸 보니 심중으로는 결론을 낸 게 확실했다.

"뭐 하는 처녀야?"

"돈은 많이 못 벌어요. 가진 것도 별로 없고."

"남한테 손 안 벌리고 밥 먹을 정도면 됐지. 네가 안식구 부양 못할 정도도 아니고. 정 아무것도 없으면 이 할미가 다 마련해 줄 테니 그건 염려할 거 없다."

"역시 지구 최강 우리 노 여사님!"

"잔소리 말고 사주나 불러봐."

"궁합 보시게요?"

"궁합은 무슨. 그저 육갑이나 짚어보려고 그러는 거지."

말씀은 저렇게 하시지만 이 자리가 파하는 대로 오랜 단골인 천녀할미에게 당장 예약 전화를 넣으실 분이었다.

"나이하고 생일밖에 몰라요."

"그거라도 읊어봐."

"나이는 스물여덟이고 4월 23일생이에요."

준석의 대답에 상현의 미간이 구겨졌다. 얼마 전 농담처럼 은호와 연애라도 할까 묻던 준석의 말이 떠오른 탓이었다.

"너 혹시……."

제어할 틈도 없이 나온 말을 놓치지 않은 노 여사가 답삭 반색을 했다.

"유 서방도 아는 아이인가?"

"예? 아, 저 그게……."

말끝을 흐린 그의 눈에 자신을 향해 고개를 끄덕이는 준석의 모습이 들어왔다. 결국 일이 그렇게 된 건가. 생전에 유독 준석을 눈여겨보는가 싶던 윤국이 종국에는 이렇게 되기를 바라고 굳이 은호 곁에 붙여준 게 아닌가 하는 생각이 불쑥 들었다.

"혹시나 제가 아는 아이가 아닌가 싶습니다."

"오호, 그래?"

"제가 곧 데리고 할머니께 인사 갈게요."

고모부에게 쏟아질 질문 세례를 직감한 준석이 서둘러 말끔하게 결론을 냈다. 은호가 들으면 멘붕 정도가 아니라 아예 유체 이탈을 하고도 남을 말이었지만, 원래 전투에서는 수단방법 가리지 않는 비겁한 자가 승리하는 법이다.

"그럼 이번 주말 어떠냐? 마침 봄에 담가둔 돌게장이 딱 맞게 맛이 들었으니 보리굴비하고 해서 한 상 차려주마."

"이번 주는 좀……."

"지금쯤이면 몸이 달아 잠깐 떨어져 있는 것도 못 참고 서로 엉덩이 딱 붙이고 있고 싶을 땐데. 아니야?"

지금까지와 달리 한 걸음 물러서는 준석에게 노 여사가 물었다.

"그게 아니라, 그 친구는 아직, 으음, 그러니까……."

"딱 보니 저 혼자 좋아서 깨춤 추는 형국이구만."

주저하는 손자의 모습에서 노 여사는 재빠르게 상황 파악을 마쳤다. 한심해하는 조모에게 발끈한 준석이 항변했다.

"좋아하긴 해요. 서로 좋아는 하는데."

"너하고 혼인해 살 부비고 살 마음을 먹을 정도는 아니라 그 말이지?"

"휴우."

핵심을 짚는 조모의 말에 준석이 한숨을 쉬었다. 마음 같아서야 당장이라도 은호를 답삭 들어다 제집 침대 위에 들여놓고 싶지만 뜻대로 안 되는 게 사람의 일. 더군다나 김은호는 그중에서도 말 안 듣기로는 최고봉이 아닌가.

"오래 사니 네가 여자한테 안달하는 모양새를 볼 때도 있구나."

노 여사의 입가에 흡족한 미소가 고였다.

"제 주관 없이 그저 사내 하자는 대로 끌려다니는 아이가 아니라니 그건 마음에 드는구나."

"혹시라도 은호한테는 절대 그런 내색하시면 안 돼요."

지금도 말 안 듣고 뻗대며 애를 먹이는 은호가 할머니의 이런 반응을 알면 얼마나 더 속을 썩일지 불 보듯 환한지라 준석이 먼저 엄포를 놓았다.

"글쎄다. 같은 여자 편을 들지, 피가 물보다 진할지는 두고 보면 알겠지."

"계속 그러시면 상견례 때 얼굴 보게 해드려요?"

"예끼!"

질색을 한 노 여사가 금세 해결책을 내놓았다.

"이 답답한 녀석아, 교외로 드라이브 가자고 하고 차 태워서 바깥바람 좀 쐬다가 할미 집에 잠깐 들러 점심 먹으면 되는 걸 가지고 뭘 그리 복잡하게 생각해. 설마 집 앞까지 와서도 안 들어가겠다고 버티겠니? 그렇게까지 해도 끝까지 싫다고 하면 그땐 정말 너한테 마음 없는 거니까 아예 접고말고. 내 새끼 싫다는 애는 나도 싫구나."

절묘한 비책에 준석은 웃으며 고개를 끄덕였고, 그것으로 이번 주말 두 사람의 데이트 행선지는 정해진 거나 마찬가지였다.

그 시각 수영이 골라준 블라우스를 들고 피팅룸으로 들어가던 은호는 순간적으로 엄습하는 한기에 양어깨를 부르르 떨었다.

"독감 예방주사를 맞아야 하나."

갑작스러운 한기의 진원지를 알 리가 없는 은호는 내일 퇴근하는 대로 병원에 들러 주사를 맞아야겠다고 머릿속에 메모를 해두었다.

"각 부서에서 올라온 보고서입니다. 이쪽은 오늘 중으로 확인하셔야 할 결재 서류고요."

능숙한 손길로 서류철들을 내려놓는 비서에게 성숙은 오늘따라 화사한 미소로 답했다.

"고마워요. 부서장들에게 오늘 점심은 내가 사겠다고 전해요. 적당한 식당도 예약해 주고."

"알겠습니다."

목례를 하고 물러나려는 비서를 성숙이 붙잡았다.

"고 부장."

"네, 대표님."

"그동안 수고했어요."

"네?"

"고 부장 업무는 좀 전에 지시한 게 마지막입니다. 오늘부로 퇴사 처리할 예정이니 이 방에서 나가는 대로 책상 정리하세요."

"대표님!"

소스라치게 놀라는 비서를 향해 만족스러운 빛을 띤 성숙이 말했다.

"당연한 수순으로 알고 마음의 준비를 했어야 하는 거 아닌가?"

"정직원을 대표의 말 한마디로 마음대로 해고할 수 있다고 생각하십니까? 부당해고로 노동부에 민원을 제기할 수 있습니다. 사실을 알면 회사 노조에서도 가만있지 않을 겁니다."

오랫동안 남편의 내연녀였던 여자를 향해 성숙이 싱긋 웃어 보였다.

"오호, 그래? 그럼 난 간통죄 고소로 대응하면 되겠네."

"사, 사모님!"

오랜 습관으로 굳어진 호칭이 미정의 입에서 튀어나왔다.

"설마 이 이성숙이 그동안 아무것도 모르고 있었다고는 생각하지 않지? 예주빌라 5동 301호에 설치된 감시카메라가 몇 대였을지 궁금하지 않아?"

오랫동안 자신의 연인이었던 윤국과의 밀회장소로 쓰였던 집의 주소를 듣자마자 미정의 얼굴은 아예 흙빛이 되었다. 성숙의 잔인한 말은 계속되었다.

"듣자 하니 간통죄는 실질적인 행위에 대한 증거가 있어야 가능하다면서? 그거라면 내가 얼마든지 제시할 수 있지. 그것도 아주 구체적이고 상세한 걸로 고르고 골라서 말이야."

"정리, 하겠습니다."

희게 바랜 입술을 간신히 움직여 달싹이다시피 내놓은 말에 성숙이 고개를 끄덕였다.

"나가봐. 식당 예약해서 보고하는 거 잊지 말고."

금방이라도 쓰러질 듯 비틀거리며 나가는 미정의 뒷모습을 보며 성숙은 고소를 베어 물었다. 건방진 년!

"자아, 그럼 일을 시작해 볼까?"

홀가분한 마음으로 성숙은 책상 위에 올려진 서류를 검토하기 시작했다. 얼마나 지났을까, 개인적인 용도로 쓰는 전화기가 울렸다. 액정의 번호를 확인한 그녀가 기대에 찬 목소리로 전화를 받았다.

"끝낸 건가?"

[아직. 좀 더 말미를 주셨으면 합니다.]

"박 실장답지 않게 왜 이래?"

미정을 떨궈내고 자못 의기양양하던 성숙의 핏대가 한껏 올라섰다.

[죄송합니다.]

"사과를 듣자는 게 아니잖아. 돈은 얼마든지 들어도 좋으니까 일만 확실하게 해달라고 했는데 아직까지 그것도 못해?"

뒤늦게 문밖에 비서들을 의식한 성숙이 목소리를 낮춰서, 그렇지만 말 마디마다 가시를 박아 일갈했다.

[면목이 없습니다.]

"얼마가 더 필요해?"

눈치 빠르게 전화를 건 용건을 알아챈 성숙이 물었다.

[워낙 오래전이라 전산 처리가 되어 있지 않고 드러내 놓고 할 수도 없는 일이라 생각보다 시간이 걸립니다. 실은 이번에도 바로 눈앞에서 타깃을 놓친지라 저도 안타깝습니다. 다섯 장만 더 주시면 성공할 수 있을 것 같습니다.]

아니나 다를까, 그녀의 물음에 옳다구나 싶었는지 재빨리 용건을 내놓았다. 하여간에 돈 버러지들이라니까.

"이번에도 실수하면 두 번 기회는 없어. 내 성격 알지?"

[물론입니다. 착오 없도록 최선을 다하겠습니다.]

“최선 따위는 필요 없어. 무슨 수를 써서라도 확실한 걸 가져오라고.”

연거푸 들려오는 감사하다는 말을 뒤로하고 성숙은 전화를 끊었다.

원하던 고지를 바로 눈앞에 두고 계속해서 제자리걸음이었다. 남편이 살아 있을 때 사실 확인을 명확히 했더라면 지금과 같은 수고는 덜 수 있었을 테지만, 이제 와 관 뚜껑을 열 수도 없는 일이니 말 그대로 사후 약방문인 셈이었다.

“하여튼 끝까지 속을 썩이지. 망할 놈의 영감탱이.”

분한 마음에 이를 갈며 성숙은 들여다보고 있던 서류철을 마저 뒤적였다.

달콤하게 부딪혀 오는 입술, 입안 곳곳을 유영하며 노니는 혀의 촉촉하고 보드라운 감촉, 허리를 휘감은 단단한 팔이 주는 안정감. 가슴을 감싸는, 감싸고 있는……. 으응?

키스에 한창 취해 있던 은호는 가슴 끝을 건드리는 은밀한 손길에 화들짝 놀라 맞붙어 있던 입술을 뗐다.

“왜애?”

커다란 사탕을 물고 있는 듯 어둔한 목소리로 웅얼거리며 다시금 그녀의 입술을 향해 다가오는 준석의 이마를 검지 끝으로 밀어내며 은호가 몸을 뒤로 젖혔다.

"아후우! 쫌!"

"으흐."

잠깐 사이에 잔뜩 흐트러져 있는 옷을 정리하는데 기괴하다고밖에 할 수 없는 웃음을 흘리며 준석이 그녀를 바라보고 있었다.

"하여튼."

틀어진 브라를 바로잡고 스웨터를 내리며 그를 향해 눈을 흘겼다.

"하여튼 뭐?"

"엉큼하다고."

"내가 왜?"

억울하다는 표정으로 양볼을 부풀리는 그에게 은호가 인상을 써 보였다.

"기회만 있으면 막, 막 만지려고 그러고."

"만지려고만 하지 만지지는 않잖아."

"어머?"

"그냥 어쩌다 보니 손이 그쪽으로 간 거지."

"어휴, 하여간 은근슬쩍 자기 유리한 쪽으로 넘어가려는 데는 뭐 있어."

더 이상 했다가는 준석의 페이스에 고스란히 말릴 것 같다는 생각에 은호는 몸을 일으켰다. 그를 탓하긴 했지만 정작 중요한 순간에 넘어갈 뻔한 건 그녀였다. 조금 전에도 준석이 손을 거둬줘서 그렇지 조금만 더 계속됐더라면 자신이 그를 덮치는 형국이 되고 말았을지도 모른다.

얼마 전 수영이 지나듯 말했던 '언니들만의 세계'에 대한 탐험 의지가 요즘 들어 시도 때도 없이 폭발하는 은호였다.

"은호 씨 앨범이야?"

싱숭생숭한 마음을 진정시키려 차를 우리기 위해 물을 끓이던 은호가 준석의 물음에 뒤를 돌아보았다.

TV 옆 책장 아래쪽 앨범이 꽂혀 있는 곳을 그가 눈짓으로 가리키고 있었다.

"응."

"봐도 되나?"

"안 되는데?"

"수술 전 얼굴 봐도 안 놀랄 거니까 염려 말고."

"으으!"

하여튼 조금만 방심했다 하면 짓궂은 농담을 던지는 그였다. 들고 있던 스푼을 던지는 시늉에 그가 웃으며 몸을 옆으로 피하는 척하더니 책장으로 다가갔다.

"애기 때 이렇게 예뻤나, 보고 놀라지나 마요."

"애기들이야 다 예쁘지."

"난 꼬맹이 때가 한창이었다니까."

잠시 후 찻잔을 든 은호가 앨범을 들여다보고 있는 그에게 다가갔다.

"부모님?"

돌이 갓 지난 듯 보이는 은호를 가운데 두고 나란히 앉은 두 분을 가리키며 묻는 말에 그녀가 고개를 끄덕였다.

"당신은 두 분 중에서 누구를 더 닮았지?"

"글쎄. 친탁했다는 말을 듣기는 했었어."

때마침 지갑에 넣고 다니는 부모님의 사진이 많이 낡았다는 걸 기억해 낸 은호가 앨범에서 사진 한 장을 꺼냈다. 그것을 휴대전화로 찍은 뒤 휴대용 인화기에 케이블을 연결해 사진을 뽑았다.

"그동안 갖고 다니던 게 낡아서."

지켜보고 있던 준석에게 설명하며 지갑에서 낡은 사진을 꺼냈다. 두 분이 돌아가신 직후 결혼식 앨범에서 살짝 꺼낸 것인데 더 망가지기 전에 다시 돌려 드려야 할 것 같았다.

새로 인화한 사진이 그녀의 지갑 속에 들어가는 것을 지켜보던 준석이 말했다.

"끝내주는 걸로 한 장 뽑아줄 테니까 내 것도 갖고 다녀."

"응."

"꼭!"

"알았다고."

순간적으로 묵직하게 내려앉았던 기분이 농담 같은 그의 말을 듣자마자 사르르 가벼워졌다. 정말 마법 같은 남자라니까.

자신의 행운을 새삼 실감하며 은호는 그와 나란히 앉아 앨범을 뒷장부터 시작해서 넘겼다. 예전 사진들을 볼 때마다 느끼는 거지만 어릴 때의 그녀는 꽤나 잘 웃는 아이였던 모양이다. 거의 모든 사진에서 하나같이 카메라를 향해 활짝 웃고 있었다.

"귀여워라."

팬티만 걸친 채로 빨간색의 커다란 고무 대야 안에서 물놀이를 하고 있는 사진을 보고 준석이 웃음을 흘렸다.

"나중에 우리 딸이 딱 이렇게 생겼겠다."

김칫국을 통째로 들이켜는 그의 말을 못 들은 척 은호는 다음 장을 넘겼다.

동그란 볼에 털실로 짠 빨강색 모자를 쓰고 엄마 품에 안긴 채로 사진관의 빨간색 의자에 앉아 있는 모습을 들여다보고 있자니 기분이 참 묘했다. 앨범을 다시 앞으로 한 장 넘기자 갓난아이였던 그녀가 나타났다. 오른쪽 하단의 날짜를 보니 돌 무렵인 것 같다. 돌잡이에게는 어색하기만 한 공주풍의 분홍색 드레스는 치장하기를 좋아했던 엄마의 고집이었을 것이다.

준석이 미소를 지으며 비닐 갈피를 살짝 올리고 돌 사진을 꺼냈다. 곱게 빗기려고 했겠지만 그때나 지금이나 말을 잘 듣지 않는 머리칼은 다보록하니 올라가 있고 카메라의 플래시에 놀랐는지 눈은 동그랗게 뜬 채였다.

"딱 김은호스럽다."

킬킬대던 그가 무심코 사진을 뒤집었다. 혹시라도 사진의 뒷면에 짧은 메모가 있을까 해서였다.

잘 자라주어 고맙구나.

아니나 다를까, 만년필로 쓴 것으로 보이는 짧은 메모가 나타났다. 하지만 그것도 잠시, 그 아래 쓰인 날짜와 서명을 발견한 그의 눈이 크게 뜨였다.

유상현.

유상현?

"고모부님 성함 아니에요?"

곁에서 함께 지켜보고 있던 은호가 물었다.

"맞아."

동요한 기색을 드러내지 않으려 애를 쓰며 준석이 대답했다. 틀림없는 고모부의 필체였다.

"이상하네. 그분 서명이 왜 내 사진에 있지?"

"백부님하고 친구 사이였으니까 은호 씨 돌잔치에도 가셨었나 보지."

은호에게는 대수롭지 않은 듯 말했지만 준석도 왠지 모르게 석연찮은 감을 떨쳐 낼 수가 없었다.

이튿날, 드문드문 구름은 끼었지만 날씨는 화창했다. 은호의 집 앞에 차를 세운 준석이 운전석에서 내렸다.

오늘은 할머님께 은호를 선보이기로 약속한 날이다. 새벽같이 전화를 걸어와 오늘 약속을 재차 확인을 하신 걸 보면 벌써부터 기다리고 계실 터였다. 물론 은호는 이 사실을 꿈에도 모르고 있지만.

"언제 왔어요?"

계단을 내려오던 은호가 그를 발견하고는 활짝 웃으며 날 듯이 달려왔다.

"일찍 나왔네."

가느다란 허리를 감아 품으로 당긴 준석이 쪽 소리가 나도록 입을 맞추었다.

"어디 보자, 우리 애인."

양손으로 볼을 움켜쥔 채 눈을 맞대자 그녀가 환한 미소와 함께 고개를 들어 입맞춤을 돌려주었다.

"토끼눈 아닌 걸 보니 잠은 좀 잔 모양이네."

맑은 눈동자를 들여다보며 묻는 말에 그녀가 고개를 끄덕였다.

"어제 준석 씨 가고 얼마 안 돼서 바로 잠들었어."

"거봐. 김은호한테는 역시 이 윤준석이 약이라니까."

"무슨 약. 수면제?"

"수면제도 되고 진통제도 되고."

"둘 다 잘못하면 오남용이 심각한 품목인데? 중독성도 강하고."

"오남용은 얼마든지. 중독되는 건 대환영이고."

"하여간 못 말려."

웃고 있는 그녀를 향해 다시 한 번 입술을 내리는데 그녀가 재빠르게 손가락을 들어 막았다.

"이제 그만해. 여기 우리 동네야."

주위를 두리번거리며 만류하는 걸 뿌리치고 기어이 입술에 다시 한 번 확인 도장을 찍고서야 준석은 그녀를 놓아주었다.

"하여튼 짓궂어."

조수석에 오른 그녀가 차를 돌아 운전석으로 향해 오는 준석을 향해 밉지 않게 투덜거리며 안전띠를 맸다.

잠시 후 준석이 차를 출발시키며 글러브박스를 가리켰다.

"은호 씨, 거기 좀."

은호가 손을 뻗어 열자 큼지막한 선글라스 케이스가 보였다.

"이거?"

이미 출발하기 전에 선글라스를 끼고 있는 그를 보며 확인하듯 묻자 고개를 끄덕였다.

"당신 쓰라고. 차창으로 들어오는 자외선 눈에 안 좋아. 평소에 잠 잘 못 자면 안구건조증도 있을 거 아냐."

뜻하지 않은 부분에서 드러나는 상대방의 세심한 배려는 종종 할 말을 찾지 못하도록 만들 때가 있다. 설령 그것이 고마움의 말이라고 할지라도. 소리가 되어 흩어지는 몇 마디에 담기에는 너무 벅찬 이 마음을 무엇으로 표현할 수 있을까.

잠시 후 은호의 손이 운전대를 쥐고 있는 준석의 손과 겹쳐졌다. 여린 손가락 피부의 느낌을 한참이나 만끽하던 준석이 이윽고 작은 손을 들어 가만히 입을 맞추었다.

말이 들어설 자리가 없는 순간이다.

서울을 벗어나 한참을 국도를 따라 달리던 차가 안성 쪽으로 향했다.

"너무 멀리 나온 거 아니에요?"

주위를 살피며 은호가 물었다.

"모처럼 나왔으니까 좋은 데 구경시켜 주려고."

알겠다는 듯 순진하게 고개를 끄덕이는 은호를 힐끗 본 준석이 웃음을 삼켰다.

"은호 씨는 나한테 뭐 궁금한 거 없어?"

"어떤 거요?"

"형제는 몇인지, 부모님은 뭐 하시는지. 쉽게 말해 호구조사."

"글쎄."

자신이 가지지 못해서인지 딱히 그의 가족 관계에 관해 궁금해 한 적은 없었는데 막상 준석의 말을 듣고 나니 알고 싶어졌다.

"부모님 두 분 다 계세요?"

"응. 형제는 위로 형만 둘인데 얼마나 급하셨는지 나까지 주르르 연년생이야."

"어머."

한꺼번에 연년생 아들을 셋씩이나 키운 그의 어머니에게 은호는 마음 속 깊이 경의를 표했다.

"아버지는 내년 봄에 은퇴하실 예정이고, 어머니는 학교에서 아이들 가르치셔."

"형님들은요?"

"큰형은 뭐가 그렇게 급했는지 대학 다니다 말고 결혼해서 벌써 학부형이야. 자기만큼이나 징글징글하게 말 안 듣는 아들이 셋."

또 나왔다, 아들 셋.

"작은형은, 그러고 보니 작은형도 일찍 결혼했구나. 스물일곱엔가 했으니까. 그 형은 내년에 학부형. 아들만 둘인데 지금 형수 뱃속에 든 애는 아직 성별 미정."

트리플 아들이라는 징크스가 있는 집안인 건가.

"왠지 또 아들일 거 같아."

갑자기 등골이 서늘해지는 것을 느끼며 은호가 말했다.

"만일 그 녀석도 아들이면 진정한 트리플 크라운인데."

왠지 그러기를 바라는 투의 말에 은호가 질겁을 했다.

"아들들 키우기가 얼마나 힘든데. 우리 학교 선생님들 말씀 들어보면 딸하고 아들은 육아노동의 강도 자체가 다르대요. 커가면서 말썽도 더 부리고 머리 굵어지면 통제하기도 힘들어지고. 아들이냐 딸이냐에 따라서 엄마들 노화 속도가 달라진다니까."

연신 고개를 저어대는 은호에게 준석이 툭 한마디 던졌다.

"염려 마. 난 꼭 딸 쌍둥이를 낳아서 징크스를 한 방에 깨버릴 생각이니까."

준석 자신도 아들 셋을 집안의 징크스로 생각하고 있다는 사실에 은호가 웃기 시작했다. 정말 대단들도 하지. 어떻게 다들 약속이나 한 것같이 아들이 세 명씩일까.

하지만 끊길 줄 모르고 계속되던 은호의 웃음소리는 이어지는 준석의 한마디로 뚝 끊겼다.

"당신도 딸 쌍둥이 생각하니까 뿌듯하지?"

"헛소리는 접수 불가!"

어느새 차는 시골길로 보이는 곳으로 접어들었다. 창턱에 팔꿈치를 괴고 창밖을 보니 갖가지 색의 코스모스가 바람을 따라 하늘거린다. 차 안을 채우고 있는 가벼운 재즈와 반쯤 열린 차창을 향해 들어오는 가을 공기가 좋았다. 차는 양쪽으로 하늘을 찌를 듯 솟아 있는 나무들이 즐비한 좁은 도로를 달렸다.

"여기가 어디예요?"

잠시 후 준석이 차를 세운 곳은 솟을대문이 웅장한 한옥 앞이었다. 솜씨 있게 돌로 쌓아 올린 담하며 세월의 무게가 느껴지는 육중한 대문과 그 위에 기와가 척 보기에도 예사롭지 않았다.

"일단 들어가자."

대답하기 곤란할 때마다 은근슬쩍 피하는 버릇을 이제는 알고 있는지라 은호는 이 남자가 또 무슨 일을 꾸미나 싶어 슬슬 불안해졌다.

준석이 손을 대고 살짝 밀자 무거운 소리와 함께 커다란 대문이 스르륵 열렸다.

"어서 들어와."

문밖에 서 있는 그녀를 향해 먼저 대문의 턱을 넘은 준석이 손짓을 했다. 조금 열린 대문의 틈 사이로 얼핏 보이는 마당 한 귀퉁이만으로도 이 커다란 집의 규모가 짐작이 되었다.

"준석 씨."

어느새 다가와 여전히 망설이고 있는 은호의 손목을 단단히 잡아 쥔 그가 집 안으로 들어섰다.

대체 여기가 어디인지 어떻게 된 영문인지 물을 겨를도 없이 너른 마당을 가로지르며 준석이 안채로 보이는 곳을 향해 외쳤다.

"할머니, 저희 왔습니다."

할머어니?

# 10

이건 꿈이야. 꿈일 거라고. 반드시 꿈이어야 해.

준석과 나란히 서서 절을 올리고 내어주신 방석 위에 단정히 앉아 있는 지금도 은호는 연신 속으로 그렇게 중얼거리고 있었다. 하지만 공들인 걸레질로 윤을 낸 티가 완연한 반들거리는 마루의 결이며 그 위로 사선을 그리며 들어오는 햇볕, 그리고 너른 마당에서 불어와 얼굴을 스치며 지나는 산들거리는 바람은 지금 이 상황이 절대 꿈이 아니라는 것을 말해주고 있었다.

"아기가 먼 길 오느라 고생 많았겠구나."

"네? 아, 아닙니다."

할머니가 말씀하신 아기가 자신을 가리킨다는 것을 미처 알아차리지 못하고 있던 은호가 뒤늦게 고개까지 저어가며 황급히 대답을 했다.

얼굴을 붉힌 채 어쩔 줄 몰라 하는 제 모습이 이제 막 봉오리를 펼친 한 떨기 꽃을 보는 것 같아 노 여사의 눈가에 보드라운 주름이 잡혔다.

"나 편한 대로 하고 살아놔서 우리 집에는 그 흔한 의자 하나도 없구나. 아기, 앉아 있기에 불편하지 않니?"

"아닙니다."

말뿐이 아니라 솜을 두툼하게 넣고 빛 고운 명주로 겉을 싼 방석은 폭신하니 편안했다.

"아기가 수줍음이 많은가 보구나. 아니면 보기와 다르게 낯을 가리나?"

긴장해서 짤막하게 대답하는 걸 놀리려 노 여사가 슬쩍 던진 말에 준석이 거들고 나섰다.

"원래 말이 없는 사람은 아닌데 할머니 앞이라 긴장했나 봐요."

"저어, 실은 오늘 할머님 뵈러 온다는 말을 미리 듣지 못했어요. 그래서 빈손으로 왔습니다. 차림도 제대로 갖추지 못했고요. 죄송합니다."

발그레해진 얼굴로 은호가 고개를 숙였다.

단순히 드라이브 가는 줄 알고 편하게 입은 후드 티와 데님스커트가 지금처럼 민망했던 적은 없었다. 그나마 플레어스커트라서 길이가 무릎 근처까지는 내려오는 게 천만다행이었다.

"미리 알고도 그리 입고 왔으면 내 진즉에 혼을 냈지. 오늘 자리는 내가 준석이한테 얘기해서 만든 거니까 민망해할 것 없단다. 그리고 할미 집 오면서 바리바리 싸 들고 올 일이 뭐 있누. 혼자 사는 할머니한테 그저 가끔이라도 이렇게 와서 얼굴 보여주고 말벗이나 해주는 것만도 고마운 것을."

"이래 봬도 이 집에 없는 거 없어. 뭐라도 사 들고 오려고 해도 살 게 없다니까. 그렇죠, 할머니?"

그녀는 몰라서 그랬다고 쳐도 할머니 집 오면서 과일 바구니 하나도 준비하지 않은 주제에 넉살은 기가 막혔다.

"때마다 여기저기서 올려 보내고 내려다 주는 거 처치하기도 곤란한데 번거롭게 뭘 또 들고 와. 이 집 장독대며 냉장고에 온통 먹을 거 천진데."

그래도 빈손으로 온 민망함을 못내 떨쳐 내지 못하고 있던 차에 집 안쪽에서 앞치마를 두른 아주머니가 찻상을 들고 나왔다.

"저를 부르시죠."

벌떡 일어난 준석이 상을 받아 내려놓았다.

"이깟 거 드는 게 뭐 일이라고."

서글서글한 인상의 여자가 환영한다는 듯 은호를 향해 생긋, 한 번 웃어 보이고는 안쪽으로 사라졌다. 아담한 찻상 위에는 잣을 띄운 수정과와 밤 채와 대추 채, 흑임자 고물을 입은 고운 빛깔의 경단이 소담스럽게 올려져 있었다.

"오늘 아침에 만든 경단이야. 아직 점심 전이라 조금만 내온 모양이니 입맛 다신다고 생각하고 들어보려무나. 참, 우리 아기가 떡을 좋아하는지를 안 물어봤구나."

"가리는 거 없이 뭐든 잘 먹는 편이에요."

"그럼 다행이고."

준석의 대답에 노 여사가 고개를 끄덕였다.

"너희들이야 떡보다는 빵을 더 좋아하겠지만 나는 어려서부터 먹는 습관이 들지 않아서 그런지 빵은 좀처럼 손이 안 가."

"이것들도 다 할머님이 직접 만드신 거야."

준석의 말에 은호의 입이 떡 벌어졌다. 실처럼 가늘게 채 썬 대추와 밤 고물만 봐도 엄청난 내공과 정성스러운 솜씨가 느껴졌다.

"산 것들은 단맛이 너무 강해서 도통 입에 맞아야 말이지."

"햇밤이죠?"

밤 채를 굴린 경단 하나를 납죽 들어 입으로 가져가며 준석이 물었다.

"당연한 걸 뭘 물어."

"할머님, 혹시 양갱 좋아하세요?"

한 모금을 달게 마신 수정과 그릇을 내려놓으며 은호가 조심스레 여쭈었다.

"할머니는 팥 들어간 건 다 좋아하셔. 그렇죠?"

언젠가 은호에게 스치듯 들은 말이 언뜻 떠오른 준석이 재빠르게 정보를 제공했다.

"그럼 다음에 찾아뵐 때는 제가 양갱 만들어 올게요."

"아유, 고 가늘가늘 한 손으로 그런 것도 만들 줄 알아?"

노 여사의 만면에 흐뭇한 기색이 번졌다.

"우연한 기회에 배워서 몇 번 만들어본 적이 있어요."

예전에 수영의 집에 한창 드나들 때 도우미 아주머니가 만드는 걸 보고 신기해서 배운 적이 있었다. 자신과 놀아주지 않는 것에 샘이 난 수영이 주방까지 그녀를 데리러 왔다가 덩달아 재미를 붙인 덕분에 양갱 만들기 실습은 한동안 계속되었는데 나중에는 손맛 좋은 도우미 아주머니에게 청출어람이라며 칭찬까지 받았을 정도였다.

그래서 지금도 간혹 선물할 일이 생기면 그녀는 팥부터 사들였다.

"아유, 예까지 다시 와준다는 말만도 나는 고맙구나."

할머니 말에 은호는 그제야 아차 싶었다. 어른 찾아뵈면서 빈손인 게 걸려 드린 말씀인데 다시 오겠다는 의미까지 포함되어 있었다는 걸 그제야 깨달은 것이다.

"어르신, 점심 준비 시작할까요?"

율촌댁이 나와서 묻는 말에 노 여사가 고개를 끄덕였다.

"벌써 시간이 그리 됐나? 슬슬 시작해야지."

"저도 도울게요."

얼른 자리에서 몸을 일으키는 은호를 노 여사가 손사래를 치며 서둘러 주저앉혔다.

"아서라, 아가. 넌 그냥 여기서 준석이랑 놀고 있어."

"그래도 어떻게……."

"앞으로도 도울 기회는 얼마든지 많을 테니 염려랑 말고. 그저 오늘은 할미 집 놀러 와서 맛있는 거 먹고 편히 쉬다 간다고 생각하렴."

그러고도 준석에게 은호가 주방 근처에도 얼씬도 못하게 하라는 다짐을 하고서야 노 여사는 주방으로 향했다.

"정말 미워 죽겠어!"

노 여사의 모습이 안쪽으로 사라진 것을 확인한 은호가 주먹으로 준석의 다리를 툭 쳤다.

"왜?"

전혀 아무것도 모르겠다는 표정으로 되묻는 준석에게 목소리를 잔뜩 낮추어 은호가 쏘아붙였다.

"놀러 가자면서!"

"놀러 왔잖아. 할머니 집에."

하아, 대체 이 남자를 무엇부터 어떻게 가르쳐야 할까. 막막함을 느끼며 은호가 한마디 한마디 천천히 일러주었다.

"미리 얘길 해줬어야지. 그러면 적어도 이 차림으로는 안 왔잖아요."

"지금 입고 있는 옷이 어때서? 예쁘기만 하구만."

"어른 뵈러 오면서 후드 티가 말이 돼? 데님 스커트가 당키나 하냐고! 대체 할머님이 날 어떻게 생각하셨겠어."

정말 속이 상한 듯 흔들리는 목소리에 준석의 얼굴에서도 서서히 장난기가 가셨다.

"미리 말 안 해서 화났어?"

"그래서가 아니라……."

어휴, 답답해진 은호가 손바닥으로 마루를 짚은 채 고개를 숙였다.

잠시간이었지만 어른께서 다정한 목소리로 아가, 아가 하고 불러주시고 귀엽다는 듯 쳐다봐 주시는 눈길에 은호는 난생처음으로 가슴 깊은 곳에서 흘러나오는 온기를 느꼈다. 그건 절친 수영과 함께 있을 때도 느껴보지 못한 따스함이었다. 어른께 사랑을 받는다는 게 이런 느낌일까. 한마디로 표현할 수는 없지만 뭐랄까, 어깨부터 시작해 전신을 타고 흐르는 훈기의 기운이 달랐다.

준석에게 화가 난 건 바로 그래서였다. 슬쩍 언질이라도 주든가, 아니면 차 안에 제대로 된 정장 한 벌이라도 준비해 두든가. 그것도 아니면 적어도 꽃다발이나 과일바구니라도 차에 실어둘 것이지.

다정하게 대해주시는 분께 조금이라도 더 잘 보이고 싶은 마음을 몰라주는 그가 정말이지 야속할 지경이었다.

"왜애. 진짜 화 많이 난 거야?"

심상치 않은 은호의 기색에 준석이 조심스럽게 물었다.

"할머님께 잘 보이고 싶단 말이야. 근데 내 꼴을 봐. 스물여덟이나 먹어선 애들이나 입는 티셔츠에 치마 생긴 꼴을 보라고."

"아유, 우리 아기. 그래서 속상했구나."

그녀를 감싸 안은 준석이 어깨를 가만가만 토닥여 주었다. 그에게 몸을 기댄 채 한참이나 말없이 안겨 있던 은호가 진정이 됐다 싶어지자 뒤늦게 그를 밀어냈다.

"웃겨. 내가 애기야?"

"할머니 말씀 못 들었어? 당신더러 아기라고 부르시잖아."

"하여튼 봐. 처음 인사드리면서 이렇게 입고 오게 만든 거 두고두고 갚아줄 테니까."

"얼마든지."

은호가 속상해하는 이유가 어디에 있는지를 알게 된 준석도 그제야 잡죄고 있던 신경줄을 풀어냈다. 실은 오늘 아침 집 앞에서 은호를 차에 태운 순간부터 불과 조금 전까지 그 또한 엄청나게 긴장을 하고 있었다.

할머니가 은호를 마음에 들어하지 않아 하시면 어떡하나(절대 그러지 않으리라는 자신감 또한 마음속 걱정만큼이나 넘쳤지만), 은호가 할머니께 별 사이 아니라고 말씀드리면 어떡하나(설마 분위기를 한번에 말아 마시지는 않겠지? 제발 그래야 할 텐데). 만일 그렇게 되면 은호와는 다시 원점인데 그땐 어디서부터 다시 시작을 해야 하나.

태연하게 보이려 애를 쓰고는 있었지만 머릿속은 걱정으로 꽉 차 있었다. 그런데 그런 염려가 무색하게 할머니는 은호가 마음에 든 눈치셨고, 은호는 직접 양갱까지 만들어서 다시 오겠다고 했으니. 이만하면 오늘은 기대 이상의 대성공이었다.

푸짐하게 차려진 점심상으로 식사를 한 뒤 은호는 율촌댁을 도와 설거지를 하겠다고 나섰다. 역시나 노 여사가 만류했지만 생글생글 웃으며 '할머니께 점수 따고 싶어서요' 하는 은호와, '은호 편하게 해주세요' 라며 거드는 준석의 말에는 이번에는 그녀도 손을 들 수밖에 없었다.

율촌댁에게 여벌의 앞치마를 내어달라 청하는 말을 뒤로하고 나온 조손은 나란히 마당을 거닐었다.

"은호 직접 보시니 어떠세요?"

"애가 총기가 있어 뵈는 게 마음에 들어. 암만 착해도 총기가 없으면 금세 멍들어 부러지고 시드는 게 세상 이치거든."

준석의 입이 헤벌쭉 벌어졌다. 결혼 전 인사를 왔던 형수들도 이 정도 칭찬은 듣지 못했었다.

"제가 반할 만하죠?"

"근데."

무슨 말씀을 하시려고 뜸을 들이시나 싶어 준석은 살짝 긴장했다.

"고집이 좀 있겠더구나."

"아, 고집."

김은호 표 고집이야 이미 익히 겪은 바 있는 준석이었다. 그래서 선뜻 아니라고 부인을 하지 못했다. 사람 보는 눈이 남다른 노 여사이니 설사 그가 부인을 하더라도 믿지 않으셨겠지만 말이다.

"하기야 제 주관 없이 이래도 흐응, 저래도 흐응 하는 아이면 애초에 네 녀석이 반하지도 않았겠지만 말이다. 기 센 남자 붙잡아 앉혀 살려면 고집도 좀 있는 아이라야 하고."

"혹시 말씀하신 기 센 남자가 저예요?"

억울하다는 투로 묻는 손자의 말은 싹 무시한 채 노 여사는 차분히 지켜봤던 은호의 인상을 짚어 내려갔다.

"이마하고 코가 일품이더구나. 초년에 고생은 좀 했겠어. 곁에 마음 줄 사람이 없어 외롭기도 했을 거고. 하지만 그 그늘 벗어났으니 이제 남은 평생 남부럽지 않게 살 수 있을 게다. 재복도 넘치고 귀한 자식도 둘 게야."

자식 얘기가 나오자 준석의 표정이 아예 흐물흐물 녹아내리다시피 했다.

"병인년 생이라고 했지?"

"우리 나이로 스물여덟이요."

"다른 녀석한테 뺏기지 않게 꼭 붙잡아."

"그건 염려 마세요. 줏대 없는 여자 아니에요."

"쯧쯧. 네 눈에 고운 꽃이 다른 녀석한테만 잡초로 보이겠니? 쉬파리들 꼬여들기 전에 얼른 집안에 들여놓을 궁리나 해."

그것으로 허락이 떨어진 것을 안 준석이 하늘에라도 닿을 듯 펄쩍 뛰며 기뻐했다.

"사주 알아오는 거 잊지 말고."

"궁합이 나쁘다고 하면 반대하실 거예요?"

준석이 조심스럽게 물었다. 처음 고모부와 식사하던 자리에서 궁합 이야기가 나왔을 때부터 은근히 걱정되던 부분이었다.

"반대하면, 내 말 들을 거냐? 나쁘게 나오면 서로 조심해서 좋은 쪽으로 맞춰 살면 되는 거지. 젊은 놈이 웬 걱정이 그리 많아. 너희는 미신이라고 할지 몰라도 꼭 필요한 게 있는 법이다. 다른 걸 알자는 게 아냐. 두 사람 평생 큰 풍파 없이 서로 모자란 거 채워가며 화합해서 살 수 있을지 그걸 보겠다는 거지."

하긴, 그의 형수들과 사촌형수, 제수들도 모두 결혼 전에 할머님께서 궁합을 보셨지만, 결과를 알고 있는 사람은 아무도 없었다. 혹여 궁금해서 여쭙기라도 할라치면 '좋다더구나' 라는 말씀만 하실 뿐, 세세히 알려주시지는 않았다.

그러니까 노 여사가 궁합을 보겠다는 건 단순히 좋고 나쁜 것을 알아내겠다는 의미가 아닌, 내 식구로 인정할 생각임을 온 가족들에게 알리는 절차나 다름없었다.

"슬슬 떠날 채비를 해야지?"

노 여사가 본채를 향해 걸음을 돌렸다.

"벌써요?"

"더 지체했다가는 한밤중이 돼서야 서울에 도착할 게다. 아까운 시간을 길에다 왜 뿌려."

나란히 걷는 사이좋은 조손의 그림자가 맑은 햇볕 아래서 푸른 잔디 위에 선명하게 드리웠다.

인사를 마치고 나오는 길, 차가 출발한 뒤에도 은호는 점점 멀어지고 있는 집에서 눈을 떼지 못했다. 짧은 시간이었지만 부쩍 정이 들어버린 느낌이랄까.

모퉁이를 돌아 이미 집이 시야 밖으로 사라졌건만 은호의 시선은 여전히 백미러에 붙박여 있었다.

"할머니 너무 좋으셔."

"좋으시지. 그만큼 무섭기도 하시지만. 손자들 중에서 할머니한테 혼나고 눈물 안 뺀 사람이 없을 정도니까. 형수들도 할머니 앞에서는 엄청 조심해."

"원래 어른은 무섭기도 하셔야 하는 거야. 그래야 조심할 줄도 알지."

"노영수 여사님 팬 한 사람 또 늘었네."

그제야 고개를 그에게로 돌린 은호가 물었다.

"친할머니시죠?"

"응. 외할머님은 서울 사셔. 사실 외국에 나가 계실 때가 더 많긴 하지만. 나중에 직접 보면 알겠지만 두 분 취향은 극과 극이야. 완전 정반대."

"극과 극?"

"할머니가 단아한 사대부가의 종부 이미지라면 외할머니는 유럽 어느 왕국의 왕비님 같으시달까? 자주색 퍼 코트에 왕방울만 한 다이아몬드 반지를 끼고 계신 모습을 보면 그 앞에서 무릎 꿇고 손등에 입이라도 맞춰야 할 것 같은 의무감이 절로 솟아나

거든."

"무슨 말인지 알 것 같아."

화려하게 치장한 우아한 노부인을 떠올리며 그녀가 큭큭 웃었다.

"재미있는 게 취향은 정반대인 분들이 사고방식은 비슷하셔. 두 분 모두 연세에 비해 많이 개방적이시기도 하고. 할머니 방에 노트북 있는 거 상상돼?"

"정말?"

"그걸로 틈틈이 레시피들 정리하고 계시거든. 책 만들어서 나중에 가족들한테 물려주신다고. 전에는 잠깐 블로그도 하셨어. 사진 찍는 거 너무 귀찮다고 얼마 안 가서 그만두셨지만."

"정말 의외야."

놀랍다는 말을 연발하는 그녀를 보며 준석이 슬쩍 흘렸다.

"우리 집안이 아들은 많은데 딸이 귀해. 아까도 얘기했지? 트리플 크라운. 그래서 손자들 또래의 여자들을 할머니가 특히 예뻐하셔."

"그래서 그동안 몇 명이나 예뻐하셨는데?"

준석은 직감적으로 덫에 걸렸다는 사실을 알아차렸다. 얼른 대답을 내어놓지 않는 그를 보며 은호가 짓궂게 말했다.

"알겠다. 셀 수 없이 많았구나. 하기야 윤변 매력은 보통이 넘으니까."

"알아줘서 고맙네. 역시 우리 김 슨생, 보는 눈이 탁월해."

“물론이지.”

사실 그간 사귀던 여자를 가족들, 특히 할머니께 선보인 적은 한 번도 없었다. 굳이 이유를 찾는다면 결혼을 할 여자가 아니면 어른께 함부로 인사시키는 게 아니라는 말씀을 어릴 적부터 들어왔던 탓이 컸다. 하지만 무엇보다 준석 자신이 그러기를 원하지 않았다.

연애는 그저 연애일 뿐. 그걸 넘어선 다른 관계로 발전한다는 건 상상도 해보지 않았었다. 그랬던 그였는데.

준석은 힐끗 옆으로 눈을 주었다. 그사이 지나는 바깥 풍경에 정신이 팔린 듯 은호의 시선은 다른 곳을 향해 있었다.

참 이상한 여자라니까.

빙그레 웃고 있는 고운 입매를 보며 준석이 속으로 중얼거렸다.

아이같이 말간 얼굴을 하고서는 지금까지 어떤 여자한테도 가져보지 않았던 욕심을 품게 만든다. 계속해서 웃을 일만 생기게 만들어주고 싶고 세상의 번잡한 일들로부터 보호해 주고 싶게 한다. 무엇보다 자신을 제외한 다른 남자들이 그녀에게 다가가는 게 상상만으로도 이가 갈리게 싫다.

은호를 서둘러 집안으로 들이라는 할머니의 말씀이 떠오른 건 바로 그 순간이었다. 그래, 잠시도 떼어놓기 싫을 정도로 이렇게 예쁜데 다른 놈들 눈에는 어떻겠어.

늦가을의 정취를 한껏 즐기며 기분 좋게 풍경에 취해 있던 은호가 알면 기함할 만한 계획들이 준석의 머릿속에 바쁘게 오가고 있었다.

점심을 먹고 일찌감치 나선 덕분에 두 사람은 늦지 않게 서울에 도착했다. 하지만 가을 해가 짧은 탓에 하늘에는 벌써 어두운 기운이 감돌고 있었다.

"영화 보러 갈까?"

이대로 헤어지기가 못내 아쉬운 그가 물었다.

"주말이라 사람 많을 거 같아. 별로 보고 싶은 것도 없고."

"저녁은 먹어야지."

"어지간한 데는 다 찼을걸? 점심 배부르게 먹어서 배도 그다지 안 고프고. 혹시 배고파요?"

"나도 별로."

그래도 이대로 그냥 헤어지기는 서운했다. 그대로 은호가 별말이 없자 준석은 하는 수 없이 차를 그녀가 사는 방향으로 틀었다.

"시내 들어오니까 막히기 시작하네."

늦은 주말 오후, 도로는 나들이에서 돌아오고 외출을 하는 차들로 서서히 메워지고 있었다.

"할머님께 음식 배우고 싶은데 말씀드려도 될까?"

신호에 걸려 차가 서 있는 동안 그녀가 물어왔다. 뜻밖의 물음에 준석이 의외라는 듯 그녀를 보았다.

"왜? 그런 거 누구한테 안 가르쳐 주셔?"

"어머니하고 숙모들은 젊었을 때 배웠다고 들은 적 있어. 근데 형수들은 잘 모르겠는데?"

흐음.

은호는 잠시 고민에 빠졌다.

작년 가을에 담가 땅속 깊이 묻어 보관했다는 여러 종류의 김치와 참외, 더덕, 민들레, 굴비 등 흔하지 않은 재료로 담근 온갖 장아찌. 낙지, 바지락, 돌게 등의 갖가지 젓갈, 섭산적에 낙지 초회, 전복찜까지. 평소에는 쉽게 접할 수 없는 귀한 음식들로 차려진 점심상을 보자마자 배우고 싶다는 생각이 들었다.

혼자 산 지 오래되어 이제 어지간한 건 제법 먹을 만하게 만들고 부모님 제사상도 간소하게나마 차리게 될 수 있는 정도가 되었지만, 오늘 먹었던 음식들처럼 시간과 정성을 많이 들여야 하는 음식들은 한 번도 해본 적이 없었다.

특히 직접 담그셨다는 김치들과 장아찌, 젓갈은 제때에 나오는 재료들을 사용해 제대로 담가야 맛을 내는 것들이라 더욱 욕심이 났다.

"할머니 음식에는 굉장히 까다로우셔. 소금도 아무거나 안 쓰신다고 들은 적 있어."

실제로 가을이 되면 안성 집의 광에는 소금 가마니들이 차곡차곡 쟁여진다. 그렇게 적어도 삼 년간은 서늘한 곳에 두어 간수가 모두 빠진 뒤에야 밖으로 나와 양념으로 쓰이는 것이다.

"아아. 역시."

그 얘기를 들은 은호가 한숨과 함께 고개를 끄덕였다.

"고수의 비술이 쉬운 게 아니지."

"그다지 잘해 먹고 사는 것도 아니면서 왜 갑자기?"

"요즘 이래저래 정신이 없어서 그렇지, 우리 부모님 제사상도 만들어 파는 음식으로는 안 차려요. 재료 사다가 전부 직접 만들지."

발끈한 은호의 말에 그가 의외라는 듯 물었다.

"정말?"

"내 냉장고가 항상 비어 있는 줄 알아요?"

"난 또 볼 때마다 냉장고가 하도 굶고 있어서 라면도 겨우 끓이는 솜씨인 줄 알았지."

"내가 혼자 산 세월이 얼만데. 아무러면 그동안 손가락만 빨고 살았겠어요? 하여튼 은근히 나 무시하더라."

"하하. 미안 미안."

결혼한 뒤에도 본가에서 음식 얻으러 가거나, 반찬 사다 나를 일은 없겠구나 싶어 준석은 속으로 안도했다.

"할머니한테 음식 배우는 지름길 있는데 가르쳐 줘?"

내친김에 한발 더 나가자 싶어진 그가 물었다.

"뭔데요?"

토라졌던 것도 잠시 잊은 채 눈을 동그랗게 뜬 은호가 물었다.

"나한테 시집와."

"에에?"

뜨악해하던 그녀가 이내 까르르 웃기 시작했다.

"맞네. 가족한테는 가르쳐 주시겠지. 안 그래도 학교에서 나이 든 선생님들 인사가 결혼 안 하냐는 말인데 이참에 윤변한테 확 시집이나 가버릴까 보다."

아아. 진담을 농담으로 받아치는 어마어마한 센스.

언젠가 은호가 보낸 카톡 메시지를 떠올리며 준석은 한숨을 쉬었다. 나름대로 깊은 속내를 드러낸 말이라는 걸 저 영리한 여자가 모를 리 없을 텐데 속없는 아이처럼 저렇게 웃고만 있으니.

"우아한 왕비님 같으신 외할머님은 뭐 잘하셔? 그분께도 배울 게 있을까?"

좀처럼 바뀔 것 같지 않던 신호등이 초록색으로 바뀌고 저만치에 있는 앞차들이 스르르 움직이기 시작할 무렵 은호가 슬쩍 물어왔다.

농담이 농담만은 아니었던 건가? 스르르 벌어지는 앞차와의 간격을 재빠르게 따라잡으며 준석이 머리를 굴렸다.

"평창동 할머님은 손재주 좋으시지. 바늘로 하는 건 뭐든 다 잘하셔. 왜 진짜 시집오게?"

"생각 중."

놀란 준석이 브레이크를 밟자 차는 교차로 중간에 섰다.

"진짜?"

"뭐 해? 얼른 가."

귀청을 찢어발길 듯 난무하는 클랙슨 소리도 그 순간에는 준석의 귀에 들어오지 않았다.

"미쳤나 봐! 이러다 신호 바뀌겠어. 빨리!"

차를 틀어 옆으로 지나가던 뒤차의 운전자들이 연신 욕설을 퍼부어대고 삽시간에 도로는 난장판이 되었다. 주위를 둘러보며 안절부절 어쩔 줄 몰라 하는 은호의 모습에 그제야 정신을 차린 준석이 브레이크에서 발을 뗐다.

"어우, 식은땀."

무사히 교차로를 지나고 나자 은호가 손등으로 자신의 이마를 훔쳐냈다.

"커피 마실래?"

마침 보이는 커피전문점 쪽으로 차를 대며 준석이 물었다.

"아이스 라떼. 시럽 없이."

"날이 찬데?"

"누구 씨 때문에 너무 놀라고 긴장해서 땀나."

"잠깐만 기다려."

주차장에 차를 대고 나간 그가 얼마 안 있어 커피 두 잔을 사 들고 왔다. 둘 다 아이스커피인 것을 보니 그도 어지간히 목이 탔던 모양이었다.

단숨에 절반가량을 마신 잔을 폴더에 꽂으며 준석이 그녀를 향해 몸을 틀었다.

"웃자고 한 소리는 아니지?"

묻는 투의 말이지만 정말 그렇다면 가만있지 않겠다는, 다분히 호전적인 기세가 두 눈에 가득했다. 잠시 망설이던 은호가 이내 솔직한 마음을 털어놓았다.

"솔직히 결혼 얘기는 너무 이르지, 그렇지만 어쨌든 우리 진지하게 만나고 있는 건 사실이니까. 오늘 할머님도 뵙고."

"그렇지. 아무러면 내가 아무 여자나 할머니한테 인사시켰겠어?"

마음에 드는 말만 쏙쏙 골라 야무지게 하는 입술이 참을 수 없이 예쁘다는 생각을 하며 준석은 연신 고개를 끄덕였다.

"나도 아무도 아닌 남자 할머니한테 인사하는 버릇은 없어. 그치만 오늘 좀 나빴던 건 알지?"

정말 얄밉다는 듯 흘겨보는데 어느새 스윽 다가온 남자의 입술이 그녀의 것을 훔쳐낸다. 한 번, 두 번, 감질나기 딱 좋을 정도로만 연신 잘금거리던 그가 어느 순간 깊숙이 파고들었다. 조금 놀란 듯 딱딱하게 굳어지는 작은 어깨를 달래듯 감싸 안으며 준석은 입맞춤을 계속했다.

좁은 차 안은 금세 농밀한 기운으로 가득 찼다.

# 11

월요일 아침, 준석이 휘파람을 불며 사무실 안으로 들어섰다.

"주말에 여행이라도 다녀오셨어요? 컨디션이 좋아 보이세요."

스케줄이 정리된 태블릿을 챙겨 들고 따라 들어온 홍 비서의 인사에 준석은 옷걸이에 재킷을 걸다 말고 싱긋 웃었다.

"그래 보여요?"

그녀와 헤어지고 돌아와 첫사랑에 가슴 설레는 사춘기 소년처럼 밤새 잠을 설쳤다. 입술이 맞닿았을 때의 따스하고 부드러운 감촉이 자꾸만 떠올라 잠을 이룰 수가 없었다. 하지만 컨디션은 어느 때보다 좋아 오늘 아침 수영도 평소의 기록을 너끈히 뛰어넘었다. 그런데 그 기분이 얼굴에도 고스란히 드러난 모양이다.

'오늘 점심값은 굳겠구나.'

척 봐도 '나는 남자다!' 페로몬을 퐁퐁 풍기는 보스를 보며 세정은 속으로 확신했다. 로펌 내 싱글녀들의 아이돌 윤준석 변호사가 이즈음 들어 더욱 매력적으로 보인다는 사실은 여직원들 사이에서는 이미 비밀도 아니었다.

그 때문인지 최강 윤변의 근황을 조금이라도 더 알 수 있을까 싶어 그녀에게 친한 척 다가오는 여직원들의 수 또한 근래에 부쩍 많아졌다. 출근길에 우연인 듯 다가와 건네는 커피 한 잔, 빈번해진 점심 초대, 오후가 되면 물밀듯이 들이밀어지는 간식들까지. 안타까운 점이라면 그녀의 보스가 로펌의 직원들은 남녀 구분 않고 오로지 업무적인 상대로 본다는 사실이었다.

최강 윤변의 페로몬 수치를 최대한으로 끌어올린 그녀는 과연 누구일까. 오뉴월 뙤약볕에 익어가는 벼를 보는 농부의 심정으로 그녀는 준석을 지켜보고 있는 중이었다.

"아침 회의 전까지 시간이 좀 있는데 차 한잔 드릴까요?"

사무실에 커피 머신을 두고 필요할 때마다 손수 끓여 마신다는 것을 알면서도 세정은 인심을 썼다. 하지만 여전히 쿨한 그녀의 보스가 커피전문점의 종이컵을 흔들어 보이는 것으로 대답을 대신하자 이미 숙지하고 있던 오늘의 스케줄을 브리핑하기 시작했다.

매주 월요일마다 있는 주례 회의를 마치고 집무실로 돌아오자 책상 위에 메모가 놓여 있었다. 미색의 종이에 쓰인 김영주라는 이름을 확인한 준석은 잠시 망설임도 없이 구겨서 책상 옆 휴지통 안으로 던져 넣었다. 그녀와 엮여서 좋을 것은 하나도 없다. 일적인 부분도, 그리고 앞으로 깊어질 은호를 생각하면 더더욱 그랬다.

"잠깐 들어오세요."

인터폰으로 호출한 지 얼마 되지 않아 노크 소리가 나고 세정이 안으로 들어왔다.

"찾으셨습니까."

"앞으로 김영주 씨 전화는 절대 연결하지 마세요."

"알겠습니다."

잠깐의 통화로도 인성 교육의 흔적이라고는 전혀 찾아볼 수 없었던 상대를 잘라내라는 말에 세정이 기꺼운 마음으로 대답했다.

다시 혼자 남자 준석은 의자를 뒤로 빙그르르 돌려 창가를 향했다. 고모부의 방에서 보는 것과는 대조도 되지 않을 만큼 빈약한 풍경이지만 그래도 은호가 좋아한다는 하늘을 보고 있으니 그것만으로도 좋다.

하지만 망중한도 잠시, 노크 소리가 곧 방해를 했다.

"변호사님, 이경호 씨라는 분이 찾아오셨습니다."

세정의 뒤로 보이는 낯익은 얼굴에 준석이 재빨리 자리에서 일어났다.

"어이, 변호사 양반. 잘 있었어?"

텁수룩하게 자란 수염, 어깨를 넘는 길이의 헝클어진 고수머리, 구겨질 대로 구겨진 셔츠와 커다란 백팩. 모르는 사람이 보면 무료 급식소 위치라도 가르쳐 주고 싶을 정도의 행색이었다.

“대체 어딜 돌아다녔기에 이 꼴이야?”

“예쁜 언니, 시원한 것 좀 마실 수 있어요?”

묻는 말에 대답하는 대신 그간 드나들던 방문객들과는 천지 차이인 자신에게서 좀처럼 눈을 떼지 못하는 세정에게 태연하게 음료를 주문한 경호가 소파에 몸을 묻고 길게 누웠다.

“부탁해요.”

준석의 말에 고개를 끄덕이고 나갔던 세정이 잠시 후 들어와 아이스커피를 두고 나갔다.

“저 언니, 애인 있어?”

단숨에 잔을 비우고 내려놓으며 묻는 말에 준석이 짧게 답했다.

“미친놈.”

“허얼, 애인이 미친놈이야? 찬바람 쌩쌩 불게 생겼는데. 보기와는 다르게 완전 순정파인 모양이네.”

“시답잖은 소리는 관두고. 대체 꼴이 왜 이래? 작년에 뉴욕에서 봤을 때만 해도 멀쩡했었잖아.”

“그게 언젯적 얘긴데.”

“나 모르게 연애했었냐?”

“아, 연애. 좋지, 연애. 완전 돌아버리지.”

탄식 같은 몇 마디 말이 경호에게서 흘러나왔다. 뉴욕 증권가를 누비며 헤드헌터들 사이에서 스카우트 일순위였을 정도로 전도가 유망하던 경호가 하루아침에 갑자기 모든 걸 벗어던진 이유를 준석은 그제야 알아차렸다.

"뭐 하고 다녔어? 보아하니 한곳에 정착해 있었던 것 같지는 않고."

"비행기도 타고, 기차도 타고, 배도 타고. 그냥 발길 닿는 대로 다녔지 뭐. 말 그대로 일상에 지친 한 남자의 방랑기라고나 할까?"

"철없고 덜떨어진 놈의 뒤늦은 발악이라고 하는 게 맞겠지."

"아, 속 쓰려. 빈속에 커피를 부었더니 위장이 아주 발악을 한다. 잔말 말고 밥이나 사라. 기왕이면 잠 잘 데도 잡아주면 더 좋고."

"잠깐 기다려."

출근해서 받은 일정표를 확인하니 다행히 급하게 처리할 일은 별반 없었다. 나머지 일정 조율은 세정에게 맡기기로 하고 준석은 경호와 함께 사무실을 나섰다.

고춧가루가 듬뿍 들어간 버섯전골의 얼큰한 국물을 보자 경호의 눈빛이 달라졌다.

"역시 한국 사람은 마늘하고 고춧가루가 들어간 음식을 먹어야 돼. 밍밍한 것만 먹으려니까 아무리 좋은 걸 봐도 재미가 없더라고."

연신 수저를 놀리면서도 그의 입담은 쉴 줄을 몰랐다. 말은 저렇게 해도 미식가인 녀석은 그곳에서도 맛있다는 집은 모조리 찾아다녔을 것이 분명했다.

버섯전골과 밥 두 공기를 흡입하다시피 해서 먹어치운 경호가 다시 직원을 부르더니 이번에는 불고기 전골을 주문했다.

그리고는 그제야 수저를 상 위에 내려놓으며 하는 말이라는 게.

"다음 거 나올 때까지 잠깐 쉬어야지. 오랜만에 밥이 들어가니까 위장이 놀라겠다."

이미 놀라고도 남을 양을 먹고 추가로 새로 주문까지 한 주제에 염치도 없다는 말은 귓등으로도 들을 것 같지 않았다.

"아주 들어온 거야?"

"뭐 경우에 따라서는 그렇다고 할 수 있지."

"그 경우라는 게 뭔데?"

"시베리아 횡단 열차 타고 오면서 친해진 사람이 있는데, 같이 얘길 나누다가 여행 다니면서 찍었던 사진을 몇 장 보여줬더니 굉장히 좋아하대? 근데 알고 보니까 그 아저씨가 프랑스에서 발행하는 꽤 유명한 잡지의 수석 편집장이더라고."

"그런데?"

"마침 자기 잡지사에서 아시아의 미, 뭐 이런 주제로 아시아 국가들에 대한 특집 기사를 기획 중인데 나더러 한국 파트를 맡아보는 게 어떠냐고."

대학 다닐 때 경호가 사진 동아리에서 활동하며 꽤 두각을 드러냈던 건 준석도 익히 알고 있는 사실이었다. 이름난 사진전에서 입상을 하기도 했지만 사진은 취미면 족하다고 단호하게 선을 긋고 곧장 유학을 떠났었다. 그런데 뒤늦게 진로를 바꾸기로 결정한 모양이었다.

"하여간 되는 놈은 뭘 해도 된다더니."

"아직 확정된 건 아니야. 포트폴리오 작업해서 일단 프랑스로 보내고 거기서 최종 오케이가 떨어져야지."

"얘기하는 거 보니까 꼭 그 일 아니어도 사진 쪽으로 마음잡았는데 뭘."

"티 나냐?"

"그럼 안 날 줄 알았어?"

"사실은 그래서 일찍 들어온 거야. 원래 계획은 블라디보스토크에서 중국으로 들어가려고 했었거든."

때마침 말끔하게 치워진 테이블 위로 새로 주문한 음식들이 놓여졌다.

"자, 다 쉬었으니 또 한 번 먹어볼까."

조금 전에 먹은 건 다 어디로 갔는지 마치 처음인 양 게걸스럽게 먹는 경호를 보며 준석은 그의 예전 별명이 '사위'였었다는 사실을 기억해 냈다. 먹는 양으로 봐서는 위장이 네 개일 거라는 단순하기 짝이 없는 뜻으로 붙여진 별명. 가뜩이나 위장이 네 개라고 놀림을 받을 정도로 대식가인 녀석이 아예 작정을 하고 달려드는데 경호를 끝으로 더 이상 손님 받기는 힘들겠구나 싶었다.

다행히 테이블까지 먹어치우는 불상사 없이 무사히 식사를 마친 경호를 데리고 가까운 커피전문점에 자리를 잡았다.

"참, 김영주라고 기억하지?"

불쑥 튀어나온 이름에 커피를 마시던 준석이 미간을 찌푸렸다.

"김영주가 왜?"

"역시 너도 기억하고 있구나. 걔 요즘 뭐 하고 사는지 알아?"

"나야 모르지."

불과 오늘 아침에도 걸려왔던 전화는 깡그리 잊은 준석이 짧게 대답했다.

"그렇게 안 봤는데 걔 은근 찐드기야."

"찐드기?"

"메일을 얼마나 쏟아붓는지. 가끔 노트북 열어서 확인하면 메일함에 걔 이름밖에 없어."

그새 관심사가 경호로 바뀌었나 싶었다. 물론 노숙자 합숙소 위치라도 알려주어야 할 것 같은 지금의 꼬락서니를 보면 생각이 확 달라질 테지만 말이다.

"너도 알지? 외국 인터넷 속도. 메일 하나 읽으려면 얼마나 속터지게 느린지. 페이지 턴만 하려고 해도 어떤 데선 십 분도 넘게 걸릴 때가 숱하거든. 근데 리스트가 죄다 김영주야. 참내!"

완벽한 차도녀 스타일인 그녀에게도 그런 면이 있었구나 하고 있는데 이어지는 경호의 다음 말이 가관이었다.

"열받는 게 뭔지 알아? 내용이 거의 똑같다는 거. 한국에 언제 들어오세요, 귀국하면 준석 씨랑 같이 만나요. 허접한 인사말 빼면 다 그 내용이야."

준석도 직접 들었던 말이었다.

"장담하는데, 걔 너한테 마음 있다."

"신소리 집어치우고."

"농담 아니라니까."

"팔자에 없는 중매쟁이 노릇이라도 할 생각이야?"

갑자기 확 달라진 분위기에 준석이 그녀를 탐탁지 않게 생각하고 있다는 사실을 눈치챈 경호가 어깨를 으쓱하고 말았다. 하도 귀찮게 굴어서 떠넘겨 버릴까 싶어 넌지시 말을 꺼내보기는 했지만 어차피 준석이 그녀에게 관심을 둘 거라고는 생각하지 않았다.

"내 코가 석 잔데 중매는 무슨."

"잘 생각했어. 나 결혼할 여자 있다."

"에엑? 진짜?"

"올해 안에 결혼할 생각이야."

"나 러시아 있을 때 잠깐 통화했을 때도 그런 말 안 했잖아."

"그거야 그때 얘기고."

"잠깐 사이에 상황 급진전? 캬아, 좋네. 좋아."

"그러니까 괜한 데 힘 빼지 말라고."

감탄을 연발하던 경호가 준석의 경고에 고개를 끄덕였다.

"배부르고 등 따시니까 나온 소리야. 신경 쓰지 마. 어차피 걔가

네 스타일 아니라는 건 알고 있었어."

"그렇다면 다행이고."

"실은 얌체 같다는 생각이 들어서 처음 봤을 때부터 나도 별로 정은 안 가더라고. 그날도 윤수 할아버지가 장관이라는 거 어디서 주워듣더니 걔한테 붙어서 떨어질 줄을 모르더라. 덕분에 그날 자리 파하고 윤수 녀석, 제 여자친구랑 대판 붙었잖아."

"산뜻하게 떨쳐 내면 될걸, 눈앞에서 아른거린다고 무조건 다 받아준 윤수가 잘못한 거지."

"불알 달고 있는 사내놈이 그렇게 하기가 어디 말처럼 쉽냐. 예쁜 애가 오빠, 오빠 하고 아양 떨면서 간이라도 빼줄 것처럼 구는데."

저도 남자라고 은근슬쩍 윤수 편을 드는 친구를 준석이 한심하다는 눈으로 바라봤다.

"넌 머잖아 또 방랑벽 도질 것 같다?"

"엥?"

난데없는 말에 놀라는 경호는 싹 무시한 채 준석이 지갑에서 카드 한 장을 꺼내 테이블 위에 올려놓았다.

"일단 이걸로 방부터 잡고 필요한 거 사."

"안성 할머님이 나 역마살 있다고 하시든? 아님 너 갑자기 신이라도 내린 거야?"

사랑에 크게 데이고도 아직까지 정신을 못 차렸으니 앞으로도 고생길이 훤하다는 경고를 알아차리지 못하고, 쓸데없는 데에 꽂혀서 안달을 하는 경호를 두고 준석은 자리에서 일어났다.

"잘 생각해 봐. 간다."

"준석아. 야, 윤준석!"

무슨 뜻으로 한 말인지 알려달라며 창피한 줄도 모르고 연신 이름을 불러대는 경호를 남겨두고 나온 준석은 곧장 회사로 향했다.

"아까부터 대표님이 찾으세요."

사무실로 들어오는 그를 본 세정이 빠르게 보고했다.

"나를요?"

"급한 일이라고 하시던가요?"

"그런 말씀은 없으셨는데, 들어오셨는지 몇 번이나 직접 확인하셨어요."

"알았어요."

준석은 곧장 상현의 사무실로 향했다. 세정의 전언대로 어지간히 재촉을 했는지 그를 본 비서가 반기며 서둘러 안으로 인도했다.

"늦어서 죄송합니다. 찾으셨다고요."

"그래. 외출했다더니 이제 들어오는 길이냐?"

"뉴욕에 나가 있던 친구가 갑자기 귀국을 해서요."

"앉거라."

잠시 후 준석은 그 어느 때보다 진지한 얼굴의 고모부와 마주 앉아 있었다. 사무실에 복귀했는지를 여러 차례 직접 확인하면서도 정작 그의 휴대전화에는 연락조차 없었던 걸로 봐서는 업무로 인한 호출이 아닌 것만은 확실했다.

"주말에 은호 데리고 할머님 찾아뵀었니?"

"할머니가 그러세요?"

"네 고모한테 조금 전 전화로 들었다. 어른 뵈러 안성 갔다가 율촌댁한테서 네가 주말에 여자친구하고 같이 왔었다는 말을 들었다더구나."

고모부가 아셨을 정도면 지금쯤 어머니를 거쳐 형수들의 귀에까지 들어갔을 것이다. 할머니께 선보일 정도로 깊이 사귀는 여자를 두고도 집에는 말 한마디 없었다며 괘씸해하고 계실 어머니의 모습이 그린 듯이 눈에 보였다.

굳이 비밀에 붙일 생각은 없었지만 일이 이렇게 되고 보니 본의 아니게 은호의 존재를 감추고 있던 셈이 되고 말았다. 안 되겠다. 이번 주말이라도 은호를 집에 데려가 인사시켜야지. 김은호, 앞으로 주말 스케줄이 꽤나 빡빡해지겠는걸. 각오하라고.

"네 성격에 안성까지 데려가 선을 보였을 정도면 이미 예사 사이가 아니라는 말인데. 대체 어쩔 생각이야?"

"결혼하기로 했어요."

"은호도 그러겠다고 하고?"

굳이 콕 집어 말하자면 그녀는 더 두고 보자는 입장이지만 준석의 대답은 추호의 망설임도 허락하지 않았다.

"물론입니다."

"하아."

낮게 새 나오는 한숨 소리에 준석의 미간이 좁혀졌다.

적어도 이 상황에서는 축하한다거나 잘했다는 인사가 먼저 나오는 게 순서였다. 하지만 썩 내키지 않는다는 저 반응은……. 준석이 보기에 단순히 친우의 조카에게 보이는 염려와 우려라기에는 지금 보이는 반응은 도가 넘은 감이 없지 않았다.

"은호, 나무랄 데 없는 아이다. 그거야 너도 이미 잘 알고 있을 테고."

"물론입니다."

"상처 주지 않고 잘 보듬어 안아 아끼고 살 자신 있는 게냐?"

"태어나서 처음으로 결혼해 평생 함께하고 싶다고 생각한 여자예요."

이 방에 들어와 처음으로 상현의 입가에 제대로 된 미소가 맺혔다.

"저보다 은호 씨를 더 예쁘게 보셨다니 실망인데요."

"그야."

난데없는 전화벨 소리에 대화가 잠시 끊겼다. 발신자를 확인한 상현의 낯빛이 묘하게 바뀌었다.

"자네가 이 시간에 웬일이야."

상대의 이야기가 길어질수록 상현의 얼굴은 점점 납빛으로 변해갔다.

"그게 무슨 소리야. 분명 자네가 잘 보관하겠다고 약속하질 않았나. 그런데 없어졌다니!"

어지간해서는 목소리를 높이지 않는 분이 금방이라도 나가떨어질 듯 파르르 떠는 모습이 수상했다. 의자의 팔걸이에 올라가 있는 한쪽 주먹이 쥐어진 채로 부르르 떨리기까지 하고 있었다.

"알았네. 그럼 거기서 보기로 하지."

이미 통화가 끝난 전화기를 손에 꼭 쥔 채로 생각에 잠긴 듯 상현은 한동안 말이 없었다.

"무슨 일 있으세요?"

다가가 조심스럽게 손에서 수화기를 빼내며 묻는 말에 상현이 고개를 저었다.

"나중에."

그대로 눈을 감는 상현의 모습에 준석은 개운치 않은 마음으로 대표실을 나왔다.

"찾으시던 게 맞습니까?"

그제야 성숙은 낡은 종이에서 눈을 뗐다. 지난 세월의 더께를 말해주듯 그녀의 손에 들린 종이는 누렇게 바래 있었다.

"이 날짜의 다른 차트는?"

"그때만 해도 병원 규모가 작았는지 그날 분만을 위해 내원한 산모는 둘뿐이었습니다. 다른 쪽은 아들을 낳았고요."

남자의 대답에 성숙은 만족스러운 표정으로 옆의 의자에 올려두었던 핸드백을 열었다.

"감사합니다."

흰 봉투를 재킷의 안주머니에 넣으며 남자는 정중하게 고개를 숙였다.

"회사로."

차에 오른 성숙의 짧은 명령에 기사는 능숙하게 대로로 차를 진입시켰다.

뒷자리에 앉은 성숙의 눈이 옆자리에 둔 핸드백으로 향했다. 여느 때 같으면 국내에 서너 개밖에 수입되지 않은 백의 희소가치 때문에 만족스러워하고 있었겠지만 적어도 지금은 가방은 안중에도 없이 그 안에 든 종이 한 장에 더없이 기뻐하고 있었다.

마주 앉은 두 남자 사이에 깊은 침묵이 흐르고 있었다. 무거운 한숨과 함께 침묵을 깬 건 원우 쪽이었다.

"면목이 없네. 차라리 그때 바로 자네에게 넘겼더라면 이런 일은 없었을 텐데."

"집 안까지 들어와 그럴 줄 뉘라서 짐작이나 했겠나."

"그러게나 말이야."

탈이라면 두 사람 모두 상대를 얕보고 만일을 대비하지 못했다는 것뿐, 누구의 잘못도 아니었다.

"경찰에 신고는 했나?"

"집 안이 엉망이 된 걸 보고 놀란 가정부가 일단 신고를 하긴 했는데 막상 값나가는 것들은 그대로 있으니 경찰에서도 절도 미수로 보고 있는 모양이야."

"그럴 테지."

"그나저나 집요하게 나오는군. 자네 짐작대로라면 이미 오래전부터 낌새를 알아챈 것 같은데."

"혹시나 했던 의심이 확신으로 바뀐 거겠지. 아니면 어딘가에서 단서를 찾았을 수도 있고. 우연히 옛날 사진이나 편지 같은 걸 발견했을 수도 있지 않았겠나."

"그때 그런 식으로 처리하는 게 아니었어. 아무리 사정을 했어도 마음이 약해져서는 안 되는 거였는데."

"어쩌겠나, 그리된 것도 다 그 아이 운명인걸."

지나간 시간을 더듬는 두 사람의 눈은 후회로 가득했다.

"일이 이렇게까지 된 바에야 미리 알려주는 게 낫지 않겠나. 그 편이 충격이 적을 수도 있지."

원우의 제안에 상현의 낯빛이 더욱 어두워졌다.

"나라고 그 생각을 안 해본 건 아니네만. 하아, 누구라서 그 얘기를 쉽게 꺼낼 수가 있겠는가."

그 마음을 모르는 것도 아니라 원우도 더 이상은 아무 말을 할 수가 없었다. 두 사람의 대화에서는 더 이상의 해답이 나오지 않고 제자리걸음을 맴돌 뿐이었다.

요 며칠 고모부의 낌새가 심상치 않았다. 누구보다 이른 출근으로 직원들 기를 죽이던 분이 출근 시각도 늦어지고 외출도 부쩍 잦아졌다. 엊그제는 고모부의 귀가가 점점 늦어진다며 로펌에 무슨 일이 있는 건 아닌지 묻는 고모의 걱정 섞인 전화까지 받았다. 그러더니 급기야 어제는 대표실에서 담배를 피우시더란 말까지 흘러나왔다.

시간을 확인한 준석이 재킷과 자동차 열쇠를 챙겨 들고 사무실을 나섰다. 늦은 시간이라 대부분의 사무실에는 불이 꺼져 있고 비서들도 모두 퇴근한 뒤였다. 그런데 대표실에서 실낱같은 불빛이 가느다랗게 흘러나온다. 일찍 나가시는 것 같던데, 아직 퇴근을 안 하셨나.

준석은 조심스럽게 다가가 노크를 하고 문을 열었다.

책상 위에 램프만 켜두고 앉아 있던 상현이 인기척에 고개를 들었다.

"아직 안 들어가셨어요?"

"퇴근이 늦었구나."

"네. 자료를 좀 볼 게 있어서요."

"조심해서 가거라."

"예."

인사를 하고 나오는데 침통한 얼굴이 마음에 걸렸다. 준석은 반쯤 닫힌 문을 다시 열었다.

"시장하지 않으세요? 해장국 맛있게 하는 곳을 아는데 같이 가시죠."

거절할 듯 잠시 망설이던 상현이 이내 결심을 하고 자리에서 일어났다.

자정이 다 된 시각이었지만 해장국집은 손님들로 꽉 차 있었다. 취기가 오른 사람들 사이에서 오가는 대화들과 웃음소리로 왁자한 가게 한 귀퉁이에 두 사람은 자리를 잡았다.

주문을 마치고 얼마 되지 않아 김이 펄펄 오르는 뚝배기와 소주 한 병이 테이블 위에 놓였다.

"고모가 요새 걱정이 많으세요."

상현의 잔에 소주를 채우며 준석이 조심스럽게 말문을 열었다.

"그렇겠지."

"무슨 고민이 있으신 거죠?"

대답 대신 단숨에 털어 넣는 소주잔에서 심상치 않은 기운을 느낄 수 있었다.

"저한테도 말씀 못하실 일인가요?"

재차 묻는 말에 상현은 대답 대신 나직하게 그의 이름을 불렀다.

"준석아."

"예."

"은호한테 잘해줘라."

난데없이 튀어나온 그녀의 이름에 어리둥절하면서도 준석은 일단 고개를 끄덕였다.

"물론입니다."

"난 너를 믿는다. 그 아이하고 결혼까지 하겠다고 마음먹은 이상 세상 어떤 것에도 상처받지 않게 안아주고 감싸줘야 한다."

"은호한테 유달리 신경을 쓰시는 이유가 있는 겁니까?"

깊어진 고민의 원인이 설마 그녀일 리는 없지만 내친김에 그간의 호기심을 풀기로 마음먹은 준석이 물었다.

전부터 늘 궁금했었다. 일로 엮인 상대에게는 나이 고하를 떠나 깍듯하다 싶을 정도로 예의를 차리는 분이었다. 그런데 유독 은호에게만은 달리 대하시는 것인지.

지금만 해도 '아이'라고 지칭을 하고 계시지 않은가.

"그 아이는……."

한참 고민하는 듯 보이던 상현이 긴 한숨과 함께 털어놓기 시작했다.

"내 조카다."

"네에?"

짧은 한마디가 가져온 충격은 실로 컸다. 놀란 그를 향해 상현이 재차 확인하듯 고개를 끄덕였다.

"내 조카야."

"어떻게…… 어떻게 그럴 수가 있는 거죠? 전 도무지……."

사촌동생이 하나 있었다. 은호처럼 어려서 부모를 잃고 한집에서 함께 자랐지. 몸이 약한 것을 빼면 예쁘고 총명해서 나무랄 데가 없는 아이여서, 우리 부모님은 물론이고 다른 친척들의 사랑을 한 몸에 받았지. 조실부모한 것이 가엾어서 더 귀애하셨는지도 모르겠구나.

그 아이가 대학에 다닐 때부터 여기저기서 혼담이 들어오기 시작했다. 명문대에 장학생으로 입학했을 만큼 총명한데다 인물마저 좋으니 탐내는 집이 여럿 있었어. 우리 부모님을 비롯한 집안 어른들도 다복한 집으로 일찍 출가해서 제 부모한테 미처 못 받았던 사랑 듬뿍 받았으면 하셨고.

하지만 어찌 된 일인지 결혼 이야기만 나오면 고개를 설레설레 젓더구나. 따로 연애하는 사람이 있느냐는 말씀에도 빙그레 웃을 뿐이었어. 대학을 졸업하고 신문사에 취직을 한 후에는 부모님의 채근이 더 심해졌지만 그 아이의 고집을 꺾을 수는 없었다.

놀랍게도 어느 날부터 서서히 배가 불러오기 시작했어. 가장 일찍 알아챈 사람은 우리 어머니였어. 혹여 몹쓸 짓을 당한 건 아닌가 싶어 며칠을 속을 태우시다 물었더니 마음을 준 남자가 있다고 하더라는구나. 일단은 험한 일 당한 게 아니라 다행이다 싶어 그 남자를 한번 보자고 그러셨다. 처녀아이를 덜컥 임신부터 시킨 게 괘씸하기는 해도 결혼을 서둘러야 했으니까.

그런데 뜻밖에도 아이 아버지가 누군지 절대 입을 열지 않았어. 나중에 이 사실이 알려져 온 집안이 발칵 뒤집힌 후에도 끝까지 함구로 일관했지. 부모처럼 길러오신 어머니의 눈물도, 연을 끊겠다는 아버지의 협박도 전혀 먹혀들지가 않았다. 부른 배를 끌어안고 버티는 데에 부모님도 당할 재간이 없었던 거지. 게다가 아이를 낳을 때까지 입덧이 심해서 거의 아무것도 먹지 못하고 몸은 점점 야위어가고 있으니 더 이상의 추궁은 무리였고.

난 그때 사시 이차 시험을 준비 중이었다. 편지로 들은 그 아이 소식 때문에 심란해하고 있던 차에 공부하고 있는 절로 대학 동기가 찾아왔어. 과는 달라도 잠깐 동안 한집에서 하숙을 해서 꽤 친한 친구였다. 그렇다고는 해도 공부하는 곳까지 수소문을 해서 찾아올 정도는 아니라서 무슨 일인가 싶었는데 말끝에 난데없이 그 아이의 안부를 묻더구나.

하늘이 무너지는 것 같았다. 그 친구는 당시에 결혼한 지 얼마 되지 않은 유부남이었거든. 장안에서 한 손 안에 드는 부호의 딸과 결혼한다고 동문들 사이에 소문이 대단했었지.

단박에 멱살을 잡고 흔드는 내게 곧바로 무릎을 꿇더구나. 잘못했다고. 그럴 생각은 아니었다고. 그런데 뱃속에 든 아이를 추궁하자 얼굴이 하얗게 질리면서 놀라는 빛이 역력했어. 나중에 안 사실이지만 이쪽에서 일방적으로 연락을 끊어서 아무것도 모르고 있었다고 하더구나.

제 딴에는 배신한 것에 대해 사과를 하려고 나를 찾아왔다지만 아마도 은호 어미에게 모종의 확답을 받으려고 했던 것 같아. 한갓 연애 때문에 안락한 결혼을 깨고 싶은 생각은 없었을 테니까. 그러다가 임신 소식을 듣게 된 거지. 은호 어미가 끝까지 비밀로 하려고 했던 걸 내가 본의 아니게 알린 셈이 되고 말았고.

은호 어미는 만삭이 되어갈수록 점점 지쳐 가는 게 눈에 띌 정도였어. 아기가 들어 불룩해진 배만 빼면 아무도 아이를 가졌다고 보지 않을 정도로 앙상하게 야위었지. 결국 칠 개월을 못 버티고 친구가 하는 산부인과에 입원을 시켜야 했어.

애 아버지가 그 뒤에도 몇 번이나 찾아왔지만 그 아이 있는 곳을 가르쳐 주지는 않았다. 더 이상 그 친구와 연관되어서 득 될 것이 없다고 생각했거든.

은호는 사흘이 넘는 난산 끝에 태어났다. 예정일까지 아직 많이 남은 상태에서 진통도 없이 양수가 먼저 터져 버렸다더구나. 하지만 뒤늦게 소식을 알고 달려갔을 때에는 이미 모든 상황이 끝난 뒤였고 은호의 흔적은 어디에도 없었어.

# 12

잠기운이 잔뜩 묻은 목소리로 전화를 받던 그녀가 집 앞에 와 있다는 말에 알겠다며 황급히 전화를 끊었다.

두 사람 모두 손도 대지 않은 뚝배기를 고스란히 남겨두고 해장국집을 나오니 벌써 새벽 두 시가 다 되어가고 있었다. 운전기사도 이미 퇴근을 한 터라 대리기사를 부탁하고 취한 고모부를 부축에 차에 태웠다. 집에 모셔다 드릴 생각으로 술은 입에도 대지 않았지만 지금은 더 급한 사정이 생겼다.

차가 출발하는 것을 확인한 준석은 자신의 차에 올라 시동을 걸며 고모에게 전화로 고모부의 귀가 소식을 알리고 곧장 은호의 집으로 차를 몰았다. 밤이 깊었다거나 몇 시간 후면 출근을 해야 한다거나 하는 생각은 안중에도 없이 오로지 지금 당장 그녀를 봐야 한다는 생각 때문에 기록적인 속력을 내며 달렸다.

무슨 일이 있어도 은호의 얼굴을 봐야 했다. 갓 태어나서부터 어른들의 이기심과 필요에 의해 짐짝처럼 이리저리 옮겨지는 모습이 상상이 되자 만나지 않고는 견딜 수가 없었다.

차에서 내린 준석의 눈은 오로지 은호가 나올 현관에만 가 있었다. 얼마나 기다렸을까. 까만 카디건을 걸친 그녀가 모습을 보였다.

준석을 본 그녀가 서둘러 다가왔다.

"무슨……."

순식간에 하얗고 고운 뺨을 양손으로 부여잡고 그대로 입술을 내렸다. 준석은 곧장 그녀의 입속으로 깊이깊이 혀를 밀어 넣었다. 적어도 이 순간에는 다정함이나 배려 따위는 끼어들 자리가 없다. 그저 은호가 자신의 곁에 있다는 확인을 해야 한다는 절박함이 있을 뿐이었다. 밀착되어 있는 탓에 가슴 아래에서 들먹거리는 그녀의 심장이 느껴진다.

"하아."

입술을 떼어내자마자 그녀가 가쁘게 숨을 내쉬었다. 오렌지색의 가로등 불빛에 젖은 입술이 드러났다.

자신보다 키가 큰 그를 향해 젖혀진 가느다란 목, 느닷없는 키스에 다소는 몽롱한 빛을 띤 두 눈, 키스의 여파로 반짝거리는 입술. 그것만으로도 이미 준석에게는 치명적이었다.

준석은 양팔로 가느다란 허리를 단단히 끌어안았다. 부드러운 니트 위로 동그랗게 솟은 가슴이 그의 것과 한 치의 틈도 없이 밀착되었다.

"대체."

말을 시작하는 입술을 살짝 깨물었다. 그리고 다시 시작된 입맞춤.

이번에는 자신의 영역으로 그녀를 끌어들였다. 작은 혀를 강하게 빨아 당기고 잠깐 놓아준 다음 살살 어루만지며 달랬다. 그러기를 여러 차례, 이윽고 그녀의 두 팔이 준석의 목을 감싸 안는다. 순간, 밀물처럼 밀려드는 만족감과 안도.

"너 때문에 미치겠어."

긴 입맞춤이 끝난 후, 등 뒤로 두 팔을 교차시켜 품 안에 꼭 넣은 채로 귓가에 속삭였다. 무슨 말인지를 웅얼거리고 있는 입술의 움직임이 가슴을 통해 전달되었지만, 워낙 힘주어 안고 있는 탓에 제대로 알아들을 수가 없었다.

양손으로 그녀의 두 볼을 그러쥔 준석이 은호와 눈을 맞추었다.

"다리가 후들거려."

중얼거리는 혼잣말을 끝내기가 무섭게 은호는 그에게 다시 기대듯이 안겨들었다. 그대로 품에 안아버린 준석이 아까부터 눈길을 빼앗고 있던 가느다란 목에 얼굴을 묻었다.

은호만이 가지고 있는 체취가 유혹하듯 코끝으로 스며든다. 조금 전 한껏 입술을 탐한 것으로 충족되지 않은 욕망이 그를 부추겼다. 이윽고 목덜미를 따라 준석의 혀가 움직이기 시작했다. 마치 그녀가 품고 있는 체향을 모조리 제게로 옮겨오기라도 하겠다는 듯 탐욕스러운 입술의 움직임은 멈출 줄을 몰랐다.

"금방 따뜻해질 거야."

황급히 시동을 걸고 히터를 올린 그가 은호의 손을 감싸 쥐었다. 겨울을 향해 가는 늦은 밤의 공기가 얼마나 차가운지 알아차린 건 한껏 자신의 욕심을 채우고 난 뒤였다.

좀 더 일찍 알아차리지 못한 스스로의 무신경함을 탓하는 그에게 은호가 괜찮다는 듯 웃으며 고개를 저었다.

"지금까지 야근한 거야?"

"재판 기록 볼 게 있어서."

"많이 피곤해 보여. 집에 그냥 가지 그랬어."

피로 때문이 아닌 다른 이유로 내려앉은 얼굴의 그늘을 보고 그녀가 걱정을 했다.

"집 앞까지 거의 다 갔는데 갑자기 너무 보고 싶어서."

다정한 말이 싫지 않은지 그녀가 볼을 붉히며 살포시 웃었다.

웃는 얼굴 위로 언젠가 보았던 사진들 속 어린 은호의 얼굴이 겹쳐졌다.

"은호를 데려간 게 혹시……."

"제 생부였지. 나중에 들으니 은호가 태어나기 얼마 전 집으로 찾아왔었다고 하더구나. 뱃속에 든 아이의 아빠라고 하니 미혼모 신세는 면하겠구나 싶어 일단 반가우셨겠지. 애 아빠라고 나선 남자가 유부남일 줄은 꿈에도 몰랐을 테니. 은호를 낳은 직후에 산모의 상태가 급속히 악화가 돼서 큰 병원으로 후송되고, 그 과정에서 어찌 되었던 생부가 아이를 데려갔으니 어른들로서는 크게 문제될 것이 없다고 생각하셨던 게지. 솔직히 그땐 아이까지 신경 쓸 겨를이 없었고."

"그럼 은호가 부모님으로 알고 있는 분들은 그럼."

한숨과 함께 상현이 고개를 끄덕였다.

"제 생부의 동생 내외였어. 때마침 나주로 발령을 받아 그곳에 내려가 살고 있던 터라 손쉽게 그들이 낳은 아이처럼 꾸밀 수 있었지."

또다시 새롭게 드러난 사실. 점점 모양을 드러내는 퍼즐에 머릿속이 다시금 복잡하게 얽혀 들어간다.

"아무리 그래도 어떻게 아무도 의심을 하지 않을 수 있었죠?"

"계속되는 습관성 유산 때문에 동생 부부 사이에는 결혼한 지 십 년이 다 되도록 아이가 없었어. 그러니 다른 가족들에게는 이번에도 잘못될까 봐 무사히 낳을 때까지 비밀로 했다고 둘러댔던 게지. 고아 아이라도 들이라던 주변의 성화도 그대로 잠잠해졌고."

"그럼 은호는 그분들이 돌아가실 때까지 나주에서 자랐나요?"

그의 물음에 상현이 코웃음을 쳤다.

“좁은 시골동네에 혹시 소문이라도 날까 싶었는지 그 길로 곧장 다니던 회사도 그만두고 서울로 올라와 제 사업을 시작했지. 대리 직급도 못 달고 말단으로 지방만 돌던 사람이 죽기 전까지 사장 소리만 들었으니까.”

다니던 회사를 그만두고 새로운 일을 시작할 수 있는 여유 자금이 누구의 주머니에서 나왔는지 짐작하기란 어렵지 않았다. 김은호, 인생이 뭐 이러냐?

“그래도 운명이라는 게, 참……. 결국은 은호가 제 친부의 손에서 길러진 꼴이 아니냐.”

그 말에 무언가가 울컥 치밀어 올랐다.

“모든 사실을 다 알고 계시면서 어떻게 지금까지 그분과 아무렇지도 않게 지내실 수 있으셨어요?”

“그러지 않았으면 은호 소식을 듣지 못했을 테니까.”

담담했지만 깊은 슬픔이 고스란히 묻어난 대답이었다.

“양부모가 살아 있을 때는 그나마 돌 사진 한 번 본 게 다였어. 그런데 은호가 한남동으로 들어간 후에는 그나마 이런저런 일을 핑계로 서너 달에 한 번은 볼 수 있었지.”

“그분들이 돌아가신 후에 데려올 생각은 안 하셨어요?”

“나라고 고민을 안 한 건 아니란다. 하지만 한날한시에 부모 잃은 고아라고 믿고 있는 아이에게 차마 네 부모는 다른 사람들이고 넌 태어나자마자 남의 손에 길러진 아이라고 털어놓을 자신이 없었다. 너라면 열두 살 아이에게 그럴 수 있었겠니?”

하아. 힘줄이 서도록 부르쥔 주먹이 바르르 떨렸다. 맞아서 멍이 든 얼굴을 화장으로 가리고 어색해하던 그녀를 생각하니 가슴이 미어지는 것 같았다.

"은호를 낳아주신 분은 그럼 지금 어디 계십니까?"

상현의 얼굴에 드리워져 있던 그림자가 더욱 짙어졌다.

"은호 낳고 얼마 뒤에 심장마비로 세상을 떴다."

"그랬…… 었군요."

"무슨 일 있는 건 아니지?"

조금 전 오갔던 대화를 떠올리며 저도 모르게 굳어진 얼굴을 보며 은호가 물었다.

"당신이 무지하게 보고 싶었던 것만 빼면 아무 일도."

준석이 고개를 저으며 결 고운 머릿결을 쓰다듬었다. 슬쩍 몸을 뒤로 뺀 그녀가 고개를 갸웃했다.

"오늘 좀 이상해. 알아요?"

"당신 만난 뒤로 나한테는 이게 정상이야. 정말이지 무지 보고 싶었다니까."

"자다가 전화 받고 깜짝 놀랐어. 새벽에 이러는 거 처음이잖아."

좀처럼 깊은 잠에 들지 못하는 그녀를 위해 늦은 밤의 전화 통화도 조심스러워하는 그였다. 새벽 세 시가 다 되어가는 시간에 집 앞이라며 무턱대고 불러내는 건 절대 평소 준석의 모습이 아니었다.

"이러는 거 뭐? 한밤중에 집 앞으로 갑자기 찾아오는 거? 아니면 얼굴 보자마자 끌어안고 진하게 입 맞추는 거?"

딴에는 진지하게 한 말인데 먹혀들지 않자 은호는 피식 웃고 말았다. 웃는 얼굴을 새기려는 듯 준석의 손가락이 부드러운 얼굴을 매만졌다.

"난 항상 당신 생각해. 늘 보고 싶고 항상 안고 있고 싶어."

"으윽! 느끼해."

장난스러운 표정 속에 어른거리고 있는 그늘이 어쩐지 슬퍼 보여 은호는 일부러 과장되게 진저리를 치는 시늉을 했다.

"느끼한 게 아니라 사랑의 표현이지. 이런 것처럼."

아직도 촉촉하게 물기가 남아 있는 듯 매끈한 입술을 향해 준석이 다시 고개를 숙였다.

괜찮다는 말에도 아랑곳하지 않고 준석은 기어이 그녀와 함께 올라왔다. 그녀가 집 안으로 들어가고 현관문이 잠기는 소리를 들은 후에야 그는 움직이기 시작했다. 은호는 잠긴 문 앞에 서서 계단을 따라 내려가는 그의 발소리를 들었다. 탁, 탁, 탁. 규칙적으로 울리던 발소리가 어느 순간 더 이상 들리지 않게 되고서야 그녀는 천천히 현관 위로 올라섰다.

"아주, 영화를 찍으세요."

"엄마야!"

깜짝 놀란 은호가 그 자리에서 우뚝 멈춰 섰다. 맞다. 얘가 있었지.

퇴근을 하고 돌아온 지 얼마 되지 않아 초저녁부터 술이 떡이 된 수영이 찾아왔다. 오랜 인내심을 드디어 벗어던진 동훈이 결혼이 아니면 이별이라는 최후통첩을 했단다. 지난 십여 년간 그에게 마음 전부를 주지 않았다고, 언제라도 빠져나올 수 있도록 한쪽 발은 절대 담그지 않고 있다며 입버릇처럼 말하더니 사랑을 포기하기란 역시 쉽지 않은 모양이었다.

"언제 깼어?"

머리를 감자마자 말리지도 않고 잔 덕택에 사자갈기가 된 머리 모양을 하고 수영은 침대 가운데 책상다리를 하고 앉아 있었다.

"꿀물 갖다 놨는데."

"마셨어."

그러더니 앉아보라는 듯 턱짓으로 제 옆을 가리켰다.

"물 좀 마시고."

조금 전에 그와 있었던 일 때문인지 얼굴을 마주하기가 공연히 거북스러워진 은호가 냉장고로 다가가 물병을 꺼내 천천히 잔에 따랐다.

"너도 줄까?"

"응."

물 한 잔을 단숨에 비워낸 수영이 사이드 테이블에 소리 나게 내려놓았다.

"자, 이제 이실직고 고하렷다."

"무엇을 말씀이십니까, 마마?"

그 말에 가슴 위로 팔짱을 낀 수영이 그녀를 노려봤다.

"조금 전 바깥에서 입술이 닳을 정도로 쪽쪽 빨아대던, 야!"

은호가 휘두른 베개에 수영이 풀썩 쓰러졌다.

"민망하게. 못하는 말이 없어."

"민망한 걸 아는 애가 길가에서 십 분 넘게 쪽쪽거렸냐?"

"십 분은 아니다 뭐."

"하도 안 떨어지고 붙어 있길래 내가 시간도 확인했어. 뭐, 실시간 생방송이라 확실히 실감나긴 하더라만. 조명이 어두운 게 흠이었지만 각도로 봐서는 스킬이 엄청나겠던데? 빠져들 만하겠어."

입맛까지 다셔가며 하는 말에 은호가 붉어진 얼굴로 중얼거렸다.

"자는 줄 알았더니."

"깰까 말까 하던 차에 전화 받는 소리 듣고 완전히 깼고. 누굴까 하고 있는 사이에 옷 챙겨 입더니 고양이처럼 슬그머니 나가더라."

현관문이 닫히자마자 베란다 쪽으로 나갔을 테고, 그렇다면 처음부터 다 봤다는 거였다.

"머리나 좀 빗고 말을 하든지. 야밤에 그렇게 산발을 하고 앉았으니 처녀 귀신이 따로 없다."

"귀찮아."

말은 그렇게 하면서도 던져 준 빗으로 잔뜩 헝클어져 있는 머리칼을 대충 빗어 내리더니 금세 솜씨 좋게 묶어 올린다.

"으어헝. 좋아?"

떨어진 머리카락을 수습해 버리고 오며 묻는 말에 은호가 선선히 고개를 끄덕였다.

"그래, 좋다."

"허얼."

창피하긴 하지만 기왕 들킨 거 이제 와 아닌 척하는 것도 우습고, 놀림을 당해도 할 수 없었다.

"차 안에선 둘이 뭐 했어? 예고편 충분히 찍었으니 이제 본편 나오겠다 싶어서 목이 빠지게 기다려도 그대로 있던데."

"뭐가 그대로 있어?"

수영이 살짝 오므린 두 손을 앞으로 모아 흔드는 시늉을 해 보였다. 그래도 영 알아듣지 못하는 눈치이자 답답한 듯 말했다.

"차 안에서. 옷 속에 숨겨진 데 더듬으면서 물고 빨고 했을 거 아냐."

"야!"

은호가 또다시 베개를 휘둘렀다. 방금 묶은 머리가 풀어진 것을 본 수영도 질세라 베개를 집어 들었다. 이른 새벽 난데없는 베개 싸움이 벌어진 집 안은 이내 웃음소리로 가득 찼다.

[말씀하신 날, 나주의 산부인과에서 태어난 아이는 모두 여섯

명이었습니다. 그중에서 딸을 낳은 산모들을 추적했습니다만, 나진희라는 이름은 어디에도 없었습니다.]

성숙은 희열감에 떨리는 손을 꼭 쥐었다.

[저번에 차트를 전해 드렸던 병원에서도 나진희라는 산모의 이름은 찾을 수가 없었고요.]

"알았어."

[그럼 이걸로 조사를 마무리해도 되겠습니까?]

"생각보다 많이 늦어지긴 했지만 수고했어."

전화를 끊은 성숙의 기분은 금방이라도 날아갈 듯 들떴다.

남편이 사귀던 여자가 있다는 사실은 결혼 전부터 이미 알고 있었다. 약간의 뒷조사를 통해 유은정이라는 이름과 **신문사 기자라는 간단한 프로필을 얻을 수 있었다.

모든 사실을 알고도 결혼을 결정한 건 그녀 자신이었다. 집안이나 재력만을 따진다면 그 이상의 조건을 가진 사람이 무수히 많았지만 성숙은 맞선 자리에서 처음 본 순간부터 윤국을 남편감으로 점찍었다.

잘난 머리 말고는 가진 거라고는 없는 남자를 고른 그녀를 친정 아버지는 못마땅해했지만 성숙의 생각은 달랐다. 자신보다 우월한 조건을 가진 남자와 결혼해서 그럭저럭한 취급을 받을 생각은 없었다. 이쪽에서 돈을 쏟아부어서라도 제 뜻대로 휘두르며 살고 싶었다.

그녀의 계획대로라면 윤국 같은 남편이 제격이었다. 겨우 세 끼

밥이나 먹고사는 처지이니 집칸이나마 사주고 다달이 생활비 몇 푼씩만 쥐어주면 시댁에서도 며느리에게 이러쿵저러쿵 참견할 입장이 아니었고, 그도 지금은 월급쟁이 노릇을 하고 있지만 자그마한 회사라도 하나 차려주면 꾸려 나갈 능력이 충분한 남자였다.

다만 걸리는 건 대학 때부터 사귄 여자였지만 예상보다 돈의 위력은 컸다. 이쪽에서 결혼 말을 꺼내자마자 남편은 사 년간의 연애에 단번에 종지부를 찍었다. 그리고 한 달도 되지 않아 그녀와 결혼식을 올렸다. 모든 일이 계획대로 돌아가는 듯 보였다.

하지만 결혼한 지 얼마 되지 않아 남편이 술에 취해 들어오는 밤이 많아지면서 새로 고민이 시작되었다. 혹시나 싶어 유은정을 추적했지만 그녀는 이미 다니던 신문사도 그만두고 칩거 중이었다. 그러던 어느 날, 남편의 뒤에 붙여놓은 사람에게서 그가 날마다 들어가지도 못하고 대문 앞에서 서성대기만 한다는 집의 주소를 듣고서야 그의 사랑이 얼마나 질긴 것이었는지 그녀는 비로소 깨달았다.

몇 달 동안 서성이기만 하던 집 안으로 남편이 드디어 들어갔다는 미행자의 보고에 그녀는 결국 참지 못하고 차를 몰고 달려갔다. 하지만 얼마 되지 않아 곧장 뛰쳐나왔다는 남편은 이미 어디론가 사라지고 없었다.

며칠 뒤, 혼비백산해 대문을 뛰쳐나온 가족들이 어디론가 향하고 있다는 보고가 들어왔다. 그들의 목적지는 뜻밖에도 산부인과였다. 뒤늦게 전화를 받고 병원으로 향하는 길, 사이렌을 켠 앰뷸

런스 한 대가 그녀의 차를 아슬아슬하게 비켜갔다.

잠시 후 병원에 도착하자마자 그녀의 눈에 들어온 것은 갓난아이를 안은 간호사와 남편의 모습이었다. 심각한 표정으로 입구까지 따라나온 의사와 몇 마디를 나눈 그는 지체 없이 간호사를 태우고 차를 몰아 이내 그 자리를 떠났다.

공중전화를 사용하기 위해 여산휴게소에서 딱 한 번 선 걸 제외하면 남편의 차는 쉴 새 없이 남쪽으로 향했다. 핏발이 선 눈으로 성숙은 남편의 차를 뒤따랐다. 가까운 교외에 나갈 때에도 운전기사에게 차를 맡겼던 그녀가 처음으로 여섯 시간이 넘도록 쉼 없이 운전대를 잡았던 날이었다.

혹시나 하는 마음으로 따라온 남편이 도착한 곳은 전남 나주. 나주에 오신 걸 환영합니다, 라고 쓰인 흙 묻고 빛바랜 이정표가 그녀를 비웃듯 내려다보고 있었다.

이튿날 오후, 전날 외박을 했던 남편은 평소와 같은 모습으로 귀가를 했다. 접대를 밝히는 일본 바이어 때문에 요정에서 밤을 새우다시피 해야 했다며 불평도 늘어놓았다. 꿀 대신 독이라도 타고 싶은 마음으로 만든 꿀물을 남편 앞에 내려놓는데 시동생에게서 전화가 걸려왔다.

들뜬 목소리로 간밤에 딸을 낳았다는 소식을 전하는 시동생에게 그녀는 깜짝 놀란 척 연기를 했다. 임신은 건너뛰고 곧장 아기부터 낳았느냐는 뼈 있는 물음에, 한 치의 머뭇거림도 없이 반복된 유산 때문에 이번에도 혹시 잘못되면 가족들의 실망이 클까 봐

일부러 알리지 않았다는 대답이 돌아왔다.

수화기를 넘겨받은 후 밝은 얼굴로 아이는 건강한지, 젖은 잘 먹고 있는지를 묻고 있는 남편을 보며 성숙은 아직은 그다지 표가 나지 않는 자신의 배를 천천히 쓰다듬었다.

어쩌나, 사랑하는 여자가 낳은 아이는 태어나자마자 다른 사람의 손에 맡겨 기르며 자라는 모습도 제대로 보지 못할 텐데. 이제 막 뱃속에 자리를 잡은 이 아이가 태어나서 자라면 남편은 어쩔 수 없이 항상 다른 쪽에 있는 아이를 떠올리게 될 것이다. 자신의 딸이면서도 결코 딸이라고 부르지 못할 아이. 그리고 죽도록 사랑했지만 버려야 했던 여자까지도.

시동생 내외가 죽은 후, 성숙은 은호를 맡겠다고 나섰다. 집안의 중론이 그런 쪽으로 모아지고는 있지만 다들 그녀의 눈치만 보고 있던 때였다. 그들의 우려와 달리 성숙이 흔쾌히 은호를 맡겠다고 나섰던 건 그 아이를 볼 때마다 남편이 느낄 죄책감 때문이었다. 곁에 두고도 결코 내색할 수 없을 애끓는 부정을 그녀는 그렇게라도 마음껏 비웃어주고 싶었다.

"처녀였던 유은정은 아이를 낳았다는 기록은 있는데 정작 아이 엄마였던 나진희는 어디에서도 아이를 낳은 적이 없단 말이지."

성숙은 조금 전의 통화 내용을 찬찬히 곱씹었다. 은호의 호적에 출생지로 올라 있는 병원에서 죽은 동서의 기록을 살피게 한 건 이미 알고 있는 사실의 재확인에 지나지 않았다. 습관성 유산이라는 핑계를 대긴 했지만 정작 문제가 있는 쪽은 시동생이었다는 걸 그녀는 알고 있었다.

"하긴, 딴 남자를 보지 않고서야 씨가 없는 사내의 자식을 어떻게 낳아."

입가에 비릿한 미소를 짓는 성숙의 머릿속에서는 이제 자신이 갖고 있는 정보를 언제 어떤 식으로 터뜨릴 것인가 하는 계획이 진행되고 있었다.

아침 운동도 거르고 평소보다 이르게 사무실에 나온 준석은 먼저 상현의 방을 찾았다. 역시나 그의 예감대로 상현도 일찍 출근해 있었다.

두 사람 모두 밤새 잠을 이루지 못해 벌게진 눈을 하고 마주 앉았다.

"생각을 좀 해봤어요."

준석이 먼저 조심스럽게 말문을 열었다.

"지금까지 삼십 년이 다 되도록 비밀에 부쳐 온 일을 가지고 이제 와서 새삼스럽게 고민을 하신 이유를요. 혹시 그것 때문에 뭔가 새로운 걱정거리가 생긴 건 아닙니까?"

"내가 너를 스카우트하는 데에 왜 그렇게 공을 들이는지 다들 궁금해했었지."

상현의 입가에 희미한 미소가 번졌다.

"들려주는 이야기에만 귀를 기울이는 녀석은 재미가 없어. 그런 녀석들은 그저 그런 괜찮은 변호사는 될 수 있을지 몰라도 절대 성공한 변호사는 되지 못하는 법이지."

그러니까 예상했던 대로 뭔가가 있는 모양이었다.

"대체 무슨 일입니까?"

"바람이나 좀 쐬자꾸나."

상현이 올라간 곳은 건물의 옥상이었다. 은색의 담배 케이스에서 한 개비를 꺼내 불을 붙이며 그가 말했다.

"얼마 전에 은호가 태어났던 병원에 도둑이 들었다. 처음엔 약제실에 쌓아둔 헌 차트를 뒤지다가 발각이 나자 도망을 갔고, 그 얼마 뒤엔 병원 옆 빌라의 원장 집이 털렸어. 금고 안에 둔 귀중품은 거의 손을 대지 않았고 없어진 건 원장이 따로 챙겨둔 차트 한 장뿐이었다."

그 말이 전하는 무게는 실로 놀라웠다. 누군가 은호의 출생에 대해 캐고 있다는 의미였으니까.

"대체 누가."

짐작 가는 사람을 묻는 듯 지그시 지켜보고 있는 눈과 마주쳤다.

"그럼 역시……."

"그런 것 같구나."

가슴이 철렁 내려앉았다. 대담하게 집 안까지 들어와 차트를 노릴 정도라면 은호의 출생에 대해 어느 정도 확신이 있다는 말일 터였다.

"만일 이 일을 은호가 알게 된다면……."

"충격이 클 테지."

"예."

한동안 옥상 위에는 지나는 바람 소리 이외에는 어떤 소리도 들을 수 없었다. 거리를 두고 서 있는 두 남자 사이에서도 어떤 말도 오가지 않았다.

차가 서자 단정한 차림의 젊은 직원이 재빠르게 다가와 차 문을 열어주었다.

"어서 오십시오."

꾸벅 고개를 숙이는 그에게 차를 맡긴 준석이 안으로 들어갔다.

문이 열리자 넓은 공간을 그득 채우고 있던 피아노 연주가 곧장 귓가를 파고들었다. 과하지도 모자라지도 않은 고급스러운 인테리어가 이곳을 찾는 사람들의 취향을 잘 보여주고 있었다.

"혹시 윤준석 님이십니까?"

매니저로 보이는 이가 다가와 물었다. 서비스업이 몸에 밴 듯 정중하기 이를 데 없는 태도였다.

"네."

"이쪽으로 오십시오. 기다리고 계십니다."

그의 안내에 따라 준석은 안쪽으로 들어갔다. 입구와 중앙을 지나 더 깊게 들어가자 너무 노골적이지는 않게, 그렇지만 적당한 프라이버시는 보장받을 수 있을 정도로 교묘하게 배치된 자리가 나왔다.

"어서 와요."

먼저 와 있던 성숙이 그를 보자 반색을 했다.

"안녕하십니까. 기다리시게 해서 죄송합니다."

준석의 정중한 인사에 그녀가 되레 손을 내저었다.

"아유, 다행히 길이 안 막혀서 차가 잘 빠진 것뿐인데. 어서 앉아요."

조금만 움직여도 귓불에 걸린 다이아몬드 귀고리가 조명을 받아 반짝거린다. 신경 써서 관리를 잘한 탓인지 오십대 중반이라는 나이가 믿기지 않을 정도로 젊어 보였다.

"시간이 애매하니까 차만 마시는 것보다는 간단하게 뭐라도 드는 게 낫겠지요?"

잠시 후 주문을 확인한 매니저가 물러나자 그녀의 관심은 오롯이 앞에 앉아 있는 준석에게로 향했다.

"듣기로는 요즘 〈세인〉이 로펌 중에서 가장 일이 많다던데. 내가 바쁜 사람 불러낸 건 아닌가 몰라."

"별말씀을요. 꼭 그렇지도 않습니다."

그렇지 않아도 성숙을 만나야 하지 않을까 생각 중이던 차에 마침 그녀에게서 만나자는 연락을 받고 나온 길이었다.

그의 대답이 마음에 든 성숙이 호호 웃었다.

막상 이렇게 앞에 앉혀놓고 보니 마음에 쏙 들었다. 영주에게 준석에 대한 이야기를 듣자마자 알아본 바로는 집안도, 배경도,

능력도 뭐 하나 빠질 것 없는 조건을 갖추고 있었다. 게다가 인물까지 이렇듯 좋으니 노다지도 이런 노다지가 없었다.

미리 알았더라면 유언장 공개하던 날 그렇게 흥분하는 게 아니었는데. 하여간 은호 그 재수 없는 년이 끼면 될 일도 안 되지.

"어려운 자리라고 여기지 말고 편하게 생각해요. 우리 애한테 듣자니 둘이 그날 초면도 아니었다면서. 유 변호사님이 돌아가신 영주 아버지하고 워낙 각별한 사이였는데 또 그분 조카하고 이렇게 인연이 되네요."

각별이라, 그렇지 확실히 각별한 사이이긴 했었지.

준석은 속으로 중얼거렸다. 새롭게 알게 된 사실 때문인지 성숙이 선택한 '각별' 이라는 단어가 어쩐지 아이러니하게 느껴졌다.

"오늘 보자고 한 건."

잠시 말을 멈춘 성숙이 옆 의자에 두었던 작은 종이백을 내밀었다.

"백화점 들렀다가 윤 변호사 생각이 나서 하나 샀어요. 별건 아니니까 부담 가질 필요는 없고. 응?"

사이즈로 봐서는 커프스링크나 넥타이핀 정도가 들었을 테지만 선명한 까르띠에 로고로 봐서는 절대 가볍게 생각하고 산 물건은 아니었다. 무엇보다 성숙이 왜 자신에게 환심을 사려고 하는지 준석은 그 의도가 의심스러웠다.

그의 태도를 보고 부담스러워 망설이고 있다고 오해한 성숙이 선웃음을 쳤다.

"정말 별거 아니라니까. 윤변이 그러면 내가 오히려 부담스럽지."

"죄송합니다."

준석이 테이블 위에 가방을 그녀 쪽으로 살짝 밀었다.

"여사님께 이런 선물을 받을 이유가 없는 것 같습니다."

"우리 딸 친구라서 엄마 같은 마음으로 주는 거야."

준석은 가슴 깊은 곳에서 뜨거운 기운이 치받고 올라오는 것을 느꼈다.

잘 알지도 못하는 남자에게는 기백만 원이 훌쩍 넘을 물건을 아무렇지도 않게 안기면서 정작 은호는……. 남편의 불륜의 증거나 다름없는 그녀를 곁에 두었던 무수한 시간 동안 과연 이 여자는 은호를 어떤 눈길로 바라보았을까.

가엾은 여자. 매일 밤 누운 자리는 가시가 박힌 듯 아팠을 것이고 끼니마다 목으로 넘기는 밥은 소태처럼 쓰기만 했을 테지.

끝까지 완강하게 거절하는 준석을 이기지 못한 성숙은 못마땅함을 감추지 못했다.

"그렇지 않아도 드릴 말씀이 있어서 뵙자는 연락을 드리려던 참이었습니다."

"무슨 일로?"

하는 양으로 보아 영주에게는 전혀 마음이 없다는 것을 눈치챈 성숙의 목소리는 조금 전과 다르게 냉랭했다. 조금의 호감만 있었어도 이렇게까지 뻗대지는 않을 텐데, 자그만 거 갖고도 똥 묻은

개 발 털 듯이 하는 걸 보니 애초부터 영주 혼자 김칫국부터 마셔댄 게 분명했다.

"얼마 전에 상속건과 관련해서 김은호 씨를 만나셨다고 들었습니다."

"그랬어요."

변호사가 어쩌고 하며 돼먹잖게 유세를 떨더니 쪼르르 일러바쳤구나 싶어 성숙은 기분이 확 상했다.

"여긴 차 맛이 별로네."

못마땅하게 한마디 뱉고는 소리가 나도록 찻잔을 내려놓았다.

"앞으로는 그 일과 관련한 모든 사안은 반드시 저를 거치셔야 합니다."

"뭐예요?"

자초지종을 알고 난 후에야 왜 그 건물을 은호에게 주려고 했는지 준석은 비로소 짐작할 수 있었다.

짐작컨대 한 번도 딸로 대우해 주지 못했던 것에 대한 미안함으로 자신이 가지고 있는 것 중에서 가장 의미가 있는 것을 은호에게 주었던 것일지도 모른다. 사랑하는 여자를 버리면서까지 얻으려 했던 부의 상징을 아마도 속죄하는 심정으로.

어쩌면 자신이 친부라는 사실을 이렇게라도 은호에게 알리고 싶었던 건 아닐까 하는 뒤늦은 추측도 해보았지만 이제 와서는 답을 알 길이 없었다.

"신사동 사옥은 어디까지나 고인이 되신 김윤국 님의 유지에 따라 김은호 씨가 합법적으로 물려받은 재산입니다."

"그러니까 잘못됐다는 거지. 죽을 날 받아놓고 오락가락하던 양반을 무슨 수로 어떻게 꼬드겨서 홀라당 채갔는지, 내가 반드시 밝힐 생각이야. 장성한 자식들이 둘이나 있는데 그 큰 덩어리를 조카한테 물려준다는 게 말이나 돼?"

이미 물증을 쥐고 있다는 걸 뻔히 알고 있는데도 그녀는 끝까지 은호를 부인하고 있었다.

"못된 계집애. 부모 잃고 고아원에서 크게 생긴 걸 데려다 키우고 공부시켜 놨더니 뒷구멍으로 큰아버지 재산 빼돌릴 궁리나 하고. 근본이 없는 것들은 이래서 안 된다니까."

"은호 씨 부모님이 근본 없는 분들이었습니까?"

계속되는 말에 참지 못한 준석이 한마디 물었다.

"은호 씨 아버님이 남편분의 동생이니, 굳이 따지자면 자제분들과도 한 핏줄인 셈입니다. 그런데."

"누가 누구하고 한 핏줄이라는 거야!"

앙칼진 목소리가 준석의 말을 잘랐다.

세심하게 연출했을 우아한 부인의 이미지는 이미 그녀에게서 흔적도 찾아볼 수 없었다.

"그 돼먹잖은 계집애를 감히 우리 애들하고 비교를 해? 가당찮은 말도 정도가 있어야 들어주지."

"말씀이 심하십니다, 여사님."

있는 대로 날이 선 준석의 눈빛에 파르랗던 서슬이 단숨에 무뎌졌다. 강자를 알아보는 데에는 탁월한 성숙의 본능이 여기서 더 나가서는 안 된다는 경고를 강하게 보내왔다.

지금 그녀를 향해 있는 칼날 같은 눈빛은 단순히 변호사가 의뢰인을 옹호하는 수준이 아니었다. 제 여자를 위협하는 건 절대 두고 보지 않겠다는 수컷의 강한 공격 본능이 그의 눈에서 뿜어져 나왔다.

"이걸로 얘기는 끝난 것 같군요."

더 이상 자리를 지키고 있을 필요를 느끼지 못한 준석이 자리에서 일어났다.

당장이라도 그녀의 멱살이라도 쥐고 흔들고 싶은 걸 안간힘으로 화를 누르느라 그의 이마에는 굵은 힘줄이 돋았다.

# 13

"어이, 거기!"

퇴근길, 아이들이 모두 빠져나간 교정을 지나 주차장으로 향하는데 난데없이 어디선가 부르는 소리가 들렸다. 은호가 고개를 휙 돌렸지만 아무도 보이지 않았다. 하기야, 간덩이가 붓지 않고서야 감히 그녀를 이런 식으로 부를 녀석은 학교 안에 없었다.

잠시 멈칫하던 은호가 다시 걸음을 옮기려는데 목소리는 다시 들렸다.

"은호 씨!"

분명히 그녀의 이름이다. 누구지? 숟가락으로 항아리 긁어대는 것 같은 변성기 애들 목소리는 아니고. 어쩐지……. 순간 떠오른 준석의 얼굴에 은호가 실소했다.

베개 싸움에서 참패한 결과로 새벽 내내 수영에게 그에 대한 이야기를 너무 많이 했나 보다. 이젠 시도 때도 없이 환청까지 들리는구나. 중증이다, 은호야. 아무렴.

공연히 창피해서 고개를 푹 숙이는데 누군가 그녀의 어깨를 톡 건드렸다. 화들짝 놀라 고개를 든 그녀의 눈앞에 준석이 서 있었다.

"준석 씨!"

은호의 얼굴에 뜻하지 않은 곳에서 그를 본 반가움이 한가득 묻어났다.

"여기까지 어떻게 왔어?"

"전화가 안 되던데, 고장났어?"

"아!"

손에 든 전화기를 흔들어 보이는 것을 보고서야 은호는 그제야 가방 속을 뒤적거렸다. 꺼져 있는 전화기의 전원을 살리며 멋쩍게 웃었다.

"아까부터 자꾸 이상한 전화가 와서 잠깐 꺼놓는다는 게 깜박했다."

부재중 전화를 알리는 메시지와 그가 보냈던 카톡들이 뒤늦게 수신되느라 알림음이 계속되었다.

"이상한 전화?"

순간 그의 얼굴이 굳어지는 걸 보며 은호가 피식 웃었다. 요새 흔하고 넘치는 게 스팸인데 놀라기는.

"요새 시시한 전화 하는 사람들 많잖아. 할 일들이 그렇게도 없는지."

"어떻게 시시했는데?"

"받으면 그냥 끊고. 근데 발신자 번호는 안 뜨고. 어차피 수업 들어가야 하니까 귀찮게 신경 쓰는 것보다 차라리 끄는 게 낫겠다 싶어서."

뭔가 곰곰이 생각하고 있는 그를 향해 은호가 슬그머니 손을 내밀어 팔짱을 끼었다. 갑작스러운 행동에 놀란 기색이던 그가 이내 얼굴 가득 미소를 지었다.

"그나저나 웬일이에요? 이 시간에."

팔짱을 낀 김에 살짝 콧소리까지 넣어가며 애교를 부렸다. 아니나 다를까, 예의 그 느끼한 대답이 건너온다.

"보고 싶어서 데리고 가려고."

"오늘은 차 갖고 왔는데."

"일단 당신 집으로 갔다가 내 차로 같이 움직이자."

"좋아."

팔짱을 낀 그대로 차를 세워둔 곳까지 나란히 걸어갔다. 가슴에 닿는 단단한 팔의 감촉이 믿음직스럽다. 아직 퇴근을 안 한 다른 선생님들의 눈에 띄면 어쩌나 싶은 염려는 미처 자리 잡을 새도 없었다.

"운전 조심해서 해. 전에도 보니까 은근히 과속하는 거 같던데. 따라가면서 감시할 거야."

"걱정 말아요."

시동을 걸고 안전벨트를 하는 것을 보고서야 그는 한 발짝 물러서서 차 문을 닫아주었다. 싱긋 웃으며 손을 한번 들어주고 차를 움직였다. 백미러를 통해 그가 자신의 차로 향하는 것이 보였다.

앞서 가는 그녀의 차를 따라가는 동안 준석은 몇 번이나 가슴이 철렁철렁 내려앉았다. 교차로에서 깜박이도 켜지 않고 진행하는 것은 예사고 끼어들기에 과속까지. 저런 운전으로 아직까지 면허가 취소되지 않은 게 용했다.

"이건 압수!"

한 발짝 먼저 도착해 차에서 내리는 그녀에게 성큼성큼 다가간 준석에 그녀의 손에서 자동차 키를 낚아챘다.

"뭐 하는 거예요?"

"난폭운전 하지 말랬더니 신호 위반은 예사고, 앞지르기에 과속까지. 누구 심장 멎게 할 일 있어?"

생긴 건 얌전한데 운전은 어찌나 거칠던지. 게다가 씩씩대는 그를 보며 던진 한마디는 완전히 주저앉고 싶게 만들었다.

"그래도 오늘은 준석 씨가 뒤에 따라와서 조심했는데."

헉!

뺏은 자동차 열쇠는 그대로 준석의 재킷 주머니 속으로 들어갔다.

"앞으로 얌전히 운전한다는 약속 안 하면 절대 안 줄 거야."

"약속만 하면 되는 거?"

"약속하고 검사도 받아야지."

"검사?"

"숙제했다는 학생 말만 믿고 그냥 넘어가는 선생님 봤어? 일일이 검사해서 확인까지 해야 숙제가 끝나는 거지."

"이거 하고 그게 무슨 상관이라고. 그리고 내가 선생님인데 누구한테 검사를 받아."

"나한테 받아야지. 안전운전 하는 거 확인하기 전에는 절대 키 못 줘."

피, 볼을 있는 대로 부풀렸다가 바람 빠지는 소리를 내더니 이내 열어주는 대로 얌전히 조수석에 올랐다.

"근데 오늘은 어디 가요?"

"궁금해?"

"당연하지. 저번처럼 사전에 말도 없이 황당한 짓 하면 오늘은 진짜 화낼 거야."

"걱정 마. 오늘은 우리 둘만 있을 거니까."

목적지를 향해 준석은 차를 몰았다. 물론 보통 때보다 훨씬 더 조심해서.

붉은색과 황금색으로 화려하게 꾸며진 차이니즈 레스토랑에 들어서자 역시 붉은색 치파오 차림의 종업원이 다가왔다.

"예약하셨습니까?"

이름과 시간 확인 후 두 사람은 곧장 아늑하고 아담한 룸으로 인도되었다. 식전에 나온 따뜻한 차를 홀짝이던 은호가 장난스레 물었다.

"어제는 야근, 오늘은 땡땡이?"

"그런 셈인가?"

"하여간 준석 씨 보면 도깨비 같아. 갑자기 출몰, 어디로 튈지 모름. 오늘도 온다는 얘기했으면 좋았잖아."

"퇴근 시간이 당겨져서 전화했더니 안 받더라고. 그래서 학교로 간 거지."

사무실로 돌아가 봤자 어차피 일도 손에 잡히지 않을 것 같아 전화로 비서에게 이대로 퇴근하겠다는 말만 남기고 학교로 차를 돌린 참이었다. 하지만 데리러 가겠다는 카톡은 수신 확인이 되지 않았고 전화마저 불통이자 잠깐 사이 미칠 듯이 불안했다.

"피곤해 보여. 어제도 거의 잠 못 잤죠?"

"오늘 가서 푹 자면 돼."

"설마 오늘 아침에도 수영했어요?"

"아침 운동은 거의 안 빼먹으니까."

눈가의 그늘을 수면 부족이라고 믿는 그녀에게 둘러대느라 준석은 거짓말을 했다.

"내 친구가 준석 씨 보고 싶어하는데 한번 안 만날래요?"

"소개해 주게? 당연히 만나야지."

시원스레 나오는 대답에 그녀의 얼굴이 환해졌다. 대단한 스킬을 소유하신 그분, 얼굴 좀 봐야겠다며 새벽 내내 졸라대던 수영 때문이 아니라도 세상에서 자신이 가장 좋아하는 두 사람을 꼭 만나게 해주고 싶었다.

"나갔는데 설마 친구라고 남자 녀석이 떡하니 기다리고 있는 건 아니겠지?"

"왜 아니야? 싱글한테는 이성 친구가 필수 자산이라며. 준석 씨가 가르쳐 줬잖아."

"남자가 눈 뒤집히게 만든 여자한테 뭔 말을 못해. 하여튼 남자기만 해봐. 그 자리에서 코뼈를 주저앉혀 버릴 테니까."

"와아, 무섭다."

거실의 소파에 드러누워 얼마 전 인터뷰가 실린 잡지를 펴 들고 있는 영주를 물끄러미 살피던 성숙이 물었다.

"윤변 말이다."

"윤변? 아아, 준석 씨."

"그 사람 어떠니?"

"괜찮은 사람이라고 그랬잖아."

고개를 들지도 않은 채 발을 까딱이며 팔랑, 책장을 넘기는 딸에게 그녀가 다시 물었다.

"좀 진전이 있느냐 말이야."

리듬을 타듯 까딱이며 움직이던 발이 이내 멈추는가 싶더니, 잠시 후 두꺼운 잡지 너머로 영주의 목소리가 들려왔다.

"엄마도 참. 우물가에서 숭늉 찾을 일 있어? 시간 두고 만나면서 조금씩 정 쌓아가는 거지."

잡지에 가려 얼굴을 볼 수는 없지만 어쩐지 풀이 죽은 목소리. 역시나 짐작대로 저 혼자 좋아서 헛물켜고 있었던 게 분명했다.

"그렇게 여유 부리고 있다가 애먼 계집애가 홀랑 채가면 어쩌려고 그래."

단언컨대 준석은 영주에게 아무런 감정도 갖고 있지 않았다. 말같지도 않은 몇 마디에 눈에 불을 켜고 은호를 싸고도는 걸로 봐서는 오히려 그 둘 사이에 뭔가가 있었다.

"그 사람이 너한테 마음이 있는 건 확실해? 괜히 혼자 헛물켜는 꼴 나는 못 본다."

"엄마는 대체 딸을 뭐로 보는 거야?"

영주가 읽고 있던 잡지를 팽개치며 벌떡 일어나 앉았다.

휴대전화는 거는 족족 모조리 무시당하고 사무실로 전화하면 비서가 따돌리는 바람에 준석의 목소리 들은 지도 한참 전이었다. 개똥도 약에 쓸려면 없다고 한국에 들어왔다는 경호도 바쁘다는 핑계로 코빼기도 볼 수가 없어서 그렇지 않아도 이래저래 열불이

나던 참이었다. 그런 상황에서 아픈 곳만 콕콕 쑤시는 성숙의 말을 들으니 울화가 치밀었다.

"나도 자존심이 있어. 나 싫다는 사람한테 매달릴 만큼 바보 아니라고. 그리고 아니할 말로 세상에 남자가 윤변 하나야? 나 싫다는 사람, 나도 싫어. 귀찮게 매달리는 인간들 떼어내기도 귀찮아 죽겠는 판국인데 별걸 갖고 다 잔소리야. 신경질 나게!"

"알았어. 엄마가 잘못했으니까 열 올리지 마. 응?"

"몰라!"

퉁퉁거리며 이층으로 올라갔던 영주는 얼마 되지 않아 외출 준비를 하고 내려왔다.

"어디 가게?"

"신경 쓰지 마!"

쾅, 하는 소리와 함께 현관문이 닫혔고 성숙은 소파 깊숙이 몸을 묻었다.

고작 몇 마디에 저렇게나 파르르 떠는 걸 보니 자존심에 둘러대긴 했어도 준석을 많이 좋아하고 있던 모양이었다.

못된 것! 하다 하다 이젠 영주 눈에 찬 남자까지 꿰차려 들다니. 하는 짓이 꼭 제 어미 판박이였다.

식사 도중 전화가 울리자 은호가 가방을 열었다. 발신자를 확인한 그녀의 미간이 일순 좁혀드는 걸 준석은 놓치지 않았다.

"네."

식사를 멈추고 자신을 바라보는 준석에게 그녀가 계속하라는 손짓을 보냈다. 준석이 소리 나지 않게 입술만을 움직여 누구냐고 물었지만 고개를 살짝 저었다.

"예. 네? 네, ……알겠습니다. ……그렇게 할게요."

용건을 종잡을 수 없는 통화를 마치고 가방에 다시 전화기를 넣는 그녀에게 준석이 물었다.

"누구 전환데 그렇게 조심스럽고 깍듯해?"

"아, 교장선생님."

그러더니 내려놓았던 젓가락 대신 앞에 놓인 찻잔을 들어 마시는 양이 어쩐지 어색했다.

"이 시간에 왜?"

"다음 주에 학부모 참관 수업이 있거든. 그것 때문에 확인할 게 있다고 전화하셨대."

"그래."

그녀가 알려주는 대로 순순히 고개를 끄덕이면서도 준석은 뭔가 석연치 않았다.

차를 집 앞에 세우기가 무섭게 그녀가 문을 열고 밖으로 나갔다.

"운전 조심해서 가요."

서둘러 작별 인사를 하고 돌아가기를 원하는 기색이 역력해 보이는 그녀에게 준석은 다른 말 없이 쉬라는 인사만 남기고 차를 돌렸다. 그리고 그녀의 집에서 빠져나온 첫 번째 골목에서 우회전을 해서 들어가 차를 세웠다.

아니나 다를까, 예상은 빗나가지 않았다. 몇 분 지나지 않아 노란 소형차가 눈앞을 쓱 지나쳐 간다. 준석은 서둘러 차를 따랐다. 역시 짐작했던 대로 피곤하다는 말은 핑계였던 거다. 준석의 눈앞에 낮에 만났던 성숙의 얼굴이 스쳤다. 그에게 거짓말까지 하게 하며 전화 한 통으로 은호를 손쉽게 불러낼 수 있는 사람은 그녀밖에 없었다.

큰길에 진입하자 그녀의 차는 빠른 속도로 달렸다. 러시아워가 지난 도로는 한산했고 그녀는 더욱 속도를 냈다. 뒤따라오고 있는 그를 의식해 나름대로 조심해서 운전했다는 말이 거짓은 아닌 듯 그녀의 운전은 다급하고 난폭하기까지 했다.

혹여 뒤따르고 있는 걸 눈치라도 채일세라 두 대를 앞에 두고 그녀와 다른 차선을 타면서도 준석은 혹여 놓칠세라 신경을 곤두세웠다.

교차로에 다다라 초록색 신호등이 노란색으로 바뀌는 걸 보고 준석은 속도를 늦췄다. 하지만 다음 순간, 그녀의 차는 더욱 맹렬하게 속도를 내더니 빨간색으로 바뀐 신호등 아래를 쏜살같이 내달려 교차로를 빠져나갔다.

"젠장!"

신발도 제대로 신지 못하고 쫓겨났던 그곳 거실에 은호는 다시

서 있었다. 다시는 보지 않을 것처럼 패대기를 치며 내쫓던 성숙이 흔연한 얼굴로 그녀를 맞았다.

그리고 역시나 그때와 같은 인사.

"늦었구나."

"안녕하셨어요."

"앉아라."

턱짓으로 가리키는 대로 소파에 앉자 강 여사가 은제 트레이에 예의 그 홍차를 내왔다.

"마시렴."

뜨거운 찻잔으로 얼음장 같은 손을 데우며 은호는 성숙에게서 나올 말을 기다리고 있었다. 이번에는 대체 무슨 말을 꺼내서 기함을 시킬까. 분명 뭔가 꿍꿍이가 있어서 여기까지 오라고 했을 텐데.

준석은 상속에 관해서는 무조건 자신에게 일임하라고 했지만 지금껏 자신에게 닥친 일은 혼자서 해결하며 살아온 은호로서는 다른 사람에게 자신의 일을 맡긴다는 게 말처럼 쉽지 않았다.

더군다나 성숙은 아까 전화로 상속 건 때문이 아니라 다른 일로 나눌 얘기가 있다고 했다. 자신의 말을 무시했다가는 나중에 분명 후회할 거라는 뉘앙스가 담긴 말. 상습적이고 흔한 구실이라는 걸 알면서도 은호는 오지 않을 수 없었다.

준석이 알면 분명 못 가게 할 것 같아 거짓말까지 하고 왔지만 역시나 마음이 편하지는 않았다. 나중에 집에 돌아가면 자는 사람을 깨워서라도 사실대로 털어놓아야겠다고 은호는 다짐하고 있었다.

"무슨 일로 부르셨어요?"

"네가 꼭 알아야 할 일도 있고 또 달리 일러줄 말도 있어서 말이야."

찻잔을 집어 드는 손가락에 끼워진 에메랄드 반지가 천장에 매달린 샹들리에의 불빛 아래서 은은하게 빛을 뿜어낸다.

"늦은 시간에 찾아와 들어야 할 만큼 중요한 얘기인가요?"

"제법이구나."

성숙의 입가에 조소가 매달렸다.

"윤변이 나이답지 않게 유능하다더니 고객도 가르치나 보구나."

"급한 용건이 아니면 일어나겠습니다."

"나하고 시간 낭비하기 싫다는 말이로구나. 하긴 여기 있는 게 싫겠지. 그렇다고 그동안 내가 너를 참아냈던 정도는 아니겠지만 말이야."

평소보다 훨씬 더 꼬인 말투. 은호는 어쩐지 불길한 예감이 들었다. 오지 않았어야 할 자리에 눈치 없이 끼어들었다가 뒤늦게야 자신이 환영받지 못한 불청객임을 알아차린 것처럼 앉은 자리가 가시방석이다.

"네 변호사에 대해 얼마나 알고 있니?"

고작 준석에 대한 험담이나 하려고 늦은 시각에 불러낸 건가 싶어 은호는 짜증이 치밀었다.

"아버지는 서은대학교 대학병원장이고 어머니는 같은 대학 영문과 교수. 두 사람 모두 의사와 학자로 학계에서는 명성이 대단하지."

뒤이어 집안 대대로 물려 내려온 엄청난 재산이며 정재계에 걸쳐진 대단한 인맥에 대한 이야기가 이어졌지만 은호의 귀에는 하나도 들어오지 않았다. 은퇴를 앞둔 아버지와 아이들을 가르친다는 어머니가 저렇게나 대단하게 바뀔 수도 있다는 사실이 그녀는 그저 신기하기만 했다.

성숙이 무슨 생각으로 이런 장광설을 늘어놓고 있는지 짐작은 가지만 엄연히 준석과 그녀 사이의 일. 성숙이 끼어들 영역은 절대 아니었다.

혹시 영주의 짝으로 준석을 탐을 냈나. 은호는 의구심이 들기 시작했다.

성숙에게는 철저하게 호감도 제로 퍼센트인 자신을 위해 그녀가 변호사의 뒷조사를 했을 리는 없고. 줄줄이 이어지는 자세한 프로필을 보니 뒷조사 하나는 끝장나게 한 것 같은데…….

인터뷰를 마치고 나오는 길이라던 영주와 마주쳤던 날, 그녀가 유독 준석에게 친근하게 굴던 장면이 떠오르자 의심은 확신으로 굳어졌다.

알면 알수록 탐나는 남자이긴 하지. 더군다나 방금 들은 정도의 스펙과 배경을 갖고 있는 남자라면 영주의 신랑감으로 손색이 없겠다 싶었을 것이고. 그러니 이렇게 불러들여 먼저 경고를 하는 것일 테고. 근데 어쩌나요. 그 남자하고는 이미 서로 침 바른 사이인데.

엄청난 유산을 상속받았을 때와는 비교도 할 수 없을 정도의 만족감에 은호의 어깨에는 저절로 힘이 들어갔다.

"부르신 용건을 들었으면 좋겠는데요. 내일 일찍 출근해야 해서요."

재차 재촉을 하는 그녀의 말에 성숙이 피식 웃었다.

"그동안에는 긴가민가했었는데 오늘 보니 너희 엄마랑 많이 닮았구나."

"딸이니까요."

"딸은 대개 아버지 쪽을 닮는다고들 하는데 넌 확실히 외탁을 한 모양이야."

말투로 보아 좋은 의미로 하는 말이 절대 아니었다. 일순 치솟는 불쾌감. 티내지 않으려 애를 쓰며 되물었다.

"그런가요?"

"너희 엄마를 만난 적이 있지. 아주 예전에."

뜻밖의 말에 은호가 멈칫했다.

"무슨 말씀이세요?"

묻는 말끝이 떨렸다. 이건 뭐 하자는 장난인가. 돌아가시기 직전까지 명절마다, 제사 때마다 얼굴 마주했던 걸 말하는 것 같지 않았다.

"너희 엄마가 처녀 때, 아니, 너를 낳기 전이라는 게 더 정확한 표현이겠구나. 어쨌든 신문기자였었다는 건 아니?"

"아니요."

엄마가 그런 직업을 가졌었다니 상상이 가지 않을뿐더러 금시초문이었다. 그녀 기억 속의 엄마는 사건 현장을 누비고 사람들을 만나는 것보다는, 집 안에서 살림을 하며 가족들 뒷바라지를 낙으로 알고 살던 분이었다.

"그때만 해도 지금과 달라서 여자가 택할 수 있는 직업은 많지 않았지. 그런데 졸업을 하기도 전에 신문사에 취직을 했었더구나."

"그거 알려주시려고 부르신 건가요?"

자신은 모르는 뭔가를 알고 있는 건 분명해 보였다. 하지만 정작 중요한 사실은 알려줄 생각 않고 빙빙 돌려가며 변죽만 울리는 것에 은호는 짜증이 일었다.

보나마나 그녀의 약을 오르게 할 만한 뭔가를 알고 있는 것 같은데, 여태껏 모르고 살았던 일이면 앞으로도 모르고 살 수 있었다.

자신하고 있는 것보다 스스로에 대해 무지했던 은호의 결론은 단순하고 명료했다.

"세상에서 저 혼자만 잘난 척 상대방 무시하는 것도 그렇고, 말로 사람 기죽이려 드는 것도 그렇고. 가만 보면 나이를 먹을수록 하는 짓이 네 엄마 판박이야."

"더 하실 말씀 없으시면 이만 가볼게요."

치밀어 오르는 분기를 숨기려 하지도 않고 은호는 자리에서 일어났다.

고작 이런 말 들으려고 천금 같은 데이트도 작파하고 부르는 대로 쪼르르 달려와 앉아 있었다니. 내 앞으로 이 집에 다시 발을 들이면 김은호가 아니다!

차에 올라 시동을 걸고 잠시 기다리는 사이 은호의 머릿속은 복잡했다.

나는 모르고 성숙 여사가 알고 있는 건 대체 뭘까. 기자였다는 엄마의 직업이 특히 계속 마음에 걸렸다. 그녀가 알고 있는 한, 남아 있는 엄마의 흔적 어디에서도 그런 사실은 전혀 찾아볼 수 없었다.

"미국에 전화를 해봐야 하나."

외조부 두 분은 그녀가 태어나기 전에 이미 돌아가셨고, 다른 외가 쪽 친척들과도 연락이 끊긴 지 오래되었다. 그나마 연락처를 알고 있는 건 뉴욕에 살고 있는 이모뿐이었다. 그마저도 시차가 맞지 않아 통화한 지가 언제인지 가물가물할 정도였다.

"하여튼 여러 가지로 복 받은 남자야."

정정하신 할머니 두 분을 비롯해 부모, 형제, 조카들까지. 함께한 시간과 추억을 공유할 가족이 많은 준석이 은호는 처음으로 부러워졌다.

뜬눈으로 하룻밤을 새우다시피 했는데도 잠을 잘 수가 없었다. 허무하게 은호를 놓치고 망설임 끝에 집으로 돌아온 준석은 내내 전화기에서 눈을 떼지 않았다. 심지어는 샤워를 하는 중에도 가까이 두고 그녀의 전화를 기다렸다.

거짓말로 그를 따돌린 것이 미안해서라도 이 밤 내로 전화를 걸어올 거라고 믿었다. 하지만 새벽 한 시가 넘어가도록 그녀에게서는 연락이 오지 않았다.

설마 성숙이 그녀에게 사실을 터뜨린 건 아니겠지. 그가 파악한 바로 성숙은 손에 쥔 장난감을 쉽게 내어주는 성격이 아니었다. 감질나게 해서 안달을 내게 하고 제풀에 지쳐 갖고 싶은 마음이 완전히 사라졌을 때 이미 싫증이 난 것을 선심 쓰듯 던져 줄 사람이었다.

하지만 만일 자신의 짐작이 틀렸다면?

불현듯 엄습한 예감에 준석의 얼굴이 새파랗게 질렸다. 이대로 있어서는 안 되겠다고 생각해 자동차 키를 챙겨 들었을 때 전화벨이 울렸다.

"은호 씨?"

[자는데 깨운 거 아니죠?]

지난 몇 시간 긴장했던 것이 무색하게 그녀의 음성은 평온했다.

"안 잤어요. 그보다."

[미안해.]

"응?"

[당신한테 거짓말했어. 당신하고 헤어지고 나 한남동 갔다 왔어요.]

"혼나야겠네."

[그러게.]

낮은 웃음소리를 듣자 그제야 안심한 준석이 침대에 풀썩 주저앉았다. 목덜미를 적시던 식은땀이 그제야 서서히 가셨다.

[할 말이 있다고 오늘 보자고 하시는데 거절할 수가 없었어.]

"가서 무슨 말 들었는데?"

[큰어머니가 당신 욕심냈었나 봐. 대단한 집안의 대단한 남자라고. 듣다 보니까 프로필이 거창하던데?]

하아, 그 아줌마. 대체 무슨 일까지 벌일 작정인지.

"알고 나니 놀랐지? 너무 근사한 남자가 자길 좋아해 주고 있어서."

[진짜 놀랍긴 하더라. 헛소리 잘하고 허방다리도 은근 잘 짚는 남자더러 완벽한 커리어의 완소남이라니. 듣고 있는데 웃겨서 죽는 줄 알았어. 당신 실체 알면 죽어도 그런 말 못했을 텐데.]

작정하고 감춘 건 아니지만 있는 대로 털어놓지도 못한 상황에서 혹여 놀라지는 않았을까 걱정하던 마음이 눈 녹듯 사라졌다.

"잊지 마. 그런 나 좋아해 줄 여자는 김은호밖에 없어."

짐짓 엄포를 놓는 말에 그녀가 억울해했다.

[내가 좀 아깝긴 한데 까짓것, 인심 쓰지 뭐.]

"잘 생각했어."

몇 시간 동안의 긴장과 우려, 걱정은 그것으로 사라졌다.

잠시 후, 통화를 마치고 누운 준석은 지난 이틀간 그를 괴롭혔던 걱정은 잠시 잊은 채 깊은 잠에 빠져들었다.

# 14

"점심식사 안 하세요?"

노크 소리와 함께 문을 열고 들어온 세정의 물음에 책상 앞에 앉아 있던 준석이 고개를 들었다.

"시간이 벌써 그렇게 됐어요?"

"네."

세정이 웃으며 대답했다.

워커홀릭이 어쩐 일로 요 며칠 의견서 제출도 늦고 혼자 일찍 퇴근까지 해서 뭔 일인가 했었다. 그런데 역시나. 오늘은 출근 직후부터 일에 파묻혀 헤어 나올 줄을 모르고 있었다.

덕분에 덩달아 바쁘게 오전을 보낸 세정은 점심시간이 되어도 움직일 줄 모르는 보스를 닦달하러 나선 길이었다.

"다녀와요. 난 좀 더 있어야 할 것 같아."

"도시락 주문해 드릴까요?"

"괜찮아요. 이것만 마저 보고 알아서 먹을 테니까 신경 쓰지 마세요."

"알겠습니다."

세정이 지갑을 챙겨 사무실을 나간 지 얼마 되지 않아 또다시 노크 소리가 들렸다. 필요 없다고 했는데 도시락 주문을 한 건가 싶어 고개를 드는데 문을 열고 상현이 들어왔다.

"식사하러 안 가셨어요?"

들고 있던 서류를 내려놓으며 자리에서 일어난 준석이 그를 맞았다.

"오늘은 예서 해결을 해야 할 것 같구나."

무슨 말씀인가 싶어서 보니 상현의 손에 제법 큰 꾸러미가 들려 있었다.

"고모가 도시락 싸주셨어요?"

웃음을 참으며 묻자 떨떠름한 표정으로 그가 고개를 끄덕였다.

"아침에 나오는데 들려주더구나. 그동안 술 마시고 늦게 다닌 벌이라면서."

스타일을 중시하는 고모부의 손에 들린 옛날식으로 싼 황금색 보자기라니. 그보다 확실한 벌도 찾기가 힘들 듯했다.

"앉으세요."

서둘러 다가가 보따리를 받아 들며 준석은 자리를 권했다.

"벌이 아니라 축복인데요?"

잠시 후 도시락을 먹던 준석이 조금 전 자신의 말을 정정했다. 말로는 벌이라며 으름장을 놓았겠지만 고모가 들려 보낸 각각의 음식들에는 고생하는 남편을 위한 정성이 소복이 담겨 있었다. 그래서인지 맛도 모양도 사 먹는 어떤 음식에도 댈 바가 아니었다.

"너희 고모가 성격은 별로다만 음식 솜씨야 어디다 내놓아도 남부럽지 않지."

"이따 감사 전화드릴 때 꼭 그대로 전할게요."

"예끼!"

오랜만에 웃으며 식사를 마치고 난 후 준석이 커피를 만들어 내놓았다.

"향이 좋구나."

"은호가 고른 거예요."

그 말에 상현이 반잔쯤 마신 커피를 물끄러미 바라보았다.

"별일 없지?"

"아직은요."

"이 여사가 호락호락한 사람이 아니니 그게 걱정이다."

"차라리 사실을 알려주는 게 나을지도 모른다는 생각이 들어요."

조심스러운 그의 말에 상현이 단호하게 고개를 저었다.

"충격이 클 거야. 안 돼."

"하지만 이젠 더 이상 비밀로 할 수가 없습니다. 그건 고모부도 알고 계시잖아요."

며칠 밤을 제대로 된 잠 한숨 못 자고 고심 끝에 내린 결론이었다.

무턱대고 숨기는 것만이 능사가 아니었다. 물론 고모부의 걱정대로 충격이 클 것이다. 여태껏 부모로 알고 있던 이들이 사실은 친부모가 아니었다는 것도, 큰아버지가 친부였다는 사실도, 그녀가 받아들이기는 힘들 거라는 걸 알았다.

하지만 그 어떤 것도 성숙의 날카로운 입을 통해 밝혀지는 것보다는 나을 거라는 생각 때문에 위험을 감수하고서라도 사실을 밝히고 싶었다.

"조금만, 조금만 더 생각을 해보고 결정을 했으면 싶구나."

"망설일 시간이 없습니다. 얼마 전에도 밤늦게 할 말이 있다며 은호를 집으로 불러들였어요."

상현의 낯빛이 순식간에 바뀌자 준석이 서둘러 덧붙였다.

"다행히 그날은 별일 없었지만 오늘 당장이라도 작심하고 먼저 터뜨리면 은호가 감당하기는 더욱 힘들어져요. 아시잖아요."

준석이 본격적으로 그를 설득하고 나섰다.

"어떤 식으로든 결론을 지어야 할 때가 된 것 같습니다. 은호도 이제 사실을 알 권리가 있고요. 어쨌든 친부모님의 일이 아닙니까."

"만일 그 아이가 사실을 알면 어떻게 할 것 같으냐."

"물론 힘들어하겠지요, 처음에는."

이 부분에서는 준석의 목소리가 작아질 수밖에 없었다.

"차라리 제 어미가 살아 있다면 나도 벌써 사실을 밝히고 나섰을지도 모르겠다. 그렇지만 어차피 이미 죽고 없는 사람인데 이제와 뒤늦게 알게 되면 그 아이 가슴에 상처만 더하는 꼴이 될까 봐, 나는 그게 두렵구나."

"영원히 묻어둘 수만 있다면 저도 그러자고 했을 겁니다. 하지만 이미 엎질러진 물입니다. 만약 지금이라도 한남동에서 은호 불러들여서 임의대로 각색한 이야기를 들려주면 그 뒷감당을 어떻게 하시려고요. 그렇게 되면 고모부와 제가 무슨 말을 해도 곧이 들으려 하지 않을 겁니다."

사람은 처음 접한 사실을 무턱대고 진실로 믿어버리는 고약한 습성이 있다. 처음 본 것, 처음 들은 것, 처음 느낀 것. 사실이란 녀석은 어느 각도에 놓고 보느냐에 따라 각기 조금씩 다른 얼굴을 하고 있는데 그 미묘한 차이에 따라 진실을 보는 창도 달라질 수밖에 없다.

준석이 걱정하는 건 바로 그 점이었다.

"그 아이와 약속을 정해야겠구나."

한동안의 침통한 분위기를 깨고 상현이 마침내 결단을 내렸다. 안도하는 찰나, 사무실 문이 벌컥 열렸다.

"그러실 필요 없을 것 같아요."

오늘은 수능일. 아이들은 전날 일찍 학교를 파하고 이튿날 학교를 오지 않아도 되는 것에 행복해했고, 그건 은호도 마찬가지였다.

하지만 게으름 피울 사이도 없이 여느 날과 다름없이 일어난 은호는 오히려 평소보다 더 분주하게 오전을 보냈다. 며칠 전 거짓말로 따돌리고 몰래 한남동에 간 것도 마음에 걸리고, 자신에게 다 맡기라던 그의 말을 듣지 않은 것도 미안해서 도시락을 만들어 준석에게 가져갈 생각이었다.

나물들을 데쳐 무치고, 색색의 재료를 채치고 볶아 잡채를 만들고, 어젯밤 미리 양념에 재어놓은 불고기도 부드럽게 익혀냈다. 맛이 든 김치를 먹기 좋게 썰고 고슬고슬하게 밥을 지었다.

불쑥 찾아가 놀라게 할 생각으로 준석에게는 일부러 알려주지 않았다. 그사이 몇 번의 통화로 목소리를 익힌 홍 비서에게 별다른 스케줄이 없다는 것도 확인한 참이었다.

사무실에 들어가자 식사하러 갔는지 홍 비서의 모습은 보이지 않았다. 놀라는 모습을 보고 싶은 마음에 노크를 하는 대신 문고리를 잡고 소리 나지 않게 살짝 문을 열었다.

"어쨌든 친부모님과 관련된 일 아닙니까."

평소와 달리 격앙된 그의 목소리에 놀라 잠시 멈칫했다. 업무 때문에 통화 중인가 싶어 다시 문을 닫으려는 찰나, 자신의 이름이 들리자 은호는 귀를 세우며 살짝 열린 문 사이로 얼굴을 댔다.

안에서 대화가 계속될수록 문고리를 움켜잡고 있는 손에 잔뜩 힘이 들어간다. 두 사람 사이에 오가는 대화를 정확히 들을 수는 없었지만 평생 동안 자신을 둘러싸고 있던 세계가 온통 거꾸로 뒤집히는 느낌이었다.

충동적으로 벌컥, 문을 열었다. 깜짝 놀란 두 남자의 얼굴이 눈에 들어왔다. 경로는 전혀 달랐지만 어쨌든 놀라는 얼굴을 보겠다는 목적은 성공한 셈이었다.

거세게 뛰기 시작한 가슴을 진정시키려 애를 쓰며 은호가 물었다.

"대체 무슨 일인지 설명해 주시겠어요?"

다음 순간 돌 사진에서 보았던 이름이 그녀의 뇌리를 스쳤다.

"제 돌 사진에 메모를 남기신 적 있죠?"

만년필로 쓰여 있던 굵은 필체. 낯설지 않은 그 이름이 왜 지금 떠올랐는지 그녀로서도 알 수가 없지만, 그 말에 흠칫 놀라는 모습을 보니 짐작이 틀리지 않은 것 같았다.

난감해하는 얼굴을 보는 순간 목과 양어깨에 잔뜩 힘이 들어갔다. 허리는 반듯하게 곧추세워지고 코에서는 뜨거운 김이 쏟아진다. 뇌는 맹렬하게 작동하며 정보들을 추려 정리하기 시작했고 어떤 말이라도 금세 튀어나갈 것처럼 꿈틀대는 입술을 간신히 앙다물고 있었다.

"은호 씨, 내가 다 설명할게."

옆에서 다급하게 나서는 그의 목소리가 들렸다.

"준석 씨 이야기는 나중에 들을게요."

의외로 조금도 떨리지 않고 침착한 목소리가 나와주다니, 다행이었다.

"일단 앉자꾸나."

면구스러울 정도로 항상 존대를 하던 유 변호사가 스스럼없이 말을 놓자 은호는 조금 전 자신이 잘못 들은 게 아니었다는 실감이 비로소 들었다. 후들거리는 다리로 그녀가 소파에 몸을 걸쳤다.

"너도 자리를 비워주는 게 어떠냐."

은호가 그를 향해 짧게 고개를 끄덕이자 내키지 않는다는 듯 잠시 망설이던 그가 밖으로 나갔다.

"어떻게 이야기를 시작해야 좋을지 모르겠구나."

"처음부터요. 어느 것 하나도 빼거나 더한 것 없는 사실을 말씀해 주세요."

두 손을 무릎 위에 모으고 들을 준비를 마친 채 고개를 들어 나이 지긋한 얼굴을 바라보았다.

두 사람이 마주 앉은 모습을 마지막으로 보고 나온 지도 벌써 한 시간이 넘었다. 그사이 점심식사를 마치고 돌아온 세정에게 억지로 반차를 안겨 퇴근을 시키고 준석은 의뢰인들이 사용하는 소파에 앉아 벽에 걸린 시곗바늘만 쳐다보고 있었다.

기다리는 시간이 점점 늘어나면서 들어갈까 하는 생각도 들었지만 그를 향해 단호하게 고개를 젓던 은호를 생각하면 쉽사리 움직일 수가 없었다.

안에서는 대체 어떤 말이 오가는 걸까. 처음에는 그녀가 감정을 이기지 못해 뛰쳐나올지도 모른다는 생각도 했었지만 그런 예상을 비웃기라도 하듯 아직까지 잘 버텨주고 있었다.

굳게 닫혀 있던 문은 세 시가 지나서야 열렸다. 문이 열리는 소리를 들은 준석이 자리에서 벌떡 일어났다. 먼저 그녀의 모습이 보이고 상현이 그 뒤를 따라나왔다.

"그동안 힘드셨을 텐데 뒤늦게나마 이렇게 알게 해주셔서 고맙습니다."

고개를 숙이며 깍듯하게 인사를 차리는 그녀를 바라보는 상현의 눈에 형언할 수 없는 안쓰러움과 애틋함이 담겼다.

"나야말로 너한테 면목이 없구나. 진작 나서서 밝혔어야 할 것을."

"아닙니다."

어깨를 다독이려는 듯 앞으로 뻗는 손길을 한 발 뒤로 물러서는 것으로 정중하게 거절하며 은호가 작별을 고했다.

"이만 가보겠습니다."

"그래그래."

준석이 서 있는 쪽으로는 일별도 하지 않은 채 그녀는 사무실을 나섰다. 복도를 가로지르고 있는 그녀의 뒤를 준석은 아무 말 없이 따랐다. 엘리베이터가 올라오기를 기다리는 동안에도 그녀는 그에게 눈길 한번 주지 않았다.

꾹 다문 입술, 하얗게 질린 창백한 얼굴, 간헐적으로 떨리는 어깨만이 심중의 동요가 어느 정도인지를 말해주고 있었다.

"은호야."

그의 부름에도 그녀의 눈은 엘리베이터 패널에 고정된 채 움직일 줄을 몰랐다. 어떻게 하면 그녀가 받을 충격을 조금이라도 줄일 수 있을지 고민하던 시간들은 모두 수포로 돌아가고 말았다.

"미안하다. 그런 식으로."

때마침 엘리베이터가 도착해 문이 열리자 그녀는 그대로 안으로 들어갔다. 여전히 그에게는 눈길 한번 주지 않고 있었다. 뒤따라 타려는 기색을 알아차리고 그제야 그녀가 고개를 들어 시선을 맞추었다.

"따라오지 마."

감정의 흔적이라고는 찾아볼 수 없는 텅 빈 눈동자와 마주한 순간 준석은 저도 모르게 움찔했다. 환한 미소로 빛나던 얼굴에서 빛이 사라져 버렸다. 그가 보고 있는 건 생명의 기운이라고는 찾아볼 수 없는 인형이었다.

머뭇거리는 사이 엘리베이터의 문은 닫혔고 그녀는 사라졌다.

그의 짐작대로 상현은 옥상에 올라가 있었다.

"갔니?"

오랜 시간 형벌처럼 어깨에 걸머지고 있던 무거운 짐을 내려놓은 탓일까. 더없이 무거운 얼굴에서 어렴풋이 홀가분함이 느껴졌다. 더불어 형언할 수 없는 허무와 착잡함까지도.

"전부 다 알려주셨어요?"

"이제 와 감추면 뭐 하겠니."

"은호는 뭐라고 하던가요?"

"알겠다고 하더구나. 그저 그 말뿐이었다."

초겨울 거센 바람에 옷자락이 휘날렸지만 두 사람은 꼼짝 않고 서서 구름 낀 하늘만 바라보고 있었다.

"가엾은 것. 차라리 울기라도 하지. 왜 그랬느냐고 화를 내고 원망이라도 할 것이지. 그 어린것이 하얗게 질려서 가만히 듣고 있는 걸 보고 있자니 가슴이 아파서."

한참 동안 탄식을 하던 상현이 몸을 돌렸다.

풀썩!

잠시 휘청대는가 싶던 그가 금세 힘을 잃고 바닥으로 쓰러지고 말았다. 놀란 준석이 다급하게 그의 몸을 받아 안았지만 이미 상현의 눈은 굳게 닫힌 후였다.

차 키가 들어갈 자리를 쉽게 찾을 수가 없었다. 감각이 무뎌진 손으로 몇 번이나 운전대 아래를 더듬었지만 그때마다 그녀를 비웃기라도 하듯 헛손질만 계속되었다.

여기서 쓸데없는 일로 시간을 지체할 여유가 없었다. 눈을 감고 심호흡을 한 후 은호는 천천히 다시 한 번 시도를 했다. 잠시 달그

락거리던 키가 이번에는 제자리를 찾아 들어가고 이윽고 시동이 걸렸다.

도로로 나간 은호는 처음 운전하는 초보처럼 양어깨에 잔뜩 힘을 준 채로 오로지 전방만 주시했다. 마치 기계처럼 운전대를 조작하고 가속 페달과 브레이크를 번갈아 밟았다.

"거짓말쟁이들."

푸른색 화살표 신호에 따라 좌회전을 하기 위해 운전대를 돌리던 그녀가 문득 중얼거렸다.

간혹 출생의 비밀을 소재로 한 드라마를 볼 때면 아무리 거짓으로 꾸며낸 이야기지만 한 사람이 살아왔던 세계를 통째로 뒤집어 버리는 건 잔인한 일이라고 생각했다. 그런데 다른 사람도 아닌 그녀 자신이 그 통속극의 주인공이었다니.

직접 겪어보니 출생의 비밀을 알고 난 뒤 쏟아내던 주인공의 눈물은 모두 거짓이었다. 눈물을 흘리는 것도 슬프거나 기쁜 감정을 느껴야 가능한 일이었다. 그런데 막상 자신의 일이 되니 감정은커녕 가슴 전체에 커다란 구멍이 뚫린 것처럼 그저 허탈할 뿐이다.

온통 거짓말쟁이들이다.

작가도 배우들도, 떠난 사람들도 남아 있는 사람들도.

로비에서 데스크를 통해 연락을 하자 금세 올라오라는 대답이 떨어졌다.

"김은호 님이십니까?"

안으로 들어서는 그녀를 보고 자리에서 일어난 비서가 물었다. 고개를 끄덕이자 닫힌 문 앞으로 다가가 노크를 하고 그녀의 방문을 알렸다.

"들어가십시오."

등 뒤로 문이 닫히는 소리를 들으며 은호는 허리를 곧추세웠다. 이제 또 다른 진실과 대면할 시간이었다.

"살다 보니 네가 나를 찾아올 때가 다 있구나."

서류를 들여다보느라 쓰고 있던 돋보기를 벗으며 성숙이 자리에서 일어났다.

"갑자기 웬일이니? 설마 네 건물이라고 유세하러 온 건 아닐 테고."

말끝에 비치는 은근한 비웃음 따위는 이제 조금도 걸리지 않았다.

"다 알고 계셨던 거죠?"

상현의 말을 듣고서야 비로소 알 수 있었다.

그저 더부살이하는 조카가 마뜩치 않아서라고 치부하기에는 지나치게 차갑고 날카로웠던 성숙의 말과 행동들. 어려서는 그저 자신의 가족들 틈에 낀 그녀의 존재가 못마땅해서일 거라고 생각했다. 하지만 어른이 되고 간혹 예전의 일을 떠올릴 때마다 문득 궁금해질 때가 있었다.

"늘 궁금했어요. 왜 그렇게 날 미워하는지."

물끄러미 그녀를 바라보던 성숙이 천천히 입술을 비틀며 웃었다.

"생각보다 빨리 털어놓은 걸 보니 마음이 급했던 거로구나."

"그, 그분이 돌아가시기 전부터 알고 계셨던 거죠?"

큰아버지라는 말이 쉽게 나오지 않았다. 돌아가신 분을 지칭하는 어떤 말도 입 밖으로 꺼내고 싶지 않았다.

"그래, 나는 처음부터 알고 있었어. 대체 왜 내가 너에게 항상 차갑게 대했을 것 같니?"

"처음부터라면……."

"갓 태어난 널 병원에서 데리고 나왔을 때부터. 그 길로 곧장 나주까지 내려가서 제 동생한테 널 넘겨주는 것도 직접 봤지."

모든 사실을 다 알면서도 지금까지 철저히 숨겨왔다니. 그 냉정함에 새삼 몸서리가 쳐졌다.

"어떻게 하면 가장 효과적일지 그간 고민했는데 좀 아쉽구나. 가만 보면 넌 은근히 운이 좋은 아이야."

"왜 진작 사실을 밝히지 않으셨어요?"

은호의 물음에 그녀가 소리 내어 웃었다.

"내가 왜 밝혀야 하니? 그 사람은 우리 애들 아빠로만 남아 있어야 하는데. 거기에 네가 끼면 모양새가 우습지 않았겠니?"

그래서였나. 불륜의 증거를 그렇게 오래 곁에 두고도 남편에게 한마디 내색도 하지 않은 이유가.

"너를 데리고 있으니 좋은 점도 있더구나. 그렇게 많은 여자를 전전하면서도 아이만큼은 생기지 않도록 조심을 했으니까.

"정말 돈 때문이었나요? 제, 제……."

"그 사람이 너 낳아준 여자를 헌신짝처럼 버린 거?"

어떻게 지칭을 할지 몰라 쉽사리 더듬거리는 은호와 달리 성숙은 아주 쉽고 노골적인 표현으로 이야기를 이어갔다.

"물론이다. 애초에 돈에 욕심이 없었으면 사 년간 연애한 여자를 두고 선 자리에 나오지 않았겠지. 끼니나 겨우 잇는 집안의 장남, 매달 받는 월급은 고스란히 동생들 치다꺼리로 들어가고. 생각은 하늘을 날고 있는데 딛고 있는 현실은 날개는커녕 진창이었지. 아무리 노력해도 평생을 그저 그런 월급쟁이로 살아야 하는 게 끔찍했을 거다. 그러던 차에 나를 만난 거고."

"호, 혹시 그…… 분의 존재를 알고도 결혼한 건가요?"

지나치게 자세한 설명에 설마 하는 생각으로 은호가 물었다.

"난 김윤국이라는 남자가 탐이 났고 그 남자도 내가 가진 조건에 자신을 걸었어. 그거면 충분하지 않니?"

끔찍하고 무서웠다. 동시에 아직 얼굴도 모르는 젊은 여자가 말할 수 없이 가여웠다.

"그래, 이젠 다 알아버렸으니 어떻게 할까? 너하고 나 사이에는 아직 해결할 게 남아 있잖니?"

"가져가세요."

은호가 강하게 고개를 저으며 말했다.

"건물이든, 신탁이든 뭐든 하나도 필요 없어요. 그러니까 모두

다 가져가세요."

어떻게 그곳을 빠져나왔는지 은호는 기억하지 못했다. 성숙이 내민 몇 가지 서류에 사인을 했고, 정신을 차리고 보니 현관 앞에 서 있었다. 몇 번이나 잘못 누른 비밀번호 때문에 문은 열릴 줄 몰랐고 퇴근해 들어오던 옆집 여자가 멀거니 서 있는 그녀를 걱정스럽게 바라보고 있었다.

아무 일 아니라는 듯 웃어 보이고 이번에는 정확하게 키를 누르고 들어갔다. 그리고 곧장 암흑.

눈을 뜬 건 볼을 스치는 부드러운 손길 때문이었다.

"정신이 들어?"

가물가물한 시야에 흐릿하게 준석의 모습이 잡혔다.

"누워 있어."

몸을 일으키려는 그녀의 어깨를 준석이 가볍게 눌렀다.

"어떻게……."

무거운 느낌에 시선을 내려고 보니 팔에는 바늘이 꽂혀 있고 침대 옆에는 링거가 매달려 있었다.

"급한 대로 해열제 놓고 응급처치 했는데 이거 다 맞고도 열 안 내리면 입원해야 된대."

신발도 벗지 못하고 현관 앞에 웅크린 채 쓰러져 있는 그녀를 발견했을 때의 충격이 아직도 가시지 않은 준석의 음성이 낮게 떨렸다.

"출근해야 되는데."

"학교에는 내가 연락했어. 오늘이 금요일이니까 주말 지나고 월요일에 가서 병가 낼게."

그의 말대로라면 꼬박 하루가 넘도록 정신을 잃고 있었다는 얘기였다. 문득 장례를 마치고 돌아와 쓰러진 듯 잠들었다 깨었을 때가 떠올랐다.

갑자기 웃음이 나왔다. 아무것도 모르고 있던 바보. 낳아준 사람이 누군지, 길러준 사람이 누군지도 모르고 평생을 살았다니.

"은호야."

느닷없이 웃기 시작하는 그녀의 모습에 당황한 준석이 몇 번이나 그녀의 이름을 불렀다. 하지만 그의 목소리는 전혀 귀에 들리지 않는 듯 한참 동안 웃어젖히던 그녀가 한숨처럼 내뱉었다.

"이십팔 년을 살았는데 나에 대해 아무것도 아는 게 없어. 세상에 이런 바보가 어디 있어?"

굵은 눈물방울이 주르륵 뺨을 타고 흘러내렸다.

사생아로 태어난 것도 모자라 엄마를 죽였다. 사랑했던 남자에게 비참하게 버림받은 가엾은 여자를 그녀가 죽게 만들었다.

"불쌍해. 불쌍해서 미치겠어. 왜 그랬던 거지? 나 따위 그냥 없애 버렸어도 됐잖아. 그런데 왜? 대체 왜!"

참을 수 없이 눈물이 흘러내렸다. 숨을 쉴 수가 없었다. 답답한 가슴을 주먹으로 아무리 때려도 숨이 쉬어지지 않았다.

"아악!"

급기야 그녀는 몸을 비틀며 소리를 질러댔다.

"으아악!"

"은호야!"

달래려 다가드는 그를 사정없이 밀쳐 냈다.

"꺼져! 다 꺼져 버려!"

팔에 꽂힌 주삿바늘을 거칠게 붙잡아 빼내 던졌다.

"이깟 게 무슨 소용이야!"

"너 이러면 안 돼."

"이거 놔! 날 좀 내버려 두란 말이야!"

미친 듯이 몸부림을 치며 울부짖었다. 아무것도 눈에 들어오지 않았다.

"안 되겠다. 병원에 가자."

강제로 몸을 일으키려는 그를 은호가 매섭게 뿌리쳤다. 하루가 넘도록 정신을 잃었던 사람이라고는 믿기지 않을 정도로 억센 서슬에 그가 멈칫했다.

"불쌍하지? 안돼서 죽겠지? 가진 건 쥐뿔도 없는 게 살겠다고 아등바등하는 게 웃겼지?"

"아니야."

"저 낳은 사람이 죽은 줄도, 키워준 사람이 누군지도 모르는 바보 같은 년이야. 근데 안 웃겨? 이게 안 웃겨?"

눈물로 온통 얼굴을 적신 채로 그녀가 물었다.

"난 웃겨 죽겠어. 죽었다잖아. 그냥 그대로 죽고 말았다잖아.

그 불쌍한 여자, 제 새끼 뺏긴 줄도 모르고 죽었다잖아. 어떻게, 어떻게 그런, 어떻게 그럴 수가 있어."

소리도 없는 눈물이 얼굴을 타고 쉼 없이 흘러내렸다.

스르륵 정신을 잃고 쓰러지는 은호를 준석이 품에 안았다. 널 어떡하면 좋으니. 어떻게 하면 네가 입은 상처가 아물 수 있을까.

# 15

한계치까지 치솟은 혈압 때문에 쓰러져 응급 수술을 받은 상현의 병실 앞은 소식을 듣고 달려온 가족들로 가득 차 있었다. 수술하는 동안 한 차례 위험한 고비가 있었던 만큼 중환자실을 거쳐 병실로 내려와서도 면회는 좀처럼 허락되지 않았다. 절대 안정이라는 의사의 주의에 아내인 영혜만이 간신히 드나들 수 있을 뿐이라 그들은 번갈아 병실 앞을 지키고 있었다.

잠시 후 병실 문이 열리고 초췌한 얼굴의 영혜가 나왔다.

"형수님."

"고모."

"작은어머님."

제각각 촌수에 맞는 호칭을 부르며 모두 그녀 앞으로 다가들었다.

"당분간 안정하면 크게 걱정할 일은 없대요. 그러니 이제 안심하셔도 될 것 같아요."

다들 안도하는 사이 그녀가 가까이 서 있던 준석을 찾았다.

"너 찾으신다. 들어가 봐."

각도를 조절한 침상에 기대 앉아 있던 상현이 준석을 보자 반색을 했다.

눈앞에서 그가 쓰러진 광경을 직접 목격했던 준석으로서는 이렇듯 혼자 힘으로 앉아 있는 모습을 보는 것이 천운처럼 느껴졌다.

"정말 다행이에요."

"네 덕분이야. 고맙구나. 그보다, 은호는?"

그를 찾는다는 말에 짐작했던 대로 상현은 은호의 안부부터 물었다.

"이겨내고 있는 중이에요."

"힘들어하지는 않고?"

"생각보다는 잘 버티고 있어요."

생사를 오갔던 그에게 차마 사실을 알릴 수 없어 준석은 미리 준비했던 말로 대강 둘러댔다.

"다행이구나."

병색이 완연했던 상현의 얼굴에 어렴풋한 미소가 지어졌다.

"혹여라도 나 이러고 있다는 말일랑 할 생각 말고."

"괜찮으시겠어요?"

"너를 믿는다. 알지?"

"염려 마세요. 그보다 한시바삐 회복하셔야죠."

"그래야지. 아직 그 아이한테 해주지 못한 게 너무 많아."

잠시의 대화로 근심을 던 듯 보이는 상현과 달리 병실을 나서는 준석의 얼굴은 어느 때보다 침통했다.

"누가 곧 죽기라도 한다든? 얼굴이 왜 그래?"

고개를 들자 노 여사가 서 있었다.

"할머니!"

반가운 마음에 준석은 팔순의 조모를 답삭 끌어안았다.

"입맛이 없는 게야?"

설렁탕 국물만 몇 번 뜨다 말고 수저를 내려놓는 그에게 노 여사가 물었다.

사위가 쓰러졌다는 소식을 뒤늦게 알고 한달음에 달려온 길이었다. 위태로운 고비는 넘겼다고 해서 한시름 덜긴 했지만 오히려 그녀를 놀라게 한 건 준석이었다.

그녀 앞에서는 어울리지 않는 애교도 부리고 어리광도 했지만 누구보다 자존심 강하고 대찬 성격인 준석이 금방이라도 허물어질 듯 휘적대는 모습에 적잖이 놀란 참이었다.

"가는 길에 시장에 들러 전복이나 몇 마리 사가야겠구나."

"괜찮아요."

"괜찮다는 녀석이 사나흘 피죽도 못 얻어먹은 얼굴이야?"

제 부모의 일이라고 해도 굳건할 녀석이니 저러는 데에는 필시 다른 이유가 있을 것이다. 아마도…….

"그래, 은호는 잘 지내고?"

눈에 띄게 굳어지는 준석을 보며 노 여사는 자신의 추측이 옳았음을 짐작했다.

"일단 나가자꾸나. 여긴 너무 소란스럽구나."

손님들이 쉼 없이 들고 나는 식당 안을 일별한 노 여사가 자리에서 일어났다.

잠시 후 두 사람은 근처의 아담한 찻집에 자리를 잡았다. 더운 김이 피어오르는 찻잔을 들어 목을 축이고 내려놓으며 그녀가 말했다.

"은호 때문에 풀이 죽어 있는 건 말 안 해도 알겠고, 네 힘으로도 쉽게 해결이 안 될 일이야?"

"사연이 좀 길어요."

"늙은이한테 바쁠 일이 무에 있다고."

용기를 얻은 준석이 머뭇거리며 그간의 일을 털어놓기 시작했다. 그렇게 시작된 이야기는 다관의 차가 모두 식을 때까지 계속되었다. 듣는 동안 간간이 고개를 젓고 더러는 혀를 끌끌 차기도 하던 노 여사가 마지막에는 깊은 한숨을 내쉬었다.

"저런."

"지금도 많이 아파요. 몸은 어느 정도 회복이 됐는데 마음은 처음보다 더 아파하는 게 보여요."

"충격이 컸겠지. 쯧쯧, 어리석은 사람들 같으니라고. 그 어린 걸."

"어떻게 해야 좋을지 모르겠어요. 저도 안 보려고 해요."

"제 어미가 어떻게 버림을 받았는지를 알았으니 사내가 무섭기도 할 테지."

그런 쪽으로는 한 번도 생각해 보지 않았던 준석의 눈이 의아한 빛을 띠었다. 나를 믿지 못한다고?

숨 돌릴 겨를도 없이 노 여사가 물었다.

"네 마음은 변하지 않았다고 장담할 수 있니?"

"물론이에요."

그렇게 쉽게 거둘 수 있는 마음이라면 애초에 시작도 안 했다.

"그리 복잡한 사연을 지닌 아이이니 사실을 알면 네 어미가 좋아하진 않을 게다."

"할머니께는 죄송한 말씀이지만 상관없어요. 은호는 그저 은호일 뿐이에요. 누가 낳았든 어떻게 자랐든 그런 건 중요하지 않아요. 전 그저."

창백한 얼굴로 자신을 외면하던 그녀의 모습이 떠오르자 울컥해진 준석이 목을 채우는 뜨거운 기운을 눌렀다.

"그저 은호가 행복했으면 좋겠어요. 상처받거나 아프지 않고 전처럼 작은 일에도 웃고 기뻐하며 그렇게 살길 바라요. 저와 함께요. 지금은 경황이 없어서 절 밀어내고는 있지만 은호 생각도 같을 거예요."

"그렇다면 간단하구나."

"방법이 있나요?"

얼음장처럼 굳어버린 그녀의 마음을 돌릴 수 있다는 말에 그는 귀가 번쩍 뜨였다.

"내가 한번 은호를 만나야겠구나."

"저하고 끝냈다고 생각하는데, 뵈려고 하지 않을 거예요."

금세 실망스러운 얼굴로 준석이 고개를 저었다.

"오게끔 만들면 되지. 그깟 게 무에 그리 어렵다고. 내 전화 한 통 넣어주마."

평생 가도 기가 죽은 모습 한번 보인 적 없는 손자가 오뉴월 염천의 개 혓바닥처럼 늘어져 있는 꼴이 보기 싫어서라도 노 여사는 기어코 은호의 마음을 돌려놓고야 말겠다고 작심을 했다.

그러는 한편으로, 오래 살다 보니 어린 손자 놈 연애 상담까지 하게 되는구나 싶어 절로 헛웃음이 나왔다.

겉으로 보기에 은호의 일상은 하나도 달라진 게 없었다. 아침에 일어나 학교에 출근해 아이들을 가르쳤고 퇴근해 돌아와서는 간단하게 저녁을 때우고 잠자리에 들었다.

하지만 어찌 된 일인지 몇 주 사이에 입었던 옷이 전부 헐렁해질 정도로 살이 빠졌다. 딱 오 킬로그램만 뺐으면 좋겠다고 노래를 불렀는데 무슨 짓을 해도 내려가지 않던 체중이 너무도 쉽게 빠져나갔다.

설거지를 마치고 손을 닦고 나온 은호가 침대에 풀썩 주저앉았다. 둘러보니 집 안이 전보다 많이 깨끗해지기는 했다. 쓸고 닦는 데 포한이라도 진 사람처럼 매일 저녁마다 구석구석을 문지르고 닦아내니 그럴 만도 했다.

고개를 돌리다 건조대에 아직 널려 있는 빨래를 본 은호가 할 일을 찾은 것에 반색을 하며 일어났다. 잘 개켜서 제자리를 찾아 넣고 나자 더 이상 일거리가 없었다. 혼자 살아도 무료하다고 생각해 본 적이 한 번도 없었는데 요즘 그녀는 쉴 새 없이 조금이라도 몸을 움직일 핑곗거리를 찾아다녔다.

"강아지라도 한 마리 키워볼까."

불쑥 나온 말에 곰곰이 생각하던 은호는 곧 고개를 저었다. 치다꺼리도 치다꺼리지만 그녀가 집을 비운 사이 혼자 집을 지켜야 할 것을 생각하면 그것도 못할 짓이다 싶었다.

전에는 매일 저녁 뭘 하며 지냈을까, 떠올리던 은호의 얼굴이 일순 굳었다.

준석이 늘 곁에 있었다. 함께 얘기 나누고, 함께 웃고, 함께 즐거워하며 시간을 보냈다. 그를 알지 못했을 때는 어떻게 살았는지 생각도 나지 않을 정도로 늘 곁을 지켜주었다.

헤어진 후로 매일, 매 순간 그래 왔듯 그와의 마지막이 불쑥 머릿속을 파고들었다.

"나한테 화났다는 거 알아."

"안 났다면 거짓말이겠지."

선선한 대꾸에 잠시 말문이 막힌 듯 그가 멈칫한다.

제아무리 사연 없는 사람은 없다지만 그녀 같은 사연을 가진 사람이 과연 있기는 할까.

"엄마 아빠 없는 고아라는 것만으로도 안됐다는 마음이 차고 넘치는데, 알고 보니 그거보다 더한 처지라니. 얼마나 가엾고 불쌍했겠어."

"안됐다고 생각한 건 맞아. 내가 당신 입장이고 당신이 나라면 안 그랬겠어?"

"맞아, 그랬을 거야."

쓰게 웃으며 동의하는 말이 어느 때보다 슬프게 들렸다. 준석의 손이 잔뜩 웅크린 채 일그러진 표정을 풀지 않고 있는 그녀의 손을 붙잡았다.

"그렇지만 동정한 건 아니야. 안된 마음으로 여자 사귈 정도로 나 인정 많은 놈 아니야."

은호가 힘을 주어 그에게서 손을 빼냈다.

"동정심이든 뭐든 이젠 상관없어."

"은호야."

"그만 가주라."

“대체 언제까지 이럴래?”

“우리 그만해.”

“뭐?”

그녀의 말에 잘생긴 얼굴이 순식간에 일그러진다. 고개를 들어 그 모습을 지켜본 은호가 저절로 앞으로 나가려는 손을 주먹을 쥐며 막았다.

안 돼. 더 이상은. 앞으로 닥칠 그 어떤 일도 감당해 낼 자신이 이젠 없잖아. 그러니까 이만 저 사람 놓아주자. 응? 그리고 조용히 사는 거야. 애초부터 아무 일도 없었던 것처럼. 제발 그렇게 살자, 이제.

“당신한테 화난 거 맞아. 날 안됐다고 생각하는 당신 앞에서 자존심도 상하고. 하지만 그래서 끝내자는 거 아니야.”

“그럼?”

“난 그냥 조용히 살고 싶어. 날 누가 낳았는지, 내가 어디서 왔는지, 내 부모가 누군지. 그런 거 따위 다 잊고 전처럼 평범하게 살고 싶다고. 생각 같아선 머릿속도 몽땅 리셋해 버리고 싶지만 그건 불가능하니까 그냥 잊으려고. 근데 당신이 옆에 있으면 그럴 수가 없잖아.”

“잊게 해줄게. 다 잊게 해줄 테니까.”

강하게 고개를 저으며 은호가 그의 말을 막았다.

“당신은 못 그래. 왠 줄 알아? 당신 볼 때마다, 윤준석이라는 남자를 볼 때마다 내 머리는 잊고 싶은 사실을 떠올리게 될 테니까.

당신 처음 만났을 때부터 지금 이 순간까지도 그 일은 항상 우리를 따라다니고 있으니까!"

다 흘러냈다고 생각했던 눈물이 또다시 눈동자를 채웠다.

"제발 부탁이야. 나 좀 그냥 내버려 둬. 그냥 전처럼 아무것도 몰랐던 김은호로 돌아갈 수 있게 도와달라고."

간절한 애원이고 호소였다. 우뚝 멈춰 선 그가 낮은 음성으로 물었다.

"정말 그러길 바라?"

"응."

"후회하지 않을 자신 있어?"

"안 할 거야."

그녀의 대답에 이를 악무는가 싶던 준석이 이내 고개를 끄덕였다.

"알았어. 그럼 당신 뜻대로 해줄게. 당신 앞에 절대 얼굴 안 내밀고 목소리도 들리지 않게 할게. 돌아선 마음 되돌리려 더 이상 애쓰지도 않을 거고 더 이상은 나를 봐달라고 애걸하지도 않을 거야. 하지만 기억해 둬. 나한테 오는 문은 언제나 열려 있다는 것을. 그렇지만 당신 스스로 오기 전까지는 절대 먼저 다가가지 않을 거야."

문이 닫히는 것과 동시에 은호는 털썩 주저앉았다.

온몸이 이대로 산산조각이 나서 공기 중으로 흩어져 버렸으면 좋겠어. 가슴 안의 심장이 진득하게 녹아내린 것 같아서 숨을 쉴 수가 없어.

갑자기 울리는 전화벨 소리에 은호는 퍼뜩 정신을 차렸다.

"하아, 무슨 생각을 하고 있던 거야. 잊자. 잊어."

필요 없다며 매몰차게 밀어낸 주제에 이제 와 어쩌겠다고 혼자 넋 놓고 있는 거야.

고개까지 저으며 그녀는 털어버리려 애를 썼다.

"여보세요."

[아기니?]

"네? 아, 네. 할머님."

누군가 싶어 잠시 의아해하던 은호는 자신을 아기라고 불러주던 노 여사의 목소리를 뒤늦게 떠올렸다.

"안녕하셨어요."

[서울 올라온 김에 우리 아기 목소리 듣고 싶어서 전화했는데 불편한 거 아니지?]

"괜찮습니다. 제가 먼저 연락을 드렸어야 했는데, 죄송합니다."

노 여사가 전화한 까닭을 물론 알 리 없는 은호는 그저 준석이 아직 말씀을 못 드린 줄로만 알고 흔연하게 대하려 애를 썼다.

"그런데 서울은 무슨 일로 오셨어요?"

[병원에 다니러 왔구나.]

"어디 편찮으세요?"

걱정스러운 물음에 노 여사가 기운 없이 대꾸했다.

[늙으니 여기저기 고장이 나는 게지. 뭘 통 먹지 못해서 그런지 기운도 없고. 그래도 아기 목소리 들으니 좋구나.]

이래서야 만나자는 말씀을 에둘러 하신다는 걸 모를 수가 없었다.

"내려가시기 전에 제가 찾아뵐게요."

[그래 줄래?]

아니나 다를까, 노 여사의 목소리에 당장 활기가 돌았다.

"예. 전에 말씀드린 양갱 만들어서 뵈러 갈게요."

[말만 들어도 고맙구나. 그래, 언제 올 거니?]

"내일이 금요일이니까 모레 갈게요. 저 퇴근하고 나면 저녁때라 할머님 나오시기 힘드실 테니까요."

흡족해하는 목소리를 뒤로하고 전화를 끊은 후 은호는 곧장 지갑을 챙겨 들고 집을 나섰다.

토요일 오전, 은호는 평소보다 신경 써서 단장을 했다. 전날 다려서 걸어두었던 원피스를 입고 화장도 세심하게 했다. 마지막으로 뵙는 건데 좋은 인상을 남기고 싶었다.

'그와도 정말 끝이구나.'

분첩을 두드리는 손길이 힘을 잃고 눈에 띄게 느려졌다.

구두와는 어울리지 않는 걸음걸이로 터벅이며 아래층으로 내려가자 뜻밖에도 준석이 입구에 우뚝 서 있었다. 그녀를 발견한 그가 다가와 아무 말 없이 손에 들고 있던 꾸러미를 뺏었다.

“여긴 어떻게…….”

“할머니께서 시켜서 온 거니까 오해하지 마.”

무뚝뚝하게 대답한 그가 곧장 자신의 차로 향하자 은호도 서둘러 뒤를 따랐다. 약속 장소는 나중에 따로 알려주신다고 해서 출발 전에 전화를 드릴 참이었는데 준석을 보내실 줄은 몰랐다.

“많이 편찮으신 거예요?”

차에 탄 지 한참이 지나서야 은호가 조심스레 물었다.

“응.”

짧은 대꾸를 끝으로 그는 더 이상 말이 없었다. 머쓱해하며 다시 정면을 향하던 은호의 눈 끝에 운전대를 쥐고 있는 손이 들어왔다.

저 손 위에 자신의 손을 겹치던 기억이 떠올랐다. 말없이 그녀의 손에 입을 맞추던 그의 모습도. 한번 찾아든 기억은 꼬리를 물고 이어졌고, 불현듯 찾아든 행복한 기억들에 그녀의 시선은 그의 손에서 좀처럼 떨어질 줄을 몰랐다.

“내려.”

생각에 잠겨 있던 그녀가 고개를 들었다. 어느새 차는 목적지에 닿아 있었다.

“여긴.”

조용한 호텔 커피숍 정도에서 만날 거라는 짐작 대신 그녀가 서 있는 곳은 저택의 대문 앞이었다. 준석이 초인종을 누르자 이내 대문이 열렸다. 말을 붙일 새도 없이 안으로 들어가 버린 그를 잠시 황망하게 바라보던 은호가 뒤늦게 걸음을 옮겼다.

돌로 된 계단을 올라 넓은 정원을 지나자 현관문이 열렸다.

"저희 왔어요."

안으로 들어간 준석의 목소리가 오늘 처음으로 밝다는 생각을 할 겨를도 없이 여러 명의 사람들이 우르르 몰려나왔다.

"어머, 진짜 왔구나."

"반가워요."

"잘 왔어요."

"어서 오세요."

난데없는 인사 폭격에 어리둥절해 있는데 안쪽에서 노 여사가 모습을 드러냈다.

"사람이 왔으면 얼른 들일 일이지 밖에 세워놓고 뭣들 하는 게야."

"들어가자."

팔을 잡고 이끄는 준석을 따라 은호도 엉겁결에 구두를 벗고 안으로 들어섰다.

"아기, 오랜만이구나."

"안녕하셨어요."

허리를 숙여 인사를 하고 고개를 들자 노 여사의 등 뒤로 족히 예닐곱 명이 둥글게 서서 그들을 바라보고 있었다.

"반가워요."

당황해 눈만 깜박이고 있는데 서글서글한 인상의 노신사가 나서서 그녀를 향해 먼저 손을 내밀었다.

"우리 부모님."

준석이 일러주는 말에 은호는 황급히 내민 손을 맞잡으며 고개를 숙였다.

"안 그래도 어머님께 얘기 듣고 궁금하던 참인데 잘 왔어요."

좀 더 둥글다는 것만 빼면 어머니의 얼굴은 준석의 얼굴선과 많이 비슷했다.

큰형과 큰형수, 작은형과 작은형수까지 차례대로 인사를 마치고 난 후 모두들 거실에 자리를 잡고 앉았다.

"오느라 힘들지 않았고?"

"아닙니다."

편찮으시다는 말씀과 달리 노 여사는 기운이 넘쳐 보였다.

건강하신 건 좋지만, 이건 아닌데. 은호는 왠지 모를 배신감이 들었다. 속았다는 생각에 조금 억울하기도 했다.

"참, 이거. 할머니 드시라고 은호가 만들어 온 거예요."

준석이 잠시 내려놓았던 꾸러미를 테이블 위에 올려놓자 모두의 시선이 그쪽으로 쏠렸다.

"이게 뭐니?"

어머니의 물음에 노 여사가 대신 대답을 했다.

"내가 단 게 생각난다고 했더니 글쎄 양갱을 만들어 오겠다지 않니."

"어머, 네가 직접 만들었어?"

준석의 어머니의 물음에 은호가 조심스럽게 대답했다.

"네. 전에 우연히 배울 기회가 있어서요."

"어디 우리 아기 솜씨 좀 보자."

노 여사의 말이 떨어지기가 무섭게 각자의 앞에 찻잔과 포크가 올라간 작은 접시가 나누어졌다.

한지로 싼 포장지가 풀리고 종이 상자가 열리기 직전 은호는 눈을 질끈 감았다. 오늘 새벽 포장할 때까지만 해도 지금까지 만들었던 것 중에 가장 훌륭하다고 생각했지만 지금은 자신이 없었다.

"어머. 세상에나."

"예쁘다!"

"솜씨가 좋구나."

"어쩜!"

이어지는 탄성과 칭찬 릴레이에 그녀가 조심스럽게 눈을 떴다. 모두들 흡족해하는 표정을 보자 다행이다 싶어 안심이 되었다.

아니, 잠깐만. 이 분위기가 아니잖아. 예상대로라면 할머님과 조용한 곳에서 단둘이 앉아 차를 마시고 이야기를 나누는 거였는데. 오붓해야 할 티타임이 어쩌다가 떠들썩한 가족 모임으로 바뀌었는지 그것부터 심각하게 생각해 봐야 하는데.

지금 이 분위기는 흡사, 흡사…….

"맛있구나."

"또 생각나겠는데요, 어머니."

"그러게나 말이다."

"저도 인사드리러 올 때 뭐라도 만들어 올 걸 그랬어요. 그럼 할머님이랑 어머님이 더 예뻐해 주셨을 텐데."

그래, 이건 마치 그의 가족들과 인사를 하러 온 것 같잖아. 나 지금 이 남자 가족들한테 선보이고 있는 거야?

멍해 있는 그녀의 손이 문득 따뜻한 기운에 감싸이는 것이 느껴졌다. 고개를 들자 나란히 앉아 있던 준석이 그녀의 손을 잡고 있었다.

어떻게 된 거야?

글쎄.

눈으로 묻는 말에 그가 웃으며 눈으로 대답해 왔다.

잠시 후 노 여사가 자리를 털고 일어났다.

"나는 은호하고 할 얘기가 좀 있어서. 너희는 예 있거라. 은호나 잠깐 보자꾸나."

"예, 할머님."

노 여사의 부름에 은호도 뒤따라 일어섰다.

"준석이는 따라오지 말고."

함께 일어서는 준석을 손짓으로 만류하고 노 여사가 앞장을 섰다.

노 여사는 서울에 머물 때마다 사용하는 자신의 방으로 그녀를 데리고 갔다. 아담하지만 고풍스럽게 꾸며진 방으로 들어서자 전처럼 노 여사가 방석을 꺼내주었다.

"편히 앉아."

"예."

"아프다고 불러놓고 시끌벅적하니 놀랐지?"

"조금요."

잠시 망설이던 은호가 사실대로 대답을 하자 노 여사가 빙그레 웃었다.

"그랬을 게야. 속여서 미안하구나."

"아닙니다."

"네가 보고 싶은데 준석이 녀석이 안 된다고 펄펄 뛰어서 거짓말을 좀 했다."

"죄송합니다."

두 사람 사이를 이미 알고 있다는 노 여사의 말에 은호의 얼굴이 붉어졌다.

"많이 아팠다고 하더니 전에 봤을 때보다 야위었구나."

안타까워하는 말에 은호가 입술을 깨물었다. 이유는 알 수 없지만 공연히 눈동자가 뜨거웠다.

"은호야."

처음으로 노 여사가 그녀의 이름을 불렀다.

"예, 할머님."

"세상을 살다 보면 이런 일도 겪고 저런 일도 겪게 되는 거란다. 자업자득이라는 말도 있지만 가만있는데 갑자기 날아온 애먼 돌에 억울하게 맞을 때도 있는 법이고. 이 나이까지 살아오며 무수한 일들을 견디고 겪어냈다만 그때마다 항상 정해진 답이 있는 건 아니었어. 그저 그 상황에서 도망가지 않고 내가 할 수 있는 최선을 선택하려고 노력했을 뿐이지. 너는, 어떠냐?"

"전……."

망설이던 은호가 고개를 들었다. 안타까울 정도로 커다란 눈물방울이 눈가에 맺혀 있었다.

"전 아직까지도 잘 모르겠어요. 제가 어떻게 해야 하는지, 어떤 게 옳은 건지도요. 모든 게 싫어져서 다 잊고 도망치고 싶다가도 제가 왜 그래야 하나 억울하기도 하고. 잘못한 일은 없는 것 같은데 큰 죄를 지은 것 같기도 하고……."

"그래그래."

노 여사가 그녀의 어깨를 다정하게 다독였다. 그에 눈물방울이 뺨을 따라 굴렀다.

"아가, 넌 아무런 잘못이 없단다. 그러니 죄스러워할 것도 미안해할 것도 없어. Follow your heart란 말 알지?"

마음이 가는 대로.

"내 생각에 지금 네게는 그 말이 정답이 될 것 같구나. 머릿속 오만 잡스런 생각들일랑 싹 끄집어내 버리고 그저 네 마음이 이끄는 대로 한번 따라가 보는 게 어떻겠니."

실로 오랜만에 처음으로 은호의 마음이 차분해졌다.

천천히 나오라며 노 여사가 먼저 방을 나간 뒤 은호는 생각에 잠겼다.

일이 터지고 처음으로 완전무결한 평정심을 갖고 자신의 마음 속을 들여다보았다. 분노와 절망, 답답하고 억울한 감정은 모두 지운 채 마음이 하는 말에 오랫동안 귀를 기울였다.

한참 후, 방에서 나오는 은호 앞으로 준석이 다가섰다.

"얘기 좀 해요."

그녀의 말에 고개를 끄덕인 준석이 이층으로 인도했다.

"올라가자."

뒤에서 짓궂은 형들의 놀림이 왁자하게 좇아왔지만 아무런 대꾸 없이 묵묵히 계단을 올랐다.

이층의 거실에 앉아 준석은 긴장한 채 그녀를 바라보고 있었다. 곧장 방으로 들어가려는 그를 만류하며, 나올 때까지 기다렸다가 잘 다독여 주라는 할머니의 말씀에 초조한 마음을 억누르며 방문 앞을 지키고 있던 터였다.

"울었어?"

"미안해."

한꺼번에 나온 말에 두 사람의 눈이 마주쳤다. 먼저 말하라는 듯 그가 손짓을 해 보이자 은호가 파르르 떨리는 입술을 깨물었다.

"당신 잘못 아니라는 거 알면서 함부로 말해서 미안해. 좋아한다고 해놓고 나 힘들다고 당신 밀어내서 미안해. 당신도 많이 괴로웠을 텐데 그 마음 헤아려 주지 못해서 미안해. 정말 미안해."

벌떡 일어난 준석이 다가와 그녀를 일으켜 거칠게 안았다.

"정말 미안해."

그녀의 말은 곧 나직한 흐느낌으로 바뀌었다.

"바보야! 좋아하니까 나한테 투정부린 거잖아. 힘드니까 기대고 싶어서 짜증 낸 거고. 근데 뭐가 미안해."

"많이 좋아해. 그래서 더 창피하고 당신이 미웠어."

"괜찮아. 용서해 줄게."

"나는 당신보다 감정을 익히는 게 더뎌. 그러니까 당신이."

순간, 더운 입술이 그녀의 입을 막았다. 은호는 깊게 밀고 들어오는 혀의 감촉을 한껏 욕심내며 받아들였다. 두 사람은 말로 다 하지 못한 진심을 그렇게 전하고 있었다.

아래층의 소란스러움과 달리 조용한 거실이 뜨거운 열기로 가득 채워지고 있었다.

# 에필로그

"곱구나."

단아하게 한복을 차려입은 은호의 절을 받으며 할머니가 흡족하게 한마디 하셨다. 입가에 보일 듯 말 듯 수줍은 미소를 띤 채 다소곳이 앉아 있는 옆모습을 보고 있자니 준석은 공연히 또 가슴이 설레었다.

"저 녀석, 아주 입이 귀에 걸렸구먼."

아버지 말씀에 옆에 있던 가족들 사이로 왁자한 웃음소리가 흘렀다.

"그래, 좋은 구경은 많이 했고?"

"예."

“에이, 어머니도 참. 신혼여행 가서 바깥 구경할 사이가 어디 있었겠어요?”

짓궂은 고모의 한마디에 방 안은 다시 웃음이 넘쳤고 은호의 얼굴에는 가득 홍조가 번졌다. 방 밖으로 나가지 않았던 사흘 동안을 떠올리고 있는 것이리라. 온 세상에 단둘만 존재하는 것처럼 오로지 서로에게만 열중했던 시간들이었다. 그때를 떠올리니 준석의 가슴도 새삼 떨려왔다.

“아가 피곤할 테니 일단 올라가서 좀 쉬렴. 이따가 저녁 먹을 때 되면 부르마.”

난처해 어쩔 줄 몰라 하는 며느리를 구해주려 나서는 어머니의 말씀에 그는 기다렸다는 듯 은호의 손을 붙잡고 이층으로 향했다.

“그때처럼 암만 불러도 안 내려오고 그럼 안 된다.”

형의 농담에 다시금 시끌벅적 웃음소리가 집 안 가득 울려 퍼졌다.

“마음에 들어?”

새살림이 자리를 잡고 있는 방을 기대에 찬 얼굴로 둘러보고 있는 그녀에게 물었다.

결혼한 아들 부부와 함께 살기를 꺼려하는 부모님을 설득하면서까지 들어와 살겠다고 고집을 부린 건 전적으로 그녀의 뜻이었다. 오랫동안 질리도록 혼자 살았으니 이젠 가족들과 함께 살고 싶다는 말에 준석은 두 번 생각 않고 할머니까지 동원해 부모님의 마음을 돌려놓는 데 전력을 다했다.

"고마워요."

방을 둘러본 그녀가 난데없는 인사를 했다. 고개를 드니 눈물이 그렁하게 고인 두 눈이 들어온다.

"왜 울어?"

놀라서 묻는데 그녀가 불쑥 안겨들었다. 이럴 때마다 그의 심장이 터질 것처럼 폭주를 한다는 걸 과연 그녀는 알까.

"너무 행복해서."

큰 눈을 반짝이던 그녀가 다가와 살짝 입을 맞췄다.

"사랑해요."

귓가에 나직하게 속삭이는 한마디에 자동적으로 온몸에 전율이 일었다. 아마도 남은 평생 동안 지금처럼 그녀가 사랑한다며 안겨들 때마다 반 미친 놈처럼 굴 것 같았다.

"사랑해."

까치발을 한 채 안겨 있는 그녀의 허리를 힘껏 끌어안으며 준석이 속삭였다. 조금 전 자신처럼 파드득 전율하는 작은 몸을 느끼며 다시 한 번 속삭였다.

"사랑한다, 김은호."

THE END

# 연애의 맛

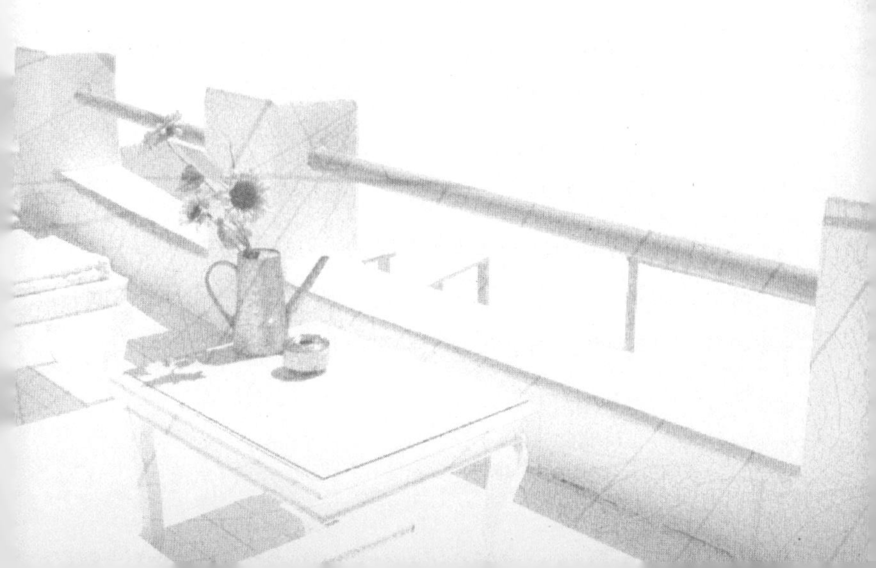

## 외전

로펌 〈세인〉의 창립 기념일.

호텔 레이의 너른 연회장에 한껏 성장한 사람들이 모여들기 시작했다.

입구에서 초대장을 확인받은 사람들이 입장해서 가장 먼저 찾은 이는 역시 로펌 〈세인〉의 대표 유상현이었다.

"축하드립니다, 대표님."

"귀한 시간 내주셔서 감사합니다."

밀물처럼 밀려드는 초대객들과 일일이 악수를 하며 깍듯이 응대하던 그가 잠시 한숨 돌리려 고개를 들었을 때 눈에 들어온 것은 안절부절못하고 서성대고 있는 조카의 모습이었다.

긴한 일이라도 있는 듯 손에 든 휴대전화에서 눈을 떼지 못하는 준석을 보며 상현은 속으로 가볍게 혀를 찼다.

한다 하는 클라이언트 앞에서도 전혀 주눅이라고는 모르는 녀석인데……. 거 참.

그러면서도 준석의 저런 모습을 볼 때마다 일견 한쪽 입가가 스르르 올라가는 건 어쩔 수 없었다.

아직도 은호는 그를 약간 서먹해하는 눈치지만 가끔은 함께 식사를 하기도 하고 명절이면 잊지 않고 인사를 오니 그것만으로도 족했다. 지난주에 식사를 하고 헤어질 때 '안녕히 가세요, 외삼촌' 이라는 한마디에 눈물이 날 정도로 기뻤다는 건 아직 비밀이다.

「거의 다 왔어. 입구까지 한 5분쯤 남았나?」

은호의 문자를 확인한 준석이 재빨리 연회장을 빠져나가 엘리베이터로 향했다.

호텔 입구에서 기다린 지 얼마 되지 않아 눈에 익은 차가 들어왔다.

도어맨이 차문을 여는 사이 준석은 재빠르게 차체를 돌아 반대편에 섰다. 열린 문 사이로 그를 본 은호의 눈이 한껏 커져 있었다.

"추운데 나와 있었어요?"

준석은 대답 대신 차에서 내리는 은호의 손을 쥐고 허리를 꼭 감아 안았다. 잠시 놀라는 듯하던 은호의 얼굴에도 이내 한껏 미소가 번진다. 짧은 동안이었지만 서로를 향해 있는 눈빛에서 많은 대화가 오갔다.

"그만하고 들어가면 안 되겠니? 여긴 좀 춥구나."

뒤이어 들리는 어머니의 목소리에 화들짝 놀라며 은호가 몸을 돌렸다.

"아! 죄송해요, 어머니."

붉어진 얼굴로 민망해 어쩔 줄 몰라 하는 며느리와 달리 태연하기만 한 아들을 보며 오 교수가 고개를 절래절래 흔들었다. 그러면서도 일견 흡족해하는 표정은 조금 전 상현의 모습과 크게 다르지 않았다.

결혼한 지 3년이 다 되어가는데 아직까지 저리도 좋을까.

은호만 보면 때와 장소 가리지 않고 달려들어 물고 빨려 드는 준석 때문에 그동안 한집에 살며 민망했던 적이 한두 번이 아니었다. 처음에는 신혼이라 그러려니 했지만 외려 시간이 갈수록 그녀의 아들은 은호에게 더 깊이 빠져드는 눈치였다.

사실대로 고백하자면 그녀의 입장에서 은호는 여러모로 탐탁지 않은 며느릿감이었다. 조실부모한 것만으로도 꺼려질 판인데 그 정도는 새 발의 피일 만큼 복잡한 사연을 지닌 아이라니. 아들 가진 부모의 입장에서 반가울 리 없었다.

아마도 시어머니 노 여사의 적극적인 지지와 찬성이 없었더라면 끝까지 마뜩잖아 했을 것이다. 하지만 지난 삼 년 동안 곁에서 본 은호는 처음 가졌던 마음이 미안해질 정도로 모자란 구석이 없는 아이였다.

버릴 데 없는 행동거지도 물론이거니와 무엇보다 표리부동하지 않고 진심을 갖고 다가오는 게 예쁜 아이였다. 아쉬운 건 단 한 가지뿐인데.

다정한 모습의 아들 내외를 보며 오 교수는 서운한 마음을 누그러뜨리려 애를 썼다. 부부 간에 금슬이 너무 좋아도 삼신할미가 시샘을 한다는데. 혹시 쟤들도 그래서 여직 아이가 들어서지 않는 겐가.

국내에서 한 손에 꼽히는 로펌에서도 유독 두각을 드러내며 현 대표인 상현의 뒤를 이을 차기 대표로 지목받고 있는 준석이었다. 그 때문인지 그는 파티가 시작된 후로 내내 사람들에게 둘러싸여 있었다.

밀려드는 사람들을 간신히 피해 한숨 돌린 그가 찾은 곳은 역시 은호의 옆자리.

"피곤하지 않아?"

남편의 물음에 은호는 빙긋이 웃으며 고개를 저었다.

"알고 보니까 우리 남편 인기인이었어."

"그걸 아직도 모르고 있었단 말이야?"

짐짓 젠체하는 그의 팔짱을 끼며 은호가 맞장구를 쳤다.

"그러게. 그래서 갑자기 엄청 불안해졌어."

"뭐가?"

이참에 은호를 놀려주어야겠다고 작정한 준석이 거들먹거리며 물었다.

"저 사람들은 당신 실체를 모르고 있잖아. 키스 안 해주면 아침에 절대 안 일어나고, 설거지하고 있으면 뒤에서 지분거리고, 자기 불안하다고 나 운전도 못하게 하고. 공부하는 사람 막……."

갑자기 말문이 막힌 은호가 얼굴을 붉히며 눈을 데구루루 굴렸다.

결혼한 뒤 그녀는 공부를 더 하고 싶다며 다니던 학교를 그만두고 대학원에 진학을 했다. 순전히 생계를 위해 선택을 했던 공부 대신, 하고 싶은 공부를 하겠다고 마음먹은 건 예순을 바라보는 나이에도 공부를 손에서 놓지 않는 시어머니의 영향이 컸다.

처음 그녀의 결정에 전적으로 환영을 하던 준석은, 그렇지만 은호가 학업에 열중할수록 못마땅해했다. 함께 있을 시간이 늘어날 걸로 기대했던 것과 달리 공부에 마음을 뺏긴 아내를 책상 밖으로 끌어내는 게 오히려 이전보다 더 힘들어졌기 때문이었다.

"막, 뭐?"

잠깐 놀리려던 게 오히려 제 무덤 판 격이 된 은호가 말을 더듬었다.

"그러니까 막, 그냥…… 막, 막……."

어젯밤의 일이 떠오른 듯 볼이 붉어진 양 볼이 탐스러웠다. 참지 못하고 준석은 그녀를 밖으로 이끌었다. 몰려든 초대객들도 아연한 가족들의 시선도 완벽하게 무시한 채 준석은 아내의 손을 붙든 채로 성큼성큼, 다급하게 연회장을 빠져나갔다.

"어디 가?"

"아까 낮에 잡아뒀던 룸."

"뭐?"

두 사람을 태운 엘리베이터의 문이 닫히자 준석의 입술은 곧장 은호의 목덜미로 향했다. 어젯밤, 수도 없이 탐했던 그곳에 다시금 입술을 내렸다.

잠시 밀어내는가 싶던 은호의 팔이 곧 그의 목에 휘감겼다. 곧이어 서로를 향한 뜨거운 시선이 허공에서 맞부딪혔다.

때마침 정지를 알리는 엘리베이터의 신호음이 없었더라면 이곳이 어디인지도 잊은 채 서로의 입술에 몰두했을 것이다. 먼저 정신을 차린 은호가 그를 밀어내는 것과 동시에 엘리베이터의 문이 열렸다.

"아!"

눈앞에 나타난 사람을 발견한 은호의 입에서 낮은 신음성이 터져 나왔다. 막 엘리베이터에 발을 들이려던 여자가 그 소리에 고개를 들었다.

커다란 첼로 케이스를 든 영주가 두 사람을 보자 그대로 얼어붙었다.

"영주…… 야."

그 일이 있은 후 첫 대면이었다.

"올라가는 건 줄 몰랐네."

딱딱한 얼굴로 먼저 한 걸음 뒤로 물러서며 영주가 말했다.

다정스레 서로를 안고 있는 두 사람을 보는 그녀의 눈가가 파르르 떨렸다.

"그럼 우린 먼저."

준석이 안에서 버튼을 누르고 곧이어 문이 닫혔다.

"하아."

깊게 파고드는 혀에 입술을 내어주며 은호가 속절없이 몸을 떨었다.

젖어 있는 속살을 파고드는 손길이 이젠 익숙해질 때도 되었건만 매번 예외 없이 심장이 쿵쾅거리고 몸은 녹아내릴 것 같다.

흐트러진 숨결을 채 고르기도 전에 잔뜩 곤두선 그의 일부가 그녀 안으로 깊숙이 들어왔다. 비명과도 같은 짧은 신음 소리, 몸을 꿰뚫는 쾌감. 날렵한 허리의 움직임에 따라 은호의 몸도 들썩이기 시작했다.

흐느낌과 신음 소리가 넓은 침대 위로 울려 퍼졌다. 마치 한 몸인 듯 움직이던 두 사람이 한순간 동시에 멈추었다.

"흐윽!"

"하아악."

단단한 몸을 힘을 다해 껴안은 은호의 팔이 경련하듯 자잘하게 흔들렸다. 두 사람은 숨이 멎을 것 같은 절정을 동시에 느끼고 있었다.

"잠깐만."

자신의 위에서 내려가려는 준석을 만류하며 은호는 잡고 있던 팔에 힘을 주었다. 흘러내린 땀으로 손이 미끄러졌지만 아랑곳 않고 외려 더욱 힘주어 안았다.

"무거워서 당신 힘들어."

"안 무거워. 잠깐만 이대로 있어."

잠시 망설이는가 싶던 준석이 그대로 몸을 틀어 반듯이 누운 자신의 위로 은호를 올려놓았다. 그리고는 조금 전 그녀가 그랬듯, 강하게 힘을 주어 그녀를 끌어안았다.

"괜찮아?"

"응."

고개를 들어 정수리에 입을 맞춘 준석이 그녀의 어깨를 가볍게 토닥거렸다.

"어른들 황당하셨겠다."

"한두 번이어야지."

"그러게. 나 미움 받으면 다 당신 탓이야."

"대신 내가 숨넘어가게 예뻐해 주잖아."

키들거리는 준석의 어깨를 꼬집으며 은호가 눈을 흘겼다.

"정말 미워 죽겠어!"

"기분은 풀렸고?"

준석이 묻자 은호가 고개를 끄덕이며 그의 가슴에 다시 얼굴을 묻었다.

"다행이네."

준석이 다시금 부드럽게 그녀의 몸을 쓸어내렸다. 아직까지 남아 있는 절정의 기운 탓인지 은호의 등이 가볍게 떨리는 게 느껴졌다.

힘들어하는 걸 알면서도 오늘따라 은호를 더욱 거세게 몰아붙였던 건 아까 영주와 맞닥뜨린 일로 우울해하는 것을 모르지 않기 때문이었다. 다른 때 같으면 밀어내는 시늉을 하며 우는 소리를 했을 은호가 전력을 다해 그에게 매달렸던 것도 아마 같은 이유였으리라.

"일 마치고 돌아가던 길이었겠지?"

은호의 물음에 준석이 고개를 끄덕였다.

"아마도."

원체 좁은 바닥이라 소문은 기가 막히게 빠르게 전해진다. 재능은 무시한 채 오로지 돈으로 키워진 첼리스트는 후광이 사라지기가 무섭게 추락했다.

본래 탄탄하고 건실한 기업이었던 주식회사 신우는 전임 대표의 사망 이후 일 년 만에 적자로 돌아서고 말았다. 방만한 경영으로 이윤은 계속 줄어드는데다 그마저도 회사에 재투자되는 대신 대표직을 맡고 있는 기업주의 손으로 모조리 넘어갔으니 당연한 결과였다.

그 와중에 해결책이라고 내민 카드는 정리해고. 당연히 직원들의 반발이 이어졌고 소송과 파업이 시작되었다. 그러한 상황이 모조리 언론에 공개되면서 기업의 이미지는 더할 수 없는 타격을 입었고 동시에 매출 또한 급락해서, 가뜩이나 어려운 상황은 더욱 악화일로로 치달았다.

설상가상 세무조사가 시작되었다. 그 과정에서 성숙이 저질러온 불법 행위가 낱낱이 적발됐고 오랫동안 온갖 불법적인 방법을 동원해 그녀가 국내외에 은닉한 동산과 부동산들 또한 속속들이 드러났다. 급기야 그녀는 검찰에 출석에 조사를 받기에 이르렀다.

한바탕 태풍이 몰아친 뒤 그녀는 가지고 있던 거의 모든 것을 잃었고 그 안에는 그날 밤, 은호가 정신없는 사이 사인을 했던 온갖 위임장과 각서, 양도증서로 빼앗아간 신사동의 사옥도 포함되어 있었다.

"무슨 생각 해?"

준석의 물음에 은호가 고개를 들어 그를 바라보았다.

"사람은 닥치면 다 하게 된다, 뭐 그런 생각?"

무슨 뜻인지 묻는 듯 치켜 올라가는 눈썹을 손끝으로 만지며 은호가 말했다.

"한 번도 제 손으로 돈 안 벌어본 앤데 의외로 잘 버티고 있잖아."

"먹고살기는 해야 할 테니까."

"그러게."

대답하는 목소리에 힘이 없었다. 절반의 피를 나눈 동갑내기 자매의 몰락이 그녀에게도 썩 기쁜 일은 아닐 테니.

"참, 아까 그거 무슨 말이었어?"

이쯤에서 화제도 바꿀 겸 준석이 물었다.

"결심한 거 있다며."

낮에 전화로 작정한 게 있으니 단단히 각오하라는 말을 듣고 내내 궁금해 하던 차였다. 여느 때보다 더 애타게 은호를 기다렸던 것도 대답을 듣기 위해서였는데 어쩌다 보니 잠시 잊고 있었다.

"왠지 겁이 나는데?"

"왠지 쫄은 거 같은 목소리인데, 윤변?"

은호가 키득거리며 그를 놀렸다. 어른들이 계실 때에는 서로 말을 높이지만 둘만 있을 때에는 연애할 때처럼 편하게 대하곤 했다.

"마눌님이 워낙 버라이어티 하시니까. 혹시나 유학 가겠다 이런 소리 하는 건 아니겠지? 절대 안 돼."

갑자기 불쑥 든 생각에 준석은 절대 안 된다는 듯 으름장부터 놓았다. 그런 그의 어깨를 은호가 톡톡 다독였다.

"안심하시게, 윤변. 그저 간단한 결정을 한 것뿐이니까."

그렇지만 어머니에게 젊은 시절 영국으로 유학 갔던 이야기를 들을 때마다 유독 눈을 반짝이던 그녀이기에 불안해하지 않을 수가 없었다.

"오늘 아침에 결심했거든. 엄마가 되기로."

"뭐?"

준석이 놀라 일어나는 바람에 덩달아 은호의 몸도 주르르 미끄러졌다.

"저, 정말이야?"

평소답지 않게 말까지 더듬으며 흥분한 준석과 달리 남편을 보고 있는 은호의 눈길은 차분하기 그지없었다. 오히려 장난기까지 서린 얼굴로 그녀가 말했다.

"그러니까 자기도 협조해 줘야 해. 알았지?"

"물론이지!"

아내를 와락 껴안으며 준석이 외쳤다.

뒤늦게 공부를 시작한 은호를 배려하느라 그동안 한 번도 내색은 하지 않았지만 내년쯤에는 아이를 가질 준비를 해도 되지 않을까 생각하는 중이었다.

그리고 그날 밤, 두 사람의 바람대로 작은 생명이 그들에게 찾아들었다. 뱃속에서 싹을 틔우기 시작한 작은 씨앗이 집안의 전통대로 아들일지, 아니면 수십 년 만에 징크스를 깰 딸이 될지는 좀 더 후에 밝혀질 일이다. ♠

## 〈작가 후기〉

마지막으로 원고가 제 손을 떠난 날, 꿈을 꿨습니다.

꿈속에서 전 누군가에게 속내를 털어놓으며 끊임없이 이야기를 했어요.

아직 풀어놓지 못한 제 안의 이야기들이 빠져나오려고 아우성인가 봅니다.

거칠었던 원고에 힘을 실을 수 있게 격려해 준 경화 씨, 고마워요.

로플 식구들에게도 인사 전합니다. 내가 그대들 격하게 아끼는 거 알죠?

사랑하는 엄마와 가족들의 일상이 늘 안녕하고 평온하기를 기도합니다.

이번 여름은 무심한 그와 함께 날 작정입니다.

아직은 시크하기만 한 그도 가을 즈음이면 제법 녹록해지겠죠.

고맙습니다.

여름의 문턱에서

한승희 드림

# 연애의 맛

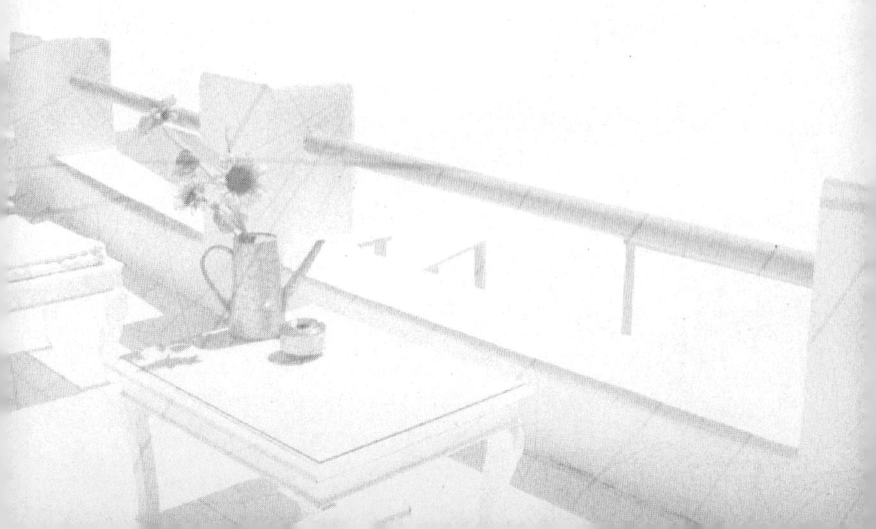